夜勤事件

~Chilla's Art ノベライズ集~

[著] 東亮太
[原作・監修] Chilla's Art

Contents

閉店事件

11月8日

もともと接客の経験など皆無《かいむ》な私が、何をどう間違ってか、隣町にある大きなカフェでアルバイトを始めてしまったのは、先月の末のことだった。

フリーター歴、かれこれ三年。一応イラストレーターという夢は持ちながら、主に事務仕事のバイトで糊口《ここう》を凌《しの》いできたものの、やはりこれだけでは生活が心もとない。せめてもう少し実入りのいい仕事はないかしら——と職場で零《こぼ》していたら、先輩からこんなことを言われた。

「あなた、接客なんか向いているんじゃない？　顔可愛いし」

職業安定ヅラだわ、と誉《ほ》められた。どんなヅラだ。

ともあれ、その言葉にホイホイと乗せられて、求人情報を当たってみたら、ちょうど隣町の「チラズコーヒー」でスタッフを募集していた。若者向きのお洒落なカフェとして、ローカルながら名の知れたチェーン店だ。

特に、「名の知れた」という点はありがたい。きっと安心して働ける職場に違いない——。そんな期待を胸に面接を受け、店長の「君よく可愛いって言われるでしょ」などというプチセクハラなオコトバにも笑顔で頷き、晴れて従業員となった初出勤の日。

「じゃ、閉店時間になったら店長が来るから、それまで一人でやっとけよ」

……と、態度がカスな先輩から容赦《ようしゃ》なくワンオペを言い渡された私は、やっぱりカフェなんかで働くんじゃなかったと己を恨《うら》みながら、二週間後の今日、出勤三度目にして、見事に遅刻する羽目になった。

いやもう、家で仮眠して目が覚めたら、タイムカードを押す時間になっていた。思わずビヨーンと跳ね起きて、大急ぎで着替えて、アパートの部屋を飛び出した。

時刻は午後五時過ぎ。外はもうすっかり暗くなっている。四階住まいだが、エレベーターがないため、薄暗い階段をバタバタと駆け下りていく。

そんな時――ふと、耳にしたのだ。軽やかな電子音を。

携帯電話の着信音だ、ということはすぐに分かった。しかし、私のではない。

踊り場で足を止め、周囲を見回す。暗くて分からない。しかし耳を澄ませる限り、この近くで鳴っているのは間違いない。

――誰かの落とし物? それなら拾って届けてあげないと。いや、何考えてるのよ。今は急いでいるんだから、そういうのは無視しちゃえばいいのよ。うわ、その考え最低。何を偽善者め。

心の中で天使と悪魔の罵《ののし》り合《あ》いを聞きながら、まあどちらかと言えば今の私は悪魔寄りだよな、と自分を納得させて先へ行こうとする。それなのにやっぱりもう一度足を止めて、やり過ごそうとした二階の通路を覗き込んでしまったのは——単に携帯電話の液晶の点滅が、視界の端でチラついてしまったからだ。

ああもう、私ってばお人好しなんだから。そう思いながら通路を少し進み、落ちている携帯電話を拾い上げた。

……同時に着信音がやんだ。まるで、狙い澄ましたかのように。

私は手の中に収まった携帯電話を、改めて観察した。

ありふれた折り畳み式のもので、色は黒。試《ため》しに中を覗いてみたが、プロフィールやアドレス帳などはロックがかかっていて、第三者にはアクセスできないようになっている。

とりあえず、リダイヤルしてみた。

直前まで誰かがこの携帯にかけていた以上、反応があるはずだ——。そう考えたのだが、どういうわけか、誰が出る様子もない。ただコール音だけが虚《むな》しく続いた後、かけ直しを促《うなが》す電子音声に切り替わった。

私は途方に暮れて——そこで、自分が遅刻中だったと思い出した。いや、本当に他人の落とし物にかまけている暇《ひま》なんてないのだ。

アパートの管理人に届けようか、と思ったが、この時間だとすでに業務を終えて引き上げてしまっているはずだ。なら、その辺の目立つところに置いておこうか。いや、それでもし盗難に遭ったら？　その場合私の責任になる？　ああ、何でこんなもの拾ったんだ、私は。

携帯電話をスラックスのお尻のポケットに捻《ね》じ込《こ》み、とりあえず残りの階段を駆け下りた。

アパートの裏手に回る。それなりに広い駐車場があって、ここに私の車が停めてある。フリーター生活を始めた時、とりあえず足があった方が仕事で強みになるから、と実家の車を譲ってもらったのだ。これについては先見の明があったというか……まあ、今日みたいに遅刻した時に、とても助かっている。

私はポケットから車のキーを取り出しながら、辺りを見回した。

陽が落ちて黒く染まったアスファルトを、街灯の白い光が点々と染め返している。定位置に停めた車に向かう傍《かたわ》ら、ふと駐車場の隅に目を向けると、ちょうど光の途切れた暗がりの中に、普段は見かけない黒のワゴンが停まっているのに気づいた。

まるで図体のでかい怪物が、街灯の光を忌《い》み嫌《きら》いながら蹲《うずくま》っているようにも見える。前を横切るのが何となく不安で、無意識に距離を取って迂回《うかい》しようとする。

……その時だ。

何かが、暗闇の中で蠢《うごめ》いているのが分かった。

ちょうど私の車の真正面だ。黒いアスファルトに溶け込むようにして、ごそ、ごそ、と影のようなものが這《は》い回《まわ》っている。

一瞬、異形の獣に思えて、ドキリとした。だがすぐに、人だ、と思い直した。

その人物は、どうやら駐車場の地べたに這いつくばって、何かをしているらしい。暗いから顔は分からないし、姿勢を低くしているから体格も分からないが——その動きを見る限り、手探りで何かを捜している、というのが正解のようだ。

……ピンと来て、私は恐る恐る声をかけてみた。

「す、すみません」

その言葉に、相手の動きがぴたりと止まった。

にゅぅっ、と上体が持ち上がる。思いのほか大きな図体をしている。男性のようだ。

「あ、あの、何かお捜しですか？　さっき、これを拾ったんですけど……」

私がそう言って例の携帯電話を見せるのと、男が口を開くのと、同時だった。

「あ……」

何とも濁《にご》った、ゴボ、とした泡のような声が、男の口から漏れた。

「ぼ、ぼく……」

とても返答とは言えない言葉を発しながら、暗闇の中から太い腕が、ぬっ、と伸びてくる。

私は思わず表情を引《ひ》き攣《つ》らせ、軽く身を引いた。腕はなおも伸びて、私の手の中の黒い携帯電話を、まるでひったくるようにつかみ取った。

ほんの一瞬、相手の指が私の肌に触れた。

べたりとした、えらく汗ばんだ指だった。秋の空気に冷やされてか体温が感じられず、どこか両生類の皮膚を連想させる。

気味悪さのあまり、私の喉《のど》から「ひ」と息が漏れた。だが男はそんなことなど意に介さないかのように、もぎ取った携帯電話を握り締めたまま、無言で足早に去っていった。

自然と見送る形になったが、相手の姿はすぐに闇の中に溶け込んで、見えなくなった。

私は、男の汗のついた手をスラックスの脇で拭うと、気を取り直して車に乗り込んだ。今から急いで飛ばしても、たぶん先輩には叱られる。だったらいっそ安全運転で行こう。あくまで堅実に、私は今日もゆっくりとアクセルを踏み出した。


「遅《おせ》ぇんだよ。お前マジで気をつけろよ。次やったら店長にチクるからな？　あ？」

私の顔を見るなりさっそく喧嘩腰で罵ってきた先輩は、やはり今日もカスだった。

船橋《ふなはし》先輩——。下の名前は、初日に聞いたけど忘れた。

痩せぎすで、浅黒くて三白眼で、髪が妙にペタッとしている。接客中でさえ常にマスクをしているので、素顔はよく分からない。

ちなみになぜマスクをしているのか聞いたら、「客からインフルエンザうつされたらムカつくだろ」と真顔で言われた。たぶん過去にうつされたことがあるのだろう。それはともかく——。

……午後五時二十分。車を店の駐車場に停めて、裏口から店の倉庫を経由してバックヤードに駆け込んだのが、つい今しがたのこと。急いでロッカーに携帯電話を突っ込み、制服——と言ってもエプロン一枚だけだけど——を身に着けて、タイムカードを押す。そんな私の慌ただしい動作を、船橋先輩はパソコン前の椅子にふんぞり返って眺めていた。

他に従業員は見当たらない。ここまで、ずっと先輩のワンオペだったようだ。さぞお怒りだろう。

「すみません。次からは気をつけます」

「気をつけるだけじゃ足りないんだよ。遅れないって言えよ」

しおらしく振る舞う私を、船橋先輩はやたらと居丈高《いたけだか》に睨《にら》み上《あ》げて、マウント丸出しの要求をしてきた。このまま遅刻ばかり続けたら、そのうち土下座しろとか言い出しそうな勢いだ。

もっとも、悪いのは私だ。ここは素直に従っておく。

「はい、もう遅れません」

私がそう言うと、先輩はようやく矛《ほこ》を収めたのだろう。「ったくよぉ」とぶつぶつ言いながら立ち上がり、手早くエプロンを外して自分のロッカーに突っ込んだ。

「じゃ、俺上がるから。店長が来るまでよろしく」

「今日も私一人ですか？」

「今日もその次もまたその次も、新人が入らない限りずーっとお前一人だよ。ていうかお前、オーダーの時だいぶあたふたしてるだろ。ああいうのダメだからな」

タイムカードを押しながら、先輩の説教は続く。せっかく収めた矛を、敢《あ》えて突き直すタイプだ。いわゆるウザい人だ。

「すみません。メニュー全然覚えられなくて」

「覚えろよ。そこにレシピ書いてあるんだから」

先輩が顎《あご》で壁際を指す。バックヤードの一角にホワイトボードが設置されていて、そこにひととおりのドリンクメニューのレシピが書かれている。

いや、レシピと言っても、それほど大掛かりなものじゃない。全体がコールドとホットに大別されていて、あとはそれぞれのメニューごとに、中に入る材料——ブレンドアイスコーヒーとか、スチームミルクとか、チョコレートソースとか、ホイップクリームとか、そういうのがずらずらと並べて書いてあるだけの簡単なものだ。

もっとも、いちいち詳しく書く必要はないのだろう。コーヒーはディスペンサーのボタンを押して紙カップに注《そそ》ぐだけだし、中に垂《た》らすソースもクリームも、すべてボトルに入った既製品だ。足りなくなったら、奥の倉庫から新しいのを持ってきて補充するだけですむ。

ドリンク以外の軽食にしても、提携しているパン工場で作ったものを、そのまま入荷しているだけ。一応レジカウンターの奥が厨房ということになっているけど、調理らしい調理をする必要は、まったくない。

だから、とても楽なのだ。……この大量のレシピさえ暗記できれば、という前提だけど。

「先輩、このホワイトボード、厨房に移しません？」

「ばーか、客から丸見えになるだろ」

「いいじゃないですか。お客さんだって、中に何が入ってるか分かった方が喜ぶでしょ」

「で、そのホワイトボードといちいち睨《にら》めっこしながらドリンク作るのかよ。ダセぇよそれ」

取りつく島もなく、先輩は私の提案を却下した。

「そこに研修ビデオ用意しといたから」

「ビデオ、ですか？」

「おお。それ見て勉強しとけ」

中途半端な優しさをアピールすると、先輩はプイッとそっぽを向くようにして、倉庫の方へ向かった。

このバックヤードから扉一枚隔《へだ》てた先が倉庫だ。裏口のドアは、その倉庫の奥にある。私は倉庫へ消えていく先輩の背中を見送りながら、小さく溜め息をついた。

船橋先輩――。どうしていつもつっけんどんなんだろう。思えば小学生の頃、よくクラスの男子からぞんざいな扱いを受けたりしたけど、先輩の態度はあれに似ている気がする。

……つまり先輩の女子の扱いは小学生並み、ということだ。たぶん。

私はやれやれと首を横に振りながら、バックヤードを出た。

地味な事務室から一転して、お洒落なカフェの光景が目の前に広がった。

今私が立っているのが厨房。ここからレジカウンター越しに、広い店内が眺められる。

シックな茶色を基調とした内装を、柔らかな色合いのライトが照らす。向かって右手には、ガラス張りのエントランス。正面には広々とした窓が連なり、店内の暖かな光を、陽が落ちた駐車場に投げかけている。BGMはジャズだ。曲名はさっぱり分からないが。

私は軽く意識を引き締め、店内をざっと見渡した。客はいない。

ついでに、厨房の隅に据《す》えられたモニターに目を向ける。外に設置された防犯カメラの映像が映っている。ちょうどこの厨房の裏手にあるドライブスルー用の道を捉《とら》えたものだが、こちらも、車が停まっている様子はない。

ちょうど客足の切れ間のようだ。この隙に補充の必要なものはないかと、厨房をチェックする。ドリンク用の紙カップが残り少ない。私は急ぎ足でバックヤードに戻ると、倉庫に続くドアを開けた。

華やいだ店内から打って変わって、殺風景な景色が視界を埋め尽くした。無機質な蛍光灯に照らされ、所狭しと立ち並ぶラックに、食材やら備品やらの段ボール箱が雑然と詰め込まれている。梯子《はしご》や使わなくなった椅子など、大きなものも立てかけられている。照明が点《つ》いているから明るいはずなのに、まるで淀《よど》んだような暗さがある。

苦手な場所だな、と思いながら、紙カップを探す。

奥にドアが見える。裏口だ。少し離れたところにもう一つドアがある。あれ、こっちは何があったっけな……と思ってドアノブに手をかけてみたが、鍵がかかっていると見えて、ピクリとも動かない。

もっとも、そのドアをこじ開けるまでもなく、紙カップは見つかった。ちょうどラックの最下段、死角になりそうなところに、無造作《むぞうさ》に置かれていた。

口の開いた段ボール箱の中に手を突っ込み、重なったカップの束を引っ張り出す。と、そこで店の方から「ピンポーン」と軽やかな音が飛んできた。

店員を呼び出すブザーだ。どうやら客が来てしまったらしい。私はカップの束をぐねぐねと揺らしながら、「はーい!」と声を上げて厨房に戻った。

レジカウンターの向こうに初老の男性が一人、仏頂面で佇《たたず》んでいた。

禿《は》げ上《あ》がった頭が、店内の照明で柔らかく灯《とも》って見える。服装はよれよれのジャケットとスラックスで、正直、場違い感がすごい。

「いらっしゃいませ」

内心の感想はおくびにも出さずに、私が慣れない笑顔で挨拶すると、男性は仏頂面のまま口を開いた。

「ここは、ちらーずコーヒーと言ったか？　こういうシャレた店は初めてなんだが」

「はい、チラズコーヒーです。まずはこちらでご注文をどうぞ」

「いや、メニューがぐちゃぐちゃしていて、さっぱり分からん」

分からないのか。いや、確かに「抹茶《まっちゃ》クリームチラペチーノ」とか書いてあっても、何それ飲み物なの？　という感じのおじさんではあるが。

「娘がこの店を好きみたいで、よく飲んでいるというから来てみたんだが——。どうも落ち着かない。この店は、何か変だよな」

おじさんはどこか不審げに、店内をキョロキョロと見回した。特に変なところはないと思うけど。

「ああ、すまんね。飲み物は君に任せるよ。二つ頼む」

「え、ええと……お飲み物が二つ、でよろしいですか？」

まさかのお任せだ。私は困惑して尋ね返したが、おじさんは仏頂面を頷かせただけだった。

「ああ、それで頼むよ。いや、それにしても本当に不快だ。……こんなものにこんな値段するのか！」

いや、不快って、そこなのか。

私の呆れをよそに、おじさんは受け取り口の前につかつかと移動していく。私は少し迷ってから、簡単にホットコーヒーとラテですませることにした。いや、簡単と言うならコーヒー二つの方が簡単なのだが、さすがにそれだと芸がない。

まずは専用の機械を操作して、オーダーステッカーを出す。

オーダーステッカーというのは、要するに、注文された商品が書かれたシールだ。このステッカーをレジのそばに並べておいて、メモ代わりに見ながら商品を用意する。そして最終的に、ステッカーを商品に貼って客に出せば、受け渡しは完了だ。

……というわけで、ホットコーヒーとラテのステッカーを一枚ずつ。続いてさっき倉庫から持ってきたばかりの紙カップをディスペンサーにセットし、熱々のコーヒーを注ぐ。ホットコーヒーはこれでいいとして、次はラテだ。ラテ、ラテ……。

「あれ？　ええと、牛乳でしたっけ？」

「何で私に聞くんだ」

思わず振り返って尋ねた私に、おじさんが仏頂面で言い返した。私は汗ばんだ笑顔でその場を誤魔化すと、急ぎ足でバックヤードに飛び込み、ホワイトボードを確かめる。

「ええと、コーヒーと、スチームミルク。スチームミルクって……ああ、なんか牛乳に突っ込んでブシューってするやつだ」

頭の中で思い出しながら厨房に戻る。おじさんが待っている。私は改めて、調理台の下にある小さな冷蔵庫から牛乳を取り出すと、ミルクピッチャーに注いで、そのピッチャーにスチーマーのノズルを突っ込んだ。

ボタンを押すと、ブシュー、と独特の音がして、牛乳から湯気が立つ。これでよし。クリーミーになった液体をコーヒーに注ぎ、ようやく完成――。

「……あ、このカップ、コールド用だった」

白じゃない。茶色い方の紙カップを使わないといけなかったはずだ。もはや根本から間違っていたことを思い出し、私はもう一度おじさんの方を振り返った。

……目が合う。とりあえず笑ってみた。おじさんは仏頂面のままだ。

いや、どうせカップのデザインが違うだけだし、飲んじゃえば関係ないし、それにこのおじさんも間違いなんて分からないだろうから、このまま提供しちゃっても……ああ、やっぱり駄目なんだろうなぁ。

私は諦めて、作り立てのラテを、飲み残し用の回収ボックスにバシャッと流し入れた。おじさんの視線が痛い。が、敢えて無視して作り直す。

使うカップはホット用。被せる蓋《ふた》もホット用。最後にオーダーステッカーを貼って――。

「はい、お待たせしました！」

「……なあ君、さっきなぜ捨て――」

「ありがとうございました！」

有無を言わせず商品を押しつけ、私は笑顔で礼を言った。

おじさんは相変わらず仏頂面のまま、温かいカップを二つ手に持って、エントランスから出ていった。テイクアウトということは、一つは娘さん用だろうか。娘さんはここの常連らしいから、もし何かミスっていたら、秒でバレるかもしれない。

「ま、まあ、気にしない気にしない……」

私が滅茶苦茶気にしていると、エントランスのガラスドアが開いて、新たな客が入ってきた。今日の仕事は、まだ始まったばかりだ。


この後も入れ代わり立ち代わり、客は次々とやってきた。

例えばスカーフを頭に巻いた中年の女性客。私を見て、「知ってます？　ストーカー事件が増えてるんですって」と、注文そっちのけで関係ない話を始めた。

「怖いわよね～。私なんかほら、こんな感じだから気をつけないと。男の人、みんないつも見てくるから」

「あはは、大変ですねー」

「あなたも……まあ……私ほどじゃないけど気をつけたらいいわ」

私が適当に相槌《あいづち》を打つと、妙な沈黙を挟みながら返された。もしや、私の職業安定ヅラに何か思うところでもあったのか。とはいえ、私自身は自分の容姿があまり好きじゃない。

正直、人目を引くルックスだ――という自覚はある。ただその分、道端でナンパされたり、不審者に声をかけられたりと、余計な気苦労も絶《た》えない。昨今増えているというストーカー事件にしても、ニュースの中の他人事《ひとごと》ではすまないんじゃないか、という不安が常にある。

何にしても――私は曖昧《あいまい》に笑い返すだけに留《とど》めた。今は接客中だ。

女性はすぐにこの話題を切り上げると、「ダークモカチップチラペチーノで」と、舌を噛みそうなメニューを注文してきた。

当然私はホワイトボードまで走った。何なら三往復した。飲み残し回収ボックスもタプタプにした。

こうして女性客を見送って安心していたら、今度は元気のいい男子中学生が四人連れで入ってきた。

もちろん順番におとなしく注文してくるわけもなく、全員でメニューを見ながら口々に「抹茶ケーキ!」「俺キッズココア」「金がなくって」「奢《おご》るよ」などなど、とにかくキャンセルと再オーダーが入り乱れる。これでワンオペなのだから、絶対におかしい。

「おいタカ、どこ見てんだよ」

「あ、いや、なんか音聞こえなかった?」

オーダーの途中で少年が一人、店の奥を気にするような素振《そぶ》りを見せた。もっとも、すぐに聞き違いだと呟いたけど。

「まあ気のせいだろ。そんな時もあるよな~。ギャハハハ!」

一人、やたらとテンションの高い子がいた。そうこうしているうちに全員のオーダーが決まり、私は脳味噌をフル回転させて、彼らの注文を繰り返した。

「抹茶クリームチラペチーノが一点、ソルテッドキャラメルモカが一点、ホワイトモカが一点、抹茶ケーキ、パンプキンケーキ、アメリカンワッフル、アップルパイが一つずつ――でよろしいですね？」

「おおー、全部覚えてるなんて、さすがっすね」

少年達から歓声が上がる。私は少し得意げに頷くと、やっぱりすぐさま、バックヤードのホワイトボードまで走った。

そんな感じで――接客を続けること数時間。この日最後に店を訪れたのは、白髪交じりの髪を丁寧に撫でつけた、眼鏡の初老の男性だった。

淡いブラウンのコートをまとい、レジの前に立った彼は、穏やかな口調で「ラテを」と簡素に希望を伝えてきた。

ラテならば、さっき作ったから覚えている。私はカップの種類を間違えないよう気をつけながら、ホットコーヒーとスチームミルクを順番に注いでいく。

蓋をしてステッカーを貼るところまで完璧にこなし、受け渡し口で差し出すと、男性は相変わらず穏やかな声のまま、「なあ」と話しかけてきた。

「俺は探偵なんだ。怪しいやつを見かけなかったか？」

「は、はあ……。怪しいやつ、ですか？」

私は目を瞬《しばたた》かせながら尋ね返した。ようやく落ち着いた接客ができると思ったのに、どうしてこの店には妙な人ばかり来るのだろう。

「最近事件が増えて、依頼が殺到していてね。この店で何かおかしなことはなかったか？」

「いえ、特に……」

強《し》いて言えば、今日一番おかしいのはこの人だ。いや、もちろん面と向かっては言わないけど。

「そうか。何かあったら電話してくれ。トラブルに巻き込まれたくない場合は、早めに閉店することをお勧めするよ」

そう言って男性は、私に一枚の名刺を差し出してきた。「はっさく探偵事務所」とある。

はっさく――。この人の名字だろうか。言われてみれば、ちょっと柑橘系っぽい輪郭《りんかく》をしている気もする。いや、ただの印象だけど。

男性改めハッサクさんは、私が名刺を受け取ったのを見ると、ラテの入ったカップを手に、店から出ていった。

見送って、ようやく私は一息ついた。時刻は午後八時半過ぎ。すでにラストオーダーの時間は過ぎている。店内には、私の他に誰もいない。

そろそろ閉める準備をしよう、と思った。

この店の閉店時間は午後九時。もうすぐ店長がやってきて、残りの業務を引き継いでくれる。ただ、店の掃除や何かは、それまでに私一人ですませておけ――と、船橋先輩がこないだ言っていた。

まったく、何をするのも一人だ。もっとも私の場合、こういう掃除作業などの方が、接客よりも遥かに気が楽だったりする。

さっそくテーブルを拭いて回った後、バックヤードに行って、掃除用具入れからモップとバケツを引っ張り出してきた。

店の床が茶色だから目立ちにくいが、よく見ればそこかしこに、コーヒー溜まりができている。いったいどういう飲み方をしたら、こうなるのだろう。

首を傾《かし》げつつ、零《こぼ》れたコーヒーの広がりを一つ一つ、モップでごしごしと拭き潰していく。

そうして、ようやく最後のコーヒー溜まりを処理し終えた時だった。

不意に——店内の照明が、いっせいに落ちた。

「え？　えっ？」

思わず二度、私は小さく叫んだ。

広い窓から街灯の光が差し込み、店の中が暗闇に呑《の》まれるのを、辛《かろ》うじて防いでいる。私はその場にモップを放り出すと、あたふたとエントランスの方に走った。

……が、ここから出たところで、店の明かりが点くわけではない。べつに逃げ出して悪いというわけではないだろうけど……たぶんまた船橋先輩に嫌味を言われるだけだ。

私は振り返り、バックヤードの方に目を向けた。

街灯が無事ということは、電気が切れたのは、この店内のみ。おそらくブレーカーが落ちたに違いない。配電盤は、確か倉庫の壁にあったはずだ。

私は気を引き締めて、レジカウンターの中に入った。

真っ暗に染まったバックヤードが見える。携帯電話をライト代わりにして——と思ったが、あいにくその携帯電話は、バックヤードのロッカーの中だ。

仕方なく手探りで、暗闇に足を踏み入れた。

軽く椅子につまずいてガタガタと音を立て、それに合わせて「ひゃぁ」と声を上げながら、倉庫に続くドアを開ける。中はさらに暗い。記憶を頼りに、配電盤のある方へ進む。

ひゅぅ、と風の音がした。

……ふと、周囲の空気が蠢いた気がした。裏口が開いているのだろうか。

手で壁を探る。金属製の何かが指に触れる。

爪の先に突起のようなものが当たったので、これだ、と勢い任せに強く押し上げてみた。

直後、バチン、と鈍《にぶ》い音が響いた。

店の照明が、いっせいに灯った。正解だったようだ。

私は重く息を吐き、明るくなった倉庫からバックヤードを抜けて、店内へと戻った。

私の放り出したモップが無残にも、床の上に新たなコーヒー溜まりを広げつつあった。私は改めてそれを拭き取ると、裏口の外にある流し場でモップを濯《すす》ぐため、バケツをぶら下げて再びバックヤードに入った。

……床に妙なものが落ちているのに気づいたのは、その時だ。

掃除用具入れのちょうど前。床の上に無造作に、未開封の牛乳パックが一本、転がっていた。

「……何でこんなところに？」

奇妙に思いながら、身を屈《かが》めて触れてみる。指先に、ひんやりとした感触が走る。おそらく冷蔵庫から出して、まだそれほど経《た》っていないのだろう。

何だか分からないが――とりあえず冷蔵庫に戻しておかないと。

私はモップをその辺に立てかけると、牛乳パックを手に、厨房に戻った。

調理台の下の冷蔵庫を覗くと、確かにあったはずの牛乳が、ごっそり消えてなくなっている。

私は拾ってきた牛乳を庫内に戻し、それから辺りを見回した。

……ひと気はない。いったい誰が、牛乳をあんなところに運んだのだろう。

何だか薄気味が悪い。さっさとモップを片づけてしまおう。

私は急ぎ足でバックヤードに戻り、倉庫へ続くドアを開いた。

そこに――また牛乳パックが落ちていた。

触ると、やはりひんやりとしていた。さらによく見れば、例の閉まりっ放しのドアの前にも、別の牛乳パックが落ちている。

「いったいどうなってるの……？」

と口に出して呟いたところで、答えてくれる者など誰もいない。

――そう、ここにいるのは私一人だけなのだ。

不意に、全身に悪寒が走った。私は大急ぎですべての牛乳パックを冷蔵庫に戻し、それからモップを手に、今度こそ裏口から外に出た。

店内に一人でいるのは、あまりに心細かった。私は店長が来るまでの残り十数分を、ひたすら寒空の下でモップを濯ぎながら、耐え続けた。

11月15日

……僕は薄暗がりの中で目を覚ました。

天井を仰ぎながら記憶を探る。今日は十五日。前回の彼女の出勤から、一週間が経った。しばらく彼女に会えていなかったが、今日は大丈夫。ちゃんとシフトが入っているのを確認ずみだ。

楽しみだなぁ。

僕はほくそ笑み、携帯電話を舌先でベロリとなぞった。

以前彼女が拾ってくれた、あの携帯電話を。

＊＊＊

「おいマジかよ、また遅刻かよ。寝坊か？」

一週間ぶりの出勤日。私は今日もタイムカードを押した直後から、船橋先輩に嫌味を言われている。

「いや……すみません」

「だからさぁ、すみませんじゃないって。二回目だぞ？　もっとやる気出せよ。三男の俺でさえ、こんなにしっかりしてんだぞ？」

「は、はあ」

いや、三男とか言われても知らないし。

「ママに起こしてもらえないのかよ」

いや、ママ一緒に住んでないし。私一人暮らしだし。

「すみません……。って、あれ？　先輩はお母さんに起こしてもらってるんですか？」

「当たり前だろ？　分かり切ったこと聞くなよ。じゃあもう俺上がるから。あとちゃんとやっとけよ？」

「はい、お疲れ様です」

私はお辞儀《じぎ》をして、裏口に消えていく先輩を見送った。ていうか……いくつだ、あの人。

呆れる私をよそに、エントランスのガラスドアが開く。さっそくお客さんだ。気持ちを引き締めて「いらっしゃいませ」と挨拶しながらそちらに目をやると、いかにも欧米系といった顔立ちの、白人男性の姿が飛び込んできた。

高齢だが、体格はガッシリとしている。若い頃は今の五割増しぐらいでかかったんじゃないだろうか——と私が下らないことを考えていると、男性は四角い顔をニコニコと微笑《ほほえ》ませながら、いかにも慣れた感じで流暢《りゅうちょう》にオーダーしてきた。

「CoffeeとAmerican WaffleとApple PieとCaramel Sconeをお願いします」

「は、はいっ。……はい？」

……流暢すぎて、何を言ったのだかよく分からなかった。私が戸惑っていると、男性は「すみません、速すぎましたね」と、改めてゆっくりとオーダーを繰り返した。

コーヒー、アメリカンワッフル、アップルパイ、キャラメルスコーン――。飲み物はコーヒーだけで、あとはすべて軽食だ。意外と簡単な内容に安堵し、私は手早く準備を始めた。

ホット用のカップをディスペンサーにセットし、スイッチを押す。コーヒーが勝手に注がれる傍ら、フード用のショーケースから三点を取り出し、専用の紙袋に入れて、ペタペタとステッカーを貼っていく。

ようやく慣れてきたな、と思いながらスムーズに商品を受け渡す。男性はにっこりと笑って、「どうもありがとうございました」と丁寧に礼を述べた。

「日本語、お上手ですね」

「ありがとうございます。日本に住んで十五年以上経つんです。ああ、私、ジェイムズと言います。この店にもよく来るんですよ」

そして――ジェイムズと名乗った彼はふと、笑みをかき消すようにして、こう続けた。

「私は毎回Coffeeを頼むのですが……最近、味が違うことがあるんです」

「え？」

そんなことがあるのだろうか。店内で豆から挽《ひ》いているわけではないし、味にムラが出るとは思えないのだけど。

「大丈夫ですか？」

ジェイムズは心配そうに、私の顔を覗き込んだ。流暢だがどこか違和感のある言語に、微《かす》かに不安がかき立てられる。

私が作り笑顔で誤魔化そうとすると、彼はなおも尋ねた。

「お姉さん、ここは、何か変ではないですか？　このお店は、何か――」

それは――この間の牛乳のことを言っているのだろうか。

変か。いや、確かに変だ。何でもないタイミングで突然ブレーカーが落ち、暗闇の中で牛乳が散乱した。しかも、私以外に誰もいなかったはずなのに……。

「お姉さん」

ジェイムズの視線が、チラリと泳いだ。

そして、囁《ささや》いた。まるで、私を案じるかのように。

「あそこにいる彼は、知り合いですか？」

「え……？」

ジェイムズが背後を振り返る。その視線を追って、私は慌てて顔を上げた。

広い窓の外に、店の駐車場が見えた。

……誰もいない。ただ車が数台、冷たい夜気に晒《さら》されて停まっているだけだ。

「あ、あの……？」

「失礼。私の気のせいだったのかもしれません」

ジェイムズが私に向き直った。すでに元の笑顔に戻っている。

「もしかしたらお姉さん、呪われているかもしれませんよ？　はたまた、私が呪われているのかも。……なーんて」

「あはは、大丈夫ですよ」

内心笑えないジョークに、私は乾いた声で応えるしかなかった。ジェイムズはそれでも明るく微笑み返すと、受け取った商品を手に、店を出ていった。

……一人になった。

途端に、薄ら寒い感覚が足首を撫でた。

悪寒かと思ったが、どうやら少し風が吹いたらしい。とはいえ裏口は閉まっているから、隙間風ということはないはずだ。

何だか嫌な感じがして、窓の外を見た。

駐車場に、新たな人の姿があった。

灰色のパーカーのフードを目深に被った男だ。それが窓越しにチラチラと店内を見ながら、エントランスに回り込んで、中に入ってきた。

「いらっしゃいませ」

声をかける。男は特に反応を示すこともなく、無言でレジの前に立って、セルフオーダー用のタッチパネルを操作し始めた。

ステッカーを出すための機械だ。もちろん店員に直接口でオーダーを伝えればすむ話だが、中には店員に話しかけるのを好まない客もいて、そういう人はセルフオーダーですませようとする。最初こそ奇妙な感じがしたが、船橋先輩曰《いわ》く、こういう客は一定の割合で存在するものらしい。

オーダーを待つ傍ら、私はチラチラと男の様子を窺《うかが》ってみた。

生白い肌の、若い男だ。店に入ってもパーカーのフードを取ろうとしない。顔を見ると、眠そうな垂れ目が目立っていた。

ジーッと音を立てて、ステッカーがプリントされて出てきた。全部で三枚。私が手に取ると同時に、男は無言で隣の受け取り口に向かっていった。

オーダーの内容は……バニラチラペチーノ。牛乳。牛乳。

最初のバニラチラペチーノはともかく、牛乳の単品オーダーは初めて見た。というか、レシピにない。どうすればいいんだろう。そのままカップに注いで出せばいいのか。さすがに牛乳にスチームミルクとかは足さないだろうし。

私は軽く迷った末、コールドのカップ二つに冷たい牛乳をストレートで注いでみた。これにバニラチラペチーノを合わせて、計三点。……本当にこれで正解かどうかは不安だったが、男は特に何も言わず、商品をトレイに載せて、奥の席に向かっていった。

テイクアウトでないということは、一人であれを全部飲むのか。牛乳二杯？　いや、それともバニラチラペチーノ用の追いミルク？　それだと大量すぎない？

男が向かった先は、柱の陰。ちょうどレジからは死角になる位置だ。おかげで牛乳の行く末がまったく見えないが……。普通にグビグビ飲んでいるのだろうか。肌が白くて牛乳っぽい人だから、割と似合っているかもだけど。

……と、そこまで考えて、私は前回の出勤日に起きた出来事を、ふと思い出した。

店内に散乱していた牛乳パック。そして、牛乳が好きな奇妙な客――。

……いやまさか、と首を横に振る。きっと偶然だろう。

そこへまた、新たな客が入ってくる。私は気を取り直して「いらっしゃいませ」と声をかけた。

二十代ぐらいの若い男性客だ。茶色く染めたサラサラな髪が眩《まばゆ》い。

「君、可愛いね。連絡先教えてよ」

オーダーそっちのけで、彼はヘラヘラ笑いながら、開口一番に私をナンパしてきた。

いったい何なんだ。ジェイムズさんの言うとおり、呪われているのか、私は。

「あの……ご注文は？」

「んー、君のハート！　なんてネ☆」

ネ☆、じゃない。

私がうんざりした顔でいると、牛乳を飲み終えたさっきのパーカー男が、エントランスに向かっていく姿が見えた。

ガラスドアを開けながら、こちらをあからさまにじろじろと眺めて出ていく。確かに、気になる光景だろう。

「ははっ☆　そうだな〜。君のおすすめがいいかな！　ってか君、何ちゃん？　名前教えてよ」

「おすすめは期間限定のダブルチョコレートチラペチーノになります」

「そっかー。名前と連絡先は？」

「………」

無言で睨む。男は私の冷たい視線などものともせず、ヘラヘラと笑い続けている。

「ほら、俺ってイケメンぢゃん？　だから結構モテちゃうんだけど〜。今がチャンスだよ☆」

いや、こんな発泡スチロール並みのスッカスカなチャンス、誰も求めてないし。

「連絡先だけでも！　ネ？」

「分かりました。ダブルチョコレートチラペチーノにしますね！」

敢えてすべてを無視して、私は笑顔で接客に徹《てっ》してやった。

その途端——男がキレた。

つい今まで見せていたヘラヘラ顔をギィッと尖《とが》らせ、私を睨む。

「人が下手に出てあげてるってのにその態度は何だよ！　白けたわ。もう帰る！」

勝手に盛り上がって勝手に白けて、一人慌ただしく表情をコロコロ変えながら、男はカウンターから離れた。そして——何となく店の奥を気にするような素振りを見せてから、そそくさとエントランスから出ていった。

いったい今の動きは何だったんだろう。少し気になったが、すぐにまた次の客が入ってくる。

私はうんざりしたい気持ちを抑え、元のスマイルに戻った。


そうこうするうちに、どうにかラストオーダーの時間が来た。すでに店内に客の姿はない。

私はようやく息をつき、例によって店長が来るまでの間、掃除をすることにした。

まずはテーブルを拭く。営業時間中も合間を縫って拭いてはいるが、やはり最後に確かめると、だいぶ汚れがついたままになっているものだ。私は濡らした布巾を手に、広い店内のテーブルを、手前から順番に拭いていくことにした。

たまに飲み残したカップが放置されていて、閉口する。ゴミは片手にまとめ、もう片方の手に布巾を握り締めながら、座席の間を回っていると、ふと窓の外で何かが動くのが見えた。

車だ。……黒い、ワゴンだろうか。

それが駐車場を突っ切り、敷地の外へ走り去っていくところだった。

いったいいつから停まっていたのだろう。少なくとも、客は全員引き上げたはずなのに。

奇妙に思いながら、私は布巾を手に、一番奥まった座席へと向かった。

テーブルの上にカップと紙ナプキンが散乱している。私は溜め息をつきながら回収しようとして――。

そこに、おかしなものが交じっていることに気づいた。

写真だ。

一枚の写真が、なぜかゴミに紛《まぎ》れて、無造作に置かれている。客の忘れ物だろうか、と思いながら、私はそれを何気なく手に取った。

……私が、写っていた。

ひっ、と引き攣ったような声が、喉の奥から漏れた。

写真は、窓の外から店内を盗み撮りしたもののようだった。奥にレジカウンターがあって、そこに立つ私の姿が、はっきりと写っている。

周囲に客はいない。つまり、私以外に被写体らしきものはない、ということだ。

思わず指が震えて、写真を床に落としかけた。慌てて強くつかんだら、手の中でぐしゃりと折れた。自分でも呆れるぐらいに動揺しているのが分かる。

「これって……ストーカー？」

口に出してみたが、何しろこれまでストーカー被害なんて遭ったことがないから、実際どうなのかは分からない。

ただ――分からないから、怖い。

私はクシャクシャになった写真をビリビリに引き千切って、ゴミ箱に放り込んだ。こうすれば、何もなかったことになるような気がして。

しかし、それが甘い考えだったと知ったのは、翌朝のことだ。

朝、テレビを点けると、ちょうどニュースをやっている時間だった。

どうやら近所で轢《ひ》き逃《に》げ事件があったらしい。夜道を歩いていた若い男性が、何者かに車で撥《は》ねられて、意識不明の重体だそうだ。犯人は捕まっていない。

嫌だなぁ、と思いながら画面を眺めていたら、被害者の顔写真がでかでかと映し出された。

私はそれを見て、思わず「あっ！」と声を上げた。

昨日私をナンパした、あの男だった。

――まさか、私にちょっかいを出したから、ストーカーに襲われた……？

それとも、ただの偶然だろうか。しかし偶然にしては、あまりにもできすぎている気がする。

11月27日

前回の出勤から十日以上が経った。

シフトが不定期なので、毎日出る必要がないのはありがたい。しかしあの日以来、どうも家にいても落ち着かない。

誰かが私を見張っているのではないか。今こうしている間にも、どこかからカメラで覗いているのではないか――。そんな意識が常につきまとって、熟睡できない夜が続いている。

そういえば最近、部屋のテレビによくノイズが走る。調子が悪いのか、と思ってそばに寄ると、すぐ近くの壁越しに、男の呻《うめ》き声《ごえ》のようなものが聞こえてきたことが、何度かあった。

……いや、どう考えても気のせいだろう。だいぶ精神的に参っているのかもしれない。もしくは、テレビの横に置いてあるチンチラのぬいぐるみに原因が……なわけないか。

ちなみに前回の盗撮の件は、すぐに店長に相談した。しかし、特に警察に通報してくれるようなことはなかった。

「まあまあ、あまり気にしない方がいいよ。君可愛いんだから、こういうことだってあるよ」

相変わらずセクハラ発言をかましながら、店長はこの問題をうやむやにしてしまった。

憂鬱《ゆううつ》だ。だが、今日はシフトが入っている。生活費のためにも、出ないわけにはいかない。

己の貧しさを恨みながら、私はのろのろと部屋を出て、アパートの階段を下りていった。

ちょうど下り切って、建物の外に出たところで、ベビーカーを押しながら高速で歩いてきたおばさんとぶつかりそうになった。「ちゃんと前見て歩きなさいよ！」と理不尽に説教されたが、言い返す元気もなく、私はやはりのろのろと駐車場に歩いていった。

＊＊＊

彼女が車に乗った。今日はシフトが入っているから、きっと店に向かうと思っていた。

こないだは、いけ好かない男が来て彼女を困らせていたから、僕がやっつけてあげた。彼女は喜んでくれただろうか。

うん、きっと喜んでくれたに違いない。そろそろ、ちゃんと僕の気持ちを伝えてもいいかもしれない。

僕は――そんなことを考えてドキドキしながら、いつもの黒のワゴンに乗り込んだ。

＊＊＊

「ストーカー？　ははは！　ばっか、誰もお前なんか興味ねぇよ！」

船橋先輩は、今日もいつもの船橋先輩だった。

まったく、私がストーカーに狙われているんじゃないかと不安を訴えた途端にコレだ。普通笑い飛ばすか？

「そんなことより、今日は店長が休みだからな。閉店までのシフトは初めてだろ？　そこにやり方メモっといたから。……いいか、ちゃんと仕事に集中しろ。やることはいっぱいあるんだから」

「分かってますよ。ええと、売り上げの精算と、賞味期限切れの食品の廃棄《はいき》と……。先輩、この廃棄するやつって、貰ってもいいんですか？」

「ストーカー怖がってるやつの言う台詞じゃねえよ、それ。ダメに決まってんだろ？」

しっかりと厳しいことを言いながら、船橋先輩がタイムカードを押す。さて、今日もワンオペの始まりだ……と店内に行きかけたら、ふと先輩が私を呼び止めた。

「お前さ、ストーカーとか絶対あり得ないと思うけどさ。……なんかあったら俺が助けてやるよ。ははは！」

まったく期待できないレベルの軽い王子様発言を残して、先輩は足早に引き上げていった。

先輩、モテないだろうなぁ……と思った。何となく。

それからすぐに客が来た。女子高校生の三人連れで、とても賑々《にぎにぎ》しい。

「私はシナモンロールと～、チュロスとコーヒー！　ホイップ追加で！」

「そんなに食べるの？　私は抹茶クリームチラペチーノ」

「は？　今寒いよ？　死ぬよ？　時期、考えなって」

「余裕だって。あーあと、マリ何て言ってたっけ？」

「トイレ行ってくるからキャラメル頼んどいて～って。キャラメルって、キャラメルマキアート？」

「いや、キャラメルチラペチーノの方でしょ」

「だからそれ死ぬんだって！」

「死なないよ！」

「それはあんただけだって！」

もうこれでもかと大騒ぎしながら、ようやくオーダーを終える。受け渡しがすむと、彼女達は店内のテーブルに着いて、改めて放課後のお喋りを楽しみ始めた。

「ねえねえ、今日一緒にバスに乗ってたおっさん、めっちゃキモくなかった？」

「あ～、あれね。なんかヤバい人っぽかったよね」

「降りるとこ違ってマジよかったよね」

「確かに～。あ、でもさ、あの人もヤバい人っぽくなかった？　ほら、チラズの外にいた人」

――チラズ？　この店ってこと？

何とはなしに聞いていた少女達の言葉に、私は思わず顔を上げた。

「あー！　鼻息ヤバかった人ね！」

「そいつもマジヤバかった。ってかなんか怖くなかった？」

「今もいんのかな～」

……気になる。もしかしたら、例のストーカーだろうか。だが耳をそばだてた途端に、新しい客がエントランスから入ってくる。

お世辞にも身なりがいいとは言《い》い難《がた》い中年の男性だ。慣れない様子でラテを頼んだものの、三七〇円と聞いてその場で持ち合わせを数え、困った顔をし出した。

「百円玉が……あれ、二枚しかないな。二七〇円では……無理だよな……」

どうやら財布の中身が足りていないらしい。立ち尽くす彼を、私はどうしたものかと営業スマイルで見守る。その間にも、少女達の会話が流れてくる。

「――でもさ、マジな話、警察とかに言った方が――」

「――変に言って恨まれても怖いし――」

……駄目だ。会話が拾い切れずに、途切れ途切れになってしまう。

顔で接客しつつ、耳で盗み聞きをするのは限界があった。と、そこへ新たに別の若い男性客が近づいてきて、「百円なら俺出しますよ」と親切に声をかけてくる。そのやり取りを見ている間に、少女達はさっさとティータイムを終えて、引き上げていった。

結局詳しい話を聞きそびれてしまった。一方レジの前の男性二人は、和やかに百円玉のやり取りをしている。

「困った時はお互い様っすから。うちの親父がいつも言ってるっす。今日寒いし、温かいもの飲んだ方がいいっすよ」

「こんな俺なんかに……ありがとう」

「気にしないでいいっすよ」

「ならありがたく頂戴します。本当にありがとう。あぁ、そういえば――」

そこで中年男性の視線が、スッと私の方に向けられた。

「――お姉さんって、霊感ある？」

「え……。いえ？」

ちょっと待て。いったい何なんだ、その質問は。

戸惑いながら私が首を横に振ると、男性は「そうかい。ならいいんだ」と答えたきり、黙って受け取り口の方に歩いていった。

どういう意図があるのだろう。もしや私に何かが取《と》り憑《つ》いているのか。私を狙っているのはストーカーじゃなくて、実は悪霊か何かか。そういう場合、どこに相談すればいいのだろう。

頭の中が混乱してくる。いや、冷静になれ。どこの世界に盗撮写真をプレゼントしてくる悪霊がいるんだ。あれはきっと人間の仕業だ。そう、あの写真が置かれていた席を利用した客が犯人に違いない。それは誰だ。レジ側から見えない奥まった席――。

「お姉さん、俺バニララテね」

もう一人の若い男性客からオーダーを受けて、私はハッと我に返った。

「ってか、お姉さん一人っすか？　いいっすね、気楽で」

彼は明るく笑ってそう言った。気楽――に見えるだろうか。慣れないワンオペだし、ストーカーにまで狙われているのだけど。

私は引き攣った笑顔で返すと、急いで飲み物を作り始めた。

いつもと違って、今日は待っていても店長は来ない。とにかく閉店まで乗り切ることだけを考えよう、と思った。


午後八時四十分――。最後の客を送り出し、私はホッと息をついた。

ここからはいつもの掃除に加えて、メモに書いてあった閉店作業が待っている。売り上げの精算。期限切れの食品の廃棄。あと……確か、在庫確認もあったたか。

テーブルを拭きながら、ふと肌寒さを覚える。窓の外を見ると、吹き荒《すさ》ぶ寒風に交じって、白いものがチラチラと舞っていた。

「雪か……。積もらないといいな」

早く仕事を終わらせて帰ろう。そう思って床用のモップを取りに、バックヤードへ向かいかけた時だった。

ガタン、と――。

どこか遠くで、何かの鳴る音が響いた。

ちょうど、裏口のドアがある辺りから聞こえた気がする。

……誰かが来たのだろうか。でも、店長は休みのはず。船橋先輩はとっくに帰ったし、他に裏口から入ってきそうな人物に心当たりは——。

言い知れぬ不安が、胸の奥から巨大な気泡のように膨れ上がってきた。私はとっさに、厨房の隅に設置されているモニターに目を向けた。

そして——思わず息を呑んだ。

……外に、何者かが立っていた。

黒い服を着た、大柄な、おそらく男だ。

カメラから距離があるためか、顔ははっきりとは見えない。それが雪の舞う中、無人のドライブスルーの道に、じっと佇んでいる。

ドライブスルー……。ちょうど私がいる、この厨房のすぐ裏手だ。オーダー用の窓を開ければ、すぐ手の届く位置に、あの男がいる。

……もし今この瞬間、外から窓を破られたら？

恐ろしい想像に苛《さいな》まれ、私は慌てて厨房から飛び出した。ここにいては危険だ、と本能が告げている。大急ぎでエントランスのガラスドアを押し開け、私は店の外に逃げ出した。

途端に雪交じりの風が、温まった肌に容赦なく叩きつけられた。

恐る恐る足を止めて、ドライブスルーのある右手を見る。人の気配は……ない。

試しに角から、厨房の裏手をそっと覗き込んでみたが、そこにはすでに誰の姿もなかった。

……立ち去ったのか。いや、そもそも何者なんだ、あれは。

ストーカーか。それとも、私のただの勘違いか。しかし従業員でもない人間が、時間外のドライブスルーに佇んでいるはずがない。今すぐに警察を呼ぶか。いや、でも本当に勘違いだったら？　後で店長に何か言われるかも――。

考えがまとまらないまま、私は店に戻るため、ふらふらと歩きかけた。

……「手紙」が目に留まったのは、その時だ。

それは、ドライブスルー用のメニューの看板に、べたりと貼りつけられていた。

白い紙に、汚い字で何かが書き連ねてある。私は震える指で紙を剝がし、文章を目で追った。

『初めて会った日。そう、あのチラズで。彼女は僕に笑いかけてくれた。一輪の花のように。彼女を思うだけで胸が高鳴る。こんな気持ちは初めてだ。今日もいつものように周りを照らしているのだろうか』

最後まで読み終えたところで――。

私は耐え切れなくなり、ついに悲鳴を上げた。

12月5日

あれから彼女はずっと暗い顔をしている。僕の気持ちは届かなかったのだろうか。

店の外から撮った写真の中では、こんなにも美しく微笑んでいるというのに。もう僕に笑顔を向けたくないのか。

そんなのは、許せない。思わずカッとなって、写真の中の彼女に、ドライバーを突き立てた。

いや……落ち着け。もう一度彼女の気持ちを確かめるんだ。

布団から抜け出す。そばに置いてあった傷みかけのリンゴが、床にゴロリと転がった。

＊＊＊

朝から降り続けた雪が、夕方にはかなり積もっていた。

車は動くだろうか。いっそ動かなければ欠勤できるかな……と弱気なことを考えながら、私は部屋でのろのろと着替える。

あれ以来ストーカーからの接触はない。このままフェードアウトしてくれれば……と淡い期待を抱く。ただ、そうあっさりフェードアウトするような男は、初めからストーカーになんてならないだろう。

憂鬱な気持ちでいると、不意に玄関でチャイムが鳴った。嫌な予感を覚えながらドアの方を見る。

ドアの郵便受けに、紙が挟まっている。何か文字が書かれている。やめて。見たくない。なのに私の指は意に反して、紙を摘まんで引っ張ってしまう。

広げた紙の上に視線を落とすと、あの時と同じ汚い字が書き連ねてあった。

『彼女のことを1番よく知っているのは僕。お母様やお父様の次にかもしれないけど。そのうち本当に1番になるよ』

嫌だ。

『彼女から話しかけてくれた。僕の携帯を拾ってわざわざ渡しに来てくれた。やっぱり僕と同じ気持ちだったんだね』

嫌だ。嫌だ。

『僕達両想い。今日は付き合った記念日になるね』

嫌だ。嫌だ。嫌だ。嫌だ。嫌だ。嫌だ。嫌だ。嫌だ。

嗚咽《おえつ》と吐き気が同時に込み上げてくる。懸命に堪《こら》える。

携帯――。あの男だ。あの日アパートの駐車場で携帯電話を捜していた、あいつだ。しかも、私が住んでいるこの部屋をすでに把握しているようだ。

……どこにいても逃げ場はない。ならば、欠勤しようがしまいが同じことだ。

私は諦めて、玄関のドアを開けた。ひと気はない。このまま仕事に行こうと、階段を下りて駐車場へ向かう。

今日も黒のワゴンが停まっている。

黒のワゴン――。妙に既視感があるのはなぜだろう。

雪をザクザクと鳴らし、自分の車に近づく。だが、ボンネットから蒸気のようなものが立ち上っている。これは……乗ったらまずいのではないか。

途方に暮れて、駐車場の外に目を向けた。引き返して休むか。でも、誰もいない部屋に一人でいる方が、よほど不安だ。むしろ、一人でも多く客がいる場所の方が、安全かもしれない。

私は重い足取りで駐車場を出て、表通りに向かった。この雪でも、バスは難なく走っている。バス停に立って待っていると、ものの数分でバスが到着した。

暖房の利いた車内に入って、少し気持ちが落ち着く。中ほどの席に座って、揺れに身を委ねていると、途中のバス停で、スーツ姿のサラリーマン風の男性が乗ってきた。

男性は、運転手の真後ろの席に座った。バスが走り出す。私はぼんやりと、窓から外の雪景色を眺める。

……と、その時だ。窓ガラスにうっすらと、男の顔が映って見えることに気づいた。

例のサラリーマンだ。彼が振り返って、顔を私の方に向けている。

ガラスの反射を介して視線が合い、私は言い知れぬ怖気《おぞけ》を感じて、前に向き直った。

すでにサラリーマンはこちらを見ていない。

なのに――なぜだろう。まだ視線を感じる。

ねっとりとした、まるで肌を這いずる虫のような視線が、はっきりと私に向けられているのが分かる。

前のサラリーマンではないのか。じゃあ、どこからだ。

そもそも――あのサラリーマンは、誰を見ていた？

ハッと気づいた。彼が見ていたのは、私ではない。

……私の後ろだ。

私の後ろに、何者かがいるのだ。とてもよくない、悪意を抱いた何者かが。

振り返れば、相手の正体が分かる。でも、それを実行する勇気は、私にはなかった。

ただ早く降りたい。それだけを願った。

やがて次のバス停が近づいてくる。カフェからは少し離れた、一つ手前の停留場だ。

私は耐え難くなって、降車ボタンを押した。バスが停まり、ドアが開く。フラフラと、私は雪の中に降り立った。

息をついてから振り返ったが、私の後から降りてくる者は、誰もいなかった。バスが走り去る。

一瞬、最後列の窓に黒い影が張りつき、私を凝視している姿が見えた――ような気がした。

私が店に入ると、船橋先輩の姿はどこにもなかった。

店内はもちろん、バックヤードにも倉庫にもいない。もちろん裏口や駐車場にもいない。

あんな先輩でも、出迎えてくれないと不安で仕方がない。あと捜していないのはトイレぐらいだ――と思って、エントランスの近くにあるトイレのドアを開けてみた。

「うおっ？　開けんなバカ！　驚かせんじゃねーよ！」

半泣きになった先輩がいた。いや、泣きたいのはこっちだ。

「ト、トイレくらい、一人でさせろよ……。ったく……早く仕事しろ！」

先輩はそう言いながら、再びトイレのドアをバタンと閉めた。

そう言えば先輩、今ズボン穿《は》いていたっけ？　もしや私、見てはいけないものを視界に入れかけてた？

まあ、見なかったからセーフだろう。ついでに、遅刻したこともバレていないみたいだし。

ようやく気持ちが軽くなった。私はバックヤードに戻って、手早くロッカーに携帯電話をしまい、エプロンを身に着ける。さらにタイムカードを押したところで、先輩がトイレから戻ってきた。

「あ、先輩。エプロン着けたままトイレに入るの駄目ですよ？　衛生的に」

「うっせぇ！　こっちは切羽《せっぱ》詰まってたんだよ、バカ！　じゃあ俺上がるから！」

真っ赤になって叫びながら、先輩はさっさと行ってしまった。

背中を見送りつつ、店内に戻る。……と、テーブル席に一人、すでに男性客が着いているのが目に留まった。

短く刈り揃えた髪に、色黒で頬のこけた輪郭。ギョロ目に分厚い唇……と、どこか凄味のある顔立ちをした男だ。一方上に着ているのは、よく量販店で売っているありふれたチェックのシャツ。強面《こわもて》とはチグハグな印象を受ける。

男は、なぜか私の方をじっと見つめている。もしや、一般的な喫茶店と同じ感覚で、私がオーダーを取りにくるのを待っているのだろうか。

確かに、そういう勘違いをする客は、たまにいる。ただ、中には何も注文せずに、休憩所感覚で席を占拠《せんきょ》したいだけというケースもある。

いずれにしても、声をかけた方がいい――。私がそう思っていると、厨房の窓側でチャイムの音がした。ドライブスルーに客が来たのだ。片隅のモニターを見ると、すでに窓の外に車が一台停まって、店員が出てくるのを待っている。

ひとまずテーブル席の男は後回しにして、私はドライブスルーの対応に回ることにした。

窓を開けると、途端に冷たい空気が顔に吹きつける。車の窓が下りて、サラリーマン風の男性が顔を覗かせた。

……さっきバスで見た男に、妙に似ていた。

自分の表情が強張《こわば》るのが、はっきりと分かった。

どうしてついさっきまでバスに乗っていた男が、今度は普通の車で現れたのか――。いや、同一人物のはずがない。きっと他人の空似だ、と思おうとしても、頭の中に嫌な想像が浮かんでしまう。

――ストーカーの正体は、実はこの男なのではないか。

考えすぎだろうか。考えすぎであってほしい。

私は強張った顔を寒さのせいにしながら、急いでオーダーステッカーを回収した。男の注文は、キャラメルマキアートとキャラメルスコーンを二点ずつ。手早く用意し受け渡す。

男は無言で車を出し、去っていった。直後、エントランスのドアが動く。肉づきのよい老婦人が入ってくるのが見えた。

「抹茶ラテを一つくださる？　それと……このワッフルも一つ欲しいわ」

落ち着いた丁寧な口調で、老婦人がオーダーしてくる。私が応対していると、さっきからテーブル席に座っていた男がスッと立ち上がり、私の方を凝視しながらエントランスに向かっていく。

――結局あの人は、何も注文していない。

男が出ていく背中を目で追いながら、私は心の中で訝《いぶか》しんだ。もはや、誰も彼もが怪しく思えてしまう。

「ここの抹茶ラテとワッフルはとても美味《おい》しいわ。わたし、いつもこの二つなの。息子も好きでね――。あ、あなた一人かしら？　よかったらこれをあげるわ」

突然老婦人がそう言って、私に何か手渡してきた。小さな玉飾りが数珠状に連なったブレスレットだ。

「これ、魔除《まよ》けの石付きブレスレットらしいの。持っておくといいわ」

「は、はあ。ありがとうございます」

「テレビ通販で買ったの。とても効果があるみたいなの。遠慮しなくていいのよ。いっぱいあるから」

婦人は半ば強引に、私にブレスレットを押しつけると、満足そうに笑みを浮かべ、受け渡し口に向かっていった。

魔除けのブレスレット、か。これでストーカーが防げる……わけがないよね。

まったく期待できないまま、私はブレスレットをズボンのポケットに捻じ込んだ。


その後も客は途絶《とだ》えることなく来続けた。

例えば、この寒いのにノースリーブにミニスカートというチャレンジングな格好で入ってきた、若い女性。彼女はどうやらアイドルをやっているようで、私を見るなり、「お姉さん、めっちゃ可愛いですよね。アイドルとかされてます?」と、捲《まく》し立《た》てるように話しかけてきた。

私が首を横に振ると、事務所を紹介するから連絡先を教えろと言われた。それも断ると、「後悔しても知りませんからね」と、謎の脅《おど》し文句を口にした後で、普通にソルテッドキャラメルモカを注文してきた。

もしかしたらアイドルというのは嘘で、詐欺的なやつかもしれない――。今やすっかり疑り深くなっている私は、そう考えることしかできなかった。

彼女がドリンクを受け取って帰っていくと、今度は入れ違いに、スキンヘッドで上半身裸の男が、裸足《はだし》でペタペタとエントランスから入ってきた。

……もはやチャレンジングにも程がある。というか、明らかに変質者だ。

私がドン引きしながら固まっていると、男は踊るような動きで胸や腰をくねらせながら、明るいノリで話しかけてきた。

「チャーッス、僕はまめたろう！　今日暑いね〜。キャラメルチラペチーノ一つね！」

無茶苦茶だ。とりあえず、その微妙に卑猥《ひわい》なダンスはやめてもらえないか。

「……お客様、他のお客様のご迷惑になりますので、服を着ていただけませんか？」

「え～！　いいじゃん、ちょっとくらい」

「刑法第１７４条。公然とわいせつな行為をした者は、六ヶ月以下の懲役若《も》しくは三十万円以下の罰金又は拘留若しくは科料に処する」

「うぐ……」

「今回の場合、公然わいせつとはならないにしても、こんな時期に上半身裸なんて、常軌を逸脱した極めて『非常識な行為』ですよね？」

「うぐぐ……」

「その場合薬物の使用も疑われますよね」

「帰ります……」

ようやく自分が通報待ったなしだという状況を理解してくれたようだ。法律知識を総動員した甲斐があった。

「服は家にあるのに……」

そう嘆《なげ》きながら帰っていくまめたろうさんの裸の背中には、よく分からない謎の哀愁が漂っていた。……いや、どのみちただの変態なのだけど。

ともあれ、ようやく店内が静かになった。時計を見ると午後八時半。そろそろ後片づけの時間だ。

私はレジカウンターを出て、いつもの流れで掃除を進めていく。途中で、そういえば先輩がトイレを使っていたことを思い出し、念のため中を覗いてみた。

トイレットペーパーが残りわずかになっている。先輩……どれだけお尻を拭いたんだろう。

私は急いで倉庫に行き、新しいトイレットペーパーを持ってきて補充した。これでよし、と思いながらバックヤードへ向かいかける。

その時だ。

……突然、店中の照明がいっせいに落ちた。

「うそ、また……？」

慌てて声を上げる。と、今度は窓の外から、何やら赤い光が差し込んできて、店内を薄赤く染め上げた。

ハッとして顔を上げると、窓の外に巨大なデジタル数字が赤く浮かび上がり、謎のカウントダウンを始めていた。

「え？　何これ、え？」

カウントダウンの残り時間は、1分30秒――。いや、そもそも何のカウントダウンなのだろう。横には「11／27」と「25℃」の文字も見える。……日付と気温？

そんな私の戸惑いを嘲笑《あざわら》うかのように、エントランスのガラスドアから、いくつもの黒い人影が、ぞろぞろと入ってきた。

影が順番に、レジの前に立つ。オーダーステッカーが出てくる。手に取って見ると、ラテが注文されている。

――早く出さないと。

なぜだかそんな気がして、私は急いでラテを作り始めた。ホットコーヒーにスチームミルクを注ぎ、カップに蓋をして、ステッカーを貼る。先頭の影がラテを手に立ち去る。

料金は受け取っただろうか。分からない。ただ、すでに次のステッカーが出ている。

手に取って見る。ラテだ。急いで作る。影に渡す。次の影もラテをオーダーしている。

カウントダウンが進む。すでに残り30秒を切っている。影の行列は途切れる様子がない。ラテと記されたステッカーが、何枚も何枚も出てくる。

カップにコーヒーを注ぐ。ミルクをスチームして注ぎ足す。蓋をする。渡す。急いで次のラテを準備する。カウントダウンが進む。もう残り少ない。

――ああ、終わる。

そう思った瞬間、ついにカウントダウンが0になった。

途端に、不快なアラームのような音が鳴り響いた。

店内が再び真っ暗になった。影はいつの間にか、すべて消えていた。

私は急いで倉庫に向かった。ブレーカーを戻すためだ。

バックヤードを抜けて倉庫に入る。壁のブレーカーを手探りで見つけ、レバーを持ち上げる。

だがカチッと言うだけで、照明が点く様子はない。

私が焦っていると、不意に冷たい空気が頰を撫でた。

振り返る。あの開かないドアが開いていて、手前に黒い影が立っていた。

あ、と思った瞬間、影は私に向かって飛びかかってきた。


……そこで、目が覚めた。

枕元で不快なアラーム音が鳴っている。体を捻《ひね》って視線を送ると、ついさっきまで店の外に灯っていた巨大なデジタル数字が、今はすっかりコンパクトになって、現在の日時を表示させていた。

我が家の目覚まし時計だ。どうやら夢を見ていた……らしい。

12月14日、午前九時――。うなされて最悪の寝覚めを迎えた私は、ぼぉっとする頭を手で押さえ、深く溜め息をついた。

目覚まし時計の横には、先日、雪の日に出勤した時に老婦人から貰った、魔除けのブレスレットが置いてある。

そう、今の夢は、途中まではすべて実際に起きたことだった。中途半端に現実が混ざっていた分、疲労感も大きい。

「……どうせなら、全部夢だったらよかったのに」

私は呟いて、ベッドの上で身を起こした。

少しふらつく。もう限界かもしれない。

しかし、いったい誰に相談すればいいのだろう。店長も先輩も頼りにならない。警察は……

捜査で店に来られたりしたら、きっと店長が嫌な顔をするだろう。

……と、そこまで考えたところで、一人心当たりがあるのを思い出した。

確か名刺を貰っていたはずだ。そう思って部屋の中を捜すと、すぐに見つかった。

――はっさく探偵事務所。もう、あの探偵に賭けるしかない。

私はさっそく、名刺に書かれたメールアドレスに連絡してみることにした。

12月17日

あれからずっと、僕は彼女を見張り続けている。

彼女は笑うことが少なくなった。店に客がいない時はビクビクして、常に怯《おび》えながら辺りを見回している。

僕のことが怖い……？　どうして？

許せない。

許せない。

……許さない。

あれから探偵事務所にメールを送ったが、返事は来なかった。からかわれたのだろうか。それとも、実はあの探偵がストーカーで、私のアドレスを把握するために偽《にせ》の名刺を渡した……とか？

分からない。もう誰が味方なのか分からない。

＊＊＊

出勤時間が近い。アパートの部屋を出ると、薄暗い廊下の隅に雪の塊がいくつもある。今日も積もったようだ。手摺《てす》りの向こうは真っ白に染まり、空はどんよりと黒い。まるで、町中がこの雪に命を吸われたかのように、すべての色彩が失せて見える。

階段を下りていく。私の足音に紛れて、何かおかしな音が聞こえる。

……ダン。ダン。

……ダン。ダン。

足音、だろうか。まさか、ストーカーか。

思わず身構える。音はすぐ下——二階の廊下から響いている。

恐る恐る、角から覗き込んでみた。

……小さな子どもが一人、通路で飛び跳ねて遊んでいるだけだった。

紛らわしいことしないで、と怒鳴りたくなる気持ちを懸命に堪え、私は下に降りた。

イライラする。怖い。寒い。あらゆるネガティブな感情が、心の中で渦巻いているのが分かる。

車に乗って、今日もカフェに向かった。

着いたものの、船橋先輩はいなかった。今日は休みだっただろうか。確か、店長が休みだというのは事前に聞いていたけど――。

「……あ、そうか。今日も閉店までいなきゃいけないんだ」

憂鬱な気持ちになりながら、無人の店内を見回す。窓の外の駐車場に、車が一台滑り込んでくるのが見えた。

ああ客だ、と思いながら、エントランスを眺めて待つ。訪ねてきたのは、見覚えのある初老の男性だった。

「あ、探偵さん！」

「やっぱり何かあると思ったんだ。よくぞ連絡してくれた」

ようやく現れたハッサクさんは、そう言って私を安心させるように、力強い笑みを浮かべてみせた。

「来てくれたんですね。ありがとうございます。本当は警察に通報しようかとも思ったんですけど――」

「警察を呼んでも無駄だ。あいつらは面倒ごとを嫌う。まだ実害が出ていないストーカー事件なんて、適当にあしらわれるのがオチだ。だから俺のような人間が必要になる」

そこで一度言葉を切ると、ハッサクさんはコートの前を正して、窓の外に目をやった。

「ストーカーは常に近くにいる可能性が高い——。ちょっと店の周りを見てくるよ」

「すみません。よろしくお願いします」

頭を下げる私に、ハッサクさんは軽く手を振って応えると、再びエントランスから外に出ていった。

ようやく味方が現れたのだ、という実感が胸に溢《あふ》れる。彼が近くにいてくれれば、いざという時助けを求めることもできるはずだ。

私が安堵していると、そこへ新たな客が、エントランスから入ってきた。スーツ姿の女性の二人連れで、一見してOLだと分かる。

一人は四十前後。もう一人は、まだ二十代といったところか。

「ここのソルテッドキャラメルモカ、すっごく美味しいんですよ〜。センパイ絶対気に入ると思います！」

若い方の女性が、もう一人にお勧めを紹介している。ここの常連のようだ。もっとも当人は、昼にも来てすでに同じものを飲んだとかで、今回は別のメニューを注文してきた。

そして——ふと私に向かって、奇妙なことを口にした。

「あ、今日って撮影かなんかの日なんですか？　ここのチラズ、特集されるとか？」

「え……。いえ、特にそういうのはしてませんけど……」

「え〜！　でもカメラで撮ってる人いたんですけど」

――何だ、それは。

全身にぶわっと嫌な汗が噴き上がった。私は自分の顔が強張っているのをはっきりと自覚しながら、相手に尋ね返した。

「……この店を撮ってたんですか？」

「ん〜。どちらかと言うと、店っていうより店員さん、みたいな？」

それは……私のことじゃないのか。

いつかの盗撮写真が脳裏をよぎった。思えば、あれも店の外から撮られたものだった。

――今日もストーカーが近くにいる。

――近くから、私を監視している。

自然と鼓動が速くなる。それを客に気取《けど》られないように、無理やり笑顔を作る。

幸い二人のOLは、私の変化には気づかないようで、和気藹々《わきあいあい》とお喋りしている。何でも先輩の方には中学生の息子がいて、ずっと引き籠っていたが、最近学校に行くようになったらしい。いつもギャハハと明るく笑っているんだとか――。

……いや、いらない情報だ。それよりも、外にいたという撮影者のことが気になる。

飲み物を作る手を動かしながら、私は懸命に考える。

あの盗撮写真――。間違いなく、私を狙うストーカーが撮影したものだろう。問題は、それが誰なのか、だ。

写真がテーブルにあったということは、ストーカーは店の中に入った者、ということだ。あの日来た客の中から、特徴的な人物を思い出す。

確か――ジェイムズという外国人。いや、彼はテイクアウトで、テーブル席は利用しなかった。それに、ストーカーという感じではなかったと思う。

ナンパ男もいた。だが彼は、結局何も買わずに、すぐ帰っていった。

他に……そう、今の二人の間にもう一人、特徴的な人物が来ている。

パーカーのフードを被った、無口な男だ。追加の牛乳を二杯も注文し、奥の席へ――。

……ああそうだ。奥の席だ。

そう言えば、さらに前の出勤日。片づけ中にブレーカーが落ち、冷蔵庫の中に入れておいたはずの牛乳が、バックヤードと倉庫に散乱していたことがあった。牛乳という共通点を、あの時はただの偶然と思ったが……。

――違う。偶然なんかじゃない。

私はここでようやく確信した。ストーカーの正体が、誰なのかを。

急いで振り返り、窓の外を確かめる。……怪しい人影はない。ただ、受け取り口に立ったOL二人が、私の妙な動きを見て、ポカンとしているだけだ。

二人は飲み物を受け取ると、またお喋りしながら引き上げていった。

入れ違いに、新たな客が入ってくる。なぜか、空っぽのベビーカーを押して――。

……顔に見覚えがある。いつだったか、アパートの下で私にぶつかりかけたおばさんじゃないだろうか。来るのか、この店に。

おばさんは無言で、ソルテッドキャラメルモカのステッカーを出してきた。ふと顔を見ると、目が涙で濡れている。もしかしたら、何か辛いことがあったのかもしれない。しかし今の私に、他人の詮索《せんさく》をする余裕などなかった。

おばさんは黙って飲み物を受け取り、そそくさと立ち去っていった。

さっきからテイクアウトばかりだ。せめて店内で飲んでくれれば、その間だけでもストーカーが来るのを防げるのに……。

心の中に、理不尽な苛立《いらだ》ちが湧き上がってくる。もちろん客に当たっても仕方がないのは分かっている。だが、抱えている不安を少しでも別のものに変えないと、恐怖で頭がどうにかなりそうだ。

……新たな客が来た。初老の女性で、いかにも近所の主婦といった出で立《いた》ちだ。

レジの前に立った彼女は、何を注文するでもなく、ボーっとしながら佇んでいる。

「お客様?」

私が声をかけると、女性はハッとしたように、こちらを見た。

「あ、ああ、ごめんごめん。いつものをちょうだい」

そう言ってオーダーステッカーが出される。ソルテッドキャラメルモカに、キャラメルマキアート。それに、あんこバターサンド……か。彼女もここの常連らしい。

順番に準備していく。ホワイトボードでレシピを確認し、飲み物を作る。あんこバターサンドをショーケースから出し、紙袋に入れる。最後にそれぞれオーダーステッカーを貼って、受け渡し口へ――。

ややこしいメニューほど気が紛れるのかもしれない。私はようやく、少し冷静さを取り戻しつつあった。

……商品を、彼女に渡し終えるまでは。

「ねえねえ」

商品を受け取りながら、彼女が私に尋ねてきた。不思議そうな顔で。

「こんな時間に、店のアンテナを修理しているの？」

「アンテナですか？　いいえ……。どうしてです？」

「あら、だって――」

そして、なぜか天井を見上げ、こう続けた。

「お店の屋上に、誰かがいるのを見たから……」

その言葉に、私は釣られて天井を見上げた。もちろん修理の話なんて聞いていない。この屋根の上に、人がいるはずがないのだ。

「……店長に電話してみます」

「その方がいいわ。……すっごくゾッとしたから」

女性はそう言い残して、帰っていった。私は彼女の背中が見えなくなると同時に、大急ぎでバックヤードに飛び込んだ。

デスクの上に電話がある。店長にかけようと、受話器を取る。だが……なぜか音がしない。

コードを目で追う。ちゃんと繋がっている。電話線も外れていない。

「何で……？　何で通じないの？」

もしかしたら雪の影響だろうか。それとも――もっと人為的な何かか。

私は涙目になりながら受話器を置くと、自分のロッカーに走り寄った。店の電話が通じないなら、私の携帯からかければいいと思ったのだ。

だがロッカーのドアを開けた途端、私は愕然《がくぜん》とした。

……携帯電話が、消えていた。

出勤した時に、ここにしまったはずなのに。他に従業員もいないのに、いったい誰が持ち去ったのか。

自然と息が荒くなる。今すぐにでも逃げ出したいという気持ちでいっぱいになる。だけど――そこでふと、私は踏み止まった。

天井を見上げる。……この上に、犯人の手がかりがあるかもしれない。

逃げるか。それとも、確かめるか。

もし私が一人なら、間違いなく逃げ出していただろう。しかし今、この店の近くには、心強い味方がいる。もちろんハッサクさんだ。

いざとなれば、あの人に助けを求められる――。その事実が、私の背中を後押しした。

私は倉庫に入った。梯子が置いてある。担ぎ上げ、裏口から外に出た。

寒風の中、雪を踏みしめ、建物の裏手に回る。梯子を立てかけられそうな場所を探していると、ちょうど壁の一角に、まさに梯子の形に跡のついた箇所があった。

つい最近、誰かがここに梯子をかけたのかもしれない。私はそこから屋上に上ることにした。金属製の梯子は倉庫の中で冷えていたせいか、指が引き千切れそうなほどに冷たかった。懸命に耐え、どうにか上り切った。

辿り着いた場所は、思いのほか狭い空間だった。レンガ状の手摺りに囲われた、長方形の平らなスペースで、ここから屋根の中心部へ向かおうとすると、さらに外壁をよじ登らなければならない形になっている。どうやら、人が活動できるように設けられているのは、この一角だけのようだ。

私は目を凝らして、周囲の様子を注意深く観察してみた。

面積にして、ざっと畳四畳分ほど。積もった雪が踏み荒らされている。やはり誰かがここにいたのだ。他に見えるのは……建築用のコンクリートブロックの山。何かの折に用意して使わなかった分を、ここに放置してあるのだろう。

それに加えてもう一つ、目立つものがあった。

ちょうどスペースの端に、正方形の短い煙突のような穴が、ぽっかりと口を開けていた。おそらく、屋内からここへ上がるために設けられたハッチだ。人一人が通れそうな広さがある。

雪が降ったというのに、扉は持ち上がった状態になっている。私はそっと、下を覗き込んだ。

……暗くてよく見えない。店のどこかに通じているのは、間違いないはずだが。

私は試しに、ここから下りてみることにした。

階段のようなものは見当たらない。だが、周囲にいくつものラックがあって、足場になってくれたため、私は難なく建物の中に着地できた。

途端に埃《ほこり》とカビの臭いが鼻を突いた。

照明は点いていないが、天井のハッチから差し込む夜の明かりが、辺りの様子をうっすらと映し出している。幸い人のいる気配はない。

目を凝らす。所狭しとラックが並び、いくつもの段ボール箱が整然と置かれている。

……倉庫だ。だが、ここは私の知っている倉庫じゃない。

いったいどこ？　私は今、どこにいる？

狭い通路を慎重に歩いていく。と、不意に周囲のラックが途切れて、広めのスペースが現れた。

足元の床に、何かが広がっている。布団と、それから広げた段ボールだ。辺りには、牛乳パックや傷んだ果物、この店のドリンクなどが、無造作に転がっている。

……誰かがここで生活している。

それに気づいた瞬間、全身の毛穴という毛穴が、ぞわっと粟立《あわだ》った。

でもいったい誰が？　いや、それはもう答えが出ている。この牛乳パックが何よりの証拠じゃないか。

とにかくこの部屋から逃げなければ――。だが、ここから梯子なしで屋根のハッチによじ登るのは、無理がある。ラックを足場にするだけでは、上りは不安定だろう。私は出入り口を求めて、周囲を見渡した。

ラックの向こうにドアが見えた。急いで駆け寄る。内側につっかい棒がはまっている。外してドアを開けると、その先には、見慣れたいつもの倉庫があった。

――そうか。あの開かないドアが、これだったんだ。

差し込む照明に目を細めながら、私は今一度、閉ざされていた倉庫を振り返った。

よく見れば、布団の上に何かが散らばっていた。

……写真だ。

私を盗撮した写真が、何枚も――。

何枚も、何枚も――。

何枚も、何枚も、何枚も――。

「あ――」

口から悲鳴が漏れかけた。だがその時、店の方から「ピンポーン」と、場違いなまでに軽やかなメロディが響いてきて、私の声を遮った。

店員を呼び出すブザーだ。こんな時に客が来たのか。いや、もしかしたらハッサクさんが戻ってきたのかもしれない。だったらすぐに助けてもらわないと――。

私は笑顔を作るのも忘れ、急ぎ足でバックヤードを抜けて、店に戻った。

そして――息を呑んだ。

レジの前に、フードを被ったあのパーカーの男が立っていた。

生白い顔をこちらに向けて。

じっと無言で。

私は厨房の真ん中で固まったまま、視線を動かした。

……オーダーステッカーが出ている。ということは、この男は今も普通の客を装っているのだ。

——追い返さないと。

——ただし、私がこいつの正体を知ったとは、気づかれないように。

「……お、お客様」

声が震える。喉が干からびて、思わず咳《せ》き込《こ》みそうになる。

それでも私は懸命に、この男を追い返すための言葉を絞り出した。

「申し訳ございません。へ、閉店の時間です」

同時に——男の垂れ下がった目が、私の顔を捉えた。

感情の籠らない、無機質な目だ。だが、男がそれ以上のことをしてくる様子は、なかった。

無言でレジの前を離れ、ゆっくりとした足取りでエントランスに向かっていく。どうやら帰ってくれるようだ。

私は泣き出しそうな顔を無理やり笑顔の形に歪め、男が出ていく様子を見守り続けた。

そして——相手の姿が完全に見えなくなったところで、大きく息を吐いた。

一度ではすまず、何度も何度も吐き出した。ぜいぜいと喉が鳴った。

だが、これで終わりではない。あの男は絶対に、ここへ戻ってくる。もしその時、まだ店が閉まっていなかったら……？

「……早く閉めないと」

私は呟き、店内を見渡した。掃除は……いや、そんなことをしている時間はない。何をすればいい？　今一番にやるべきことは何？

頭の中がパニックになって、考えがまとまらない。ただ、私があの男の正体に気づいたとバレないようにしないと——と思ったら、私の足は自然と裏口に向かっていた。もちろん、さっきの梯子を回収するためだ。

恐る恐る裏口のドアを開けてみたが、辺りには誰もいない。私は小走りで外に飛び出すと、急いで梯子を運び、元の倉庫に戻した。

「ええと、あとは……売り上げの精算。期限切れの食品の廃棄。在庫確認——」

以前やった閉店作業を思い出しながら、大急ぎで順番にこなしていく。瞬《また》く間《ま》にすべてを終え、エントランスに向かう。あとは戸締りをすれば完了だ。

急いでガラスドアの鍵を閉めた。それから取っ手にかかった「OPEN」の看板を、裏返して「CLOSE」に変える。これでおしまい——と思った、その瞬間だった。

突然、真っ黒な何かが、私の真正面に駆け寄ってきた。

閉めたばかりのガラスドア越しに目が合う。それが人だ、と私が気づいた刹那。

ビタン！　とガラスドアに、男の顔が張りついた。

短く刈り揃えた髪に、色黒で頬のこけた輪郭。ギョロ目に分厚い唇――。

「あ、あああ……」

声にならない悲鳴が、私の口から溢れた。

男の血走った目が、私を凝視している。悪意と、おそらく殺意の籠った視線が、私に容赦なく向けられている。

男の顔に見覚えがある。いつだったか、何も注文しないで席に座り、そのまま帰った客だ。

私は――自分が大きな勘違いをしていたことを、ようやく知った。

ストーカーの正体は、このギョロ目の男。さっきのパーカー男は、まったくの無関係。なのにこともあろうか、私はパーカー男の方を犯人だと思い込んで、追い返してしまった。

もし彼が店にいてくれれば、ストーカー男の襲撃を免《まぬが》れたかもしれないのに――。

絶望感とともに、私は後退《あとずさ》った。同時にギョロ目の男が、閉ざされたガラスドアをバシバシと叩く。私は悲鳴を迸《ほとばし》らせ、急いでバックヤードに走った。

とにかく外へ逃げないと、と裏口へ向かいかける。だが倉庫に足を踏み入れたところで、瞬時に嫌な予感が頭の中をよぎる。

――もし男が裏口に向かっていたら？

エントランスを閉ざした以上、私が逃げる先は裏口しかない。男がそれを見越して裏口に回ったとしたら、私は容易に捕まってしまう。

駄目だ。裏口から出るわけにはいかない。むしろ——塞《ふさ》がないと。

男が裏口から入ってくる、という当たり前の可能性に思い至り、私は大急ぎでドアに飛びついた。

震える指で裏口のドアを施錠《せじょう》する。

ドン！　とドア全体が揺れたのは、その直後だった。

それからドアノブが動き、鍵に阻まれてガチャガチャと硬い音を立てる。

危なかった……。

もう少しで男に入られるところだった。私はその場にへたり込んだ。だが、すぐに次の問題が頭に浮かんでくる。

「……どうやって逃げる？」

そう、肝心なのはそこだ。

二ヶ所ある出入り口は塞いでしまった。助けを呼ぼうにも電話は使えない。となると、あとは男が一方のドアを見張っているうちに、もう一方のドアから出るしかない。だけど——。

立ち上がり、バックヤードからそっと店内の様子を窺う。

……窓の外に男がいる。私の姿を求めて、店を覗きながら足早に歩いている。

エントランスのドアへ。取っ手に手をかけ、開かないのを確かめ、もう一度裏口へ……。そのまま待っていたら、再び裏口のドアノブが鳴った。すぐにやみ、また窓の外に、エントランスに向かう男の姿が現れた。

――駄目だ。あいつが外にいる限り、ドアからは出られない。

他に方法はないか。例えば、トイレの通気口から外へ……いや、店内のトイレの位置は、窓から見れば丸分かりだ。私がトイレに向かえば、脱出手段などすぐにバレてしまう。

他に何かないのか。あの男の死角から外に出る方法は――。

……考えるうちに、一つ思い浮かんだ。

例のハッチだ。あそこは倉庫の奥だから、窓からは見えない。それに、私があのハッチの存在に気づいていることを、男はまだ知らないはずだ。

上るための梯子が回収ずみだったことも幸いしていた。私は倉庫に置いた梯子を担いで、奥へと向かった。

開け放たれたハッチから、冷え切った外気が雪崩《なだ》れ込《こ》んでいるのが分かる。例の寝床をチラリと見やる。おぞましい臭いが鼻を突き、思わず目を逸《そ》らす。

ハッチの真下に立ち、梯子を壁に押しつけた。足元が安定していることを確かめ、私は再び屋上へと向かった。

途端に、寒風が顔に吹きつけた。目を細めて、雪の上に這い上がる。そのまま姿勢を低く保ちつつ、レンガの手摺りからそっと顔だけを覗かせる。

……飛び降りるには高い。倉庫内と違って足掛かりになるものがないし、下はアスファルトだ。軽傷ではすまないだろう。

せめて、分厚い雪の上にでも着地できればいいのだけど……。そう思って雪の位置を確かめようとした時、私の目に、とんでもないものが飛び込んできた。

それは街灯の下、道路脇の雪の上に、静かに横たわっていた。

仰向《あおむ》けの姿で。乱れたブラウンのコートを、大量の血に染めて。

――ハッサクさん！

私は心の中で叫んだ。遠目にも、すでに彼が事切れていることは理解できた。

……あの男にやられたのだ。

……間違いなく、次は私の番だ。

頬が濡れ、ピリピリと痛む。いつしか溢れていた涙を手で拭い、私は今一度、下の様子を窺った。

男がいる。相変わらず、エントランスと裏口の間を行ったり来たりしている。

これでは下りる隙などない。たとえ無傷で下りられたとしても、すぐに捕まってしまうだろう。それに、そもそも――。

私はハッチの方を振り返った。

……このハッチは、男が倉庫への出入り口として使っている場所だ。あいつはここから人が出入りできることを知っている。このまま私が屋上に籠城していても、いずれ見つかる。

もはや残された手段はなかった。

……ただ、ある一つを除いては。

一瞬ためらう。だが、他に助かる道はない。

私は覚悟を決め、雪の上を静かに移動した。屋上の片隅に、コンクリートのブロックが積まれている。一つを手に取る。冷たい。持ち上げると、ゴツゴツとした表面に皮膚を削られるかのような、嫌な感触が走った。

ずっしりとしたブロックを抱え、私はもう一度、手摺りから下の様子を窺った。

……すぐ真下に男がいる。立ち止まって、窓から店の中を覗き込んでいる。

と——その視線が、不意にこちらへ向けられた。

見つかった！

もはやためらっている暇はない。私はブロックを抱えた両腕を手摺りから突き出し、そのまま手を離した。

ブロックは、一瞬風の抵抗を受けながらもそれを無視して、まっすぐに落ちていった。

グシャリ、と鈍い音がした。

見下ろすと、男が雪の上に倒れていた。

……動く様子はなかった。

私はハッチから倉庫に戻った。震えと涙が止まらなかった。よたよたと裏口から外へ出て、そのまま近くの交番に向かった。

その後私は交番で、警官に事情を話した。

知らない男に襲われ、殺されかけたこと。男を殺してしまったこと。殺すつもりなどなかったのに、ただ怖くて、そうするしかできなかったこと――。

泣きながら、震えながら、早口で捲《まく》し立《た》てるように何度も訴えた。

警官は、私を連れてカフェへと向かった。

……男の死体は、どこにもなかった。

いや、それどころか、探偵の死体すらない。雪の上に広がっていた大量の血痕も、跡形もなく消え失せている。

……どういうことだろう。また悪い夢でも見ていたのだろうか。

とにかく警官は、「事件性なし」と判断したらしい。動転する私をパトカーで家まで送り届け、後のことは任せてくれと言って、去っていった。

これで――終わったのだろうか。

もう何も、怖いことは起きないのだろうか。

分からない。ただ、今は早く日常に戻りたかった。

家でゆっくりと休みたかった。

12月18日

目が覚めると、すでに陽が落ちていた。

どれほど長く眠っていたのだろう。呆れながら、のろのろと起き上がる。

店や警察から連絡はあっただろうか——と携帯電話を確かめようとして、昨日なくしたことを思い出した。

店を捜せばあるだろうか。だが、今この時間からあのカフェに行くことに、言い知れぬ不安を覚えてしまう。まだ心に恐怖が染みついている。明るくなってからの方がいい。

私はベッドから這い出し、テレビを点けた。何でもいいから、不安を紛らわせるものが欲しかった。

ちょうどニュースをやっていた。どこかで女子中学生が行方不明になったらしい。物騒だな、と思っていると、突然テレビにノイズが走り、一瞬違う映像が映った後、砂嵐しか流れなくなった。

……今の映像は、何だったのだろう。この部屋の様子に似ていたような……。

分からない。とにかくテレビは修理しないと映らなそうだ。しかしオーナーに電話しようにも、携帯電話がない。

途方に暮れる。……と、不意に聞き覚えのある着信音が、どこからか流れてきた。

私の携帯電話だ。耳を澄ませる。ベランダだろうか。そう思ってガラス戸を開けてみたが、それらしきものは落ちていない。

しかし、着信音は聞こえ続けている。手摺りの向こうだろうか。

身を乗り出してみた。少し音が大きくなった。どうやら——下にあるらしい。

……駐車場だ。なぜあんなところに。

奇妙に思いながらも、私は玄関を出て、階段を下りていった。

駐車場に着く。私の車がないことに気づく。そういえば昨日、店に停めたまま置いてきてしまったのだ。やはり明日になったら取りにいかないと……と考えながら、音のした方に向かう。

案の定、駐車場の片隅に、私の携帯電話が落ちていた。

もしかしたら、店のロッカーに入れたと思ったのは、私の勘違いだったのかもしれない。本当は昨日の出勤前に、ここに落としただけだったのだ。

ドジだな、と小さく笑い、私は再び階段を上がった。

……そう、怖いことが重なりすぎて、神経質になっていたのだろう。よくよく考えれば些細《ささい》な勘違いやただの思い込みを、必要以上にストーカーに結びつけて考えてしまっていたに違いない。駄目だ。少し冷静になろう。

階段を上り切ったところで、深呼吸してみる。少し気持ちが楽になった。

玄関のドアを開けようとすると、鍵が開いていた。

……出る時、閉め忘れただろうか。

……いや、大丈夫。たぶんただの閉め忘れだ。

そう思い直して、部屋に入る。明かりが消えて、真っ暗になっている。

……消して出ただろうか。

……いや、大丈夫。たぶん消して出た、気がする。

後ろ手にドアを閉め、鍵をかける。

靴を脱いで上がる。
同時に――キィ、と奇妙な音がした。
クローゼットの方からだ。
……誰かが、いる？
……いや、大丈夫。きっと、きっと気のせいだ。
でも――もし本当に誰かがいたとしたら。
……その時は、私は今度こそ、逃げられないかもしれない。

夜間警備

プロローグ・自宅～出勤

今夜も出勤時間が迫っていた。

午後十一時。マンションの自宅にあるリビングのソファで、俺は眠りから目を覚ました。

身を起こし、軽くストレッチして体を慣らす。それから手早くシャワーをすませ、リビングに戻ってテーブルを見る。

冷めたカレーの皿が置かれていた。無視して、買っておいたコンビニ弁当で腹を満たす。妻の手料理を食べなくなって、どれぐらい経《た》っただろうか。自分でもよく覚えていない。

この時間、妻はすでに寝ている。夫婦の寝室のベッドは、妻が占拠している。俺が毎日この時間に起きるのが不満だったらしく、だいぶ前にソファで寝るように言われた。

……正直、冷え切っている。俺達に娘がいなければ、とっくに離婚していたように思う。

俺はリビングの隣にある子ども部屋を見た。色とりどりの巨大なブロックが、でっかい城を築き上げている。娘の力作だ。

もっとも当の娘は、この部屋にはいない。すでに自室で、お気に入りのチンチラのぬいぐるみと一緒に眠っている頃だろう。

俺は肩を竦《すく》めた。

家族の顔を、もう長い間見ていない気がする。夜に出かけ、朝に帰り、昼に眠る――。そんな生活を続けていれば、当然かもしれない。

室内は、静まり返っていた。

音を奏《かな》でることもなく置物と化している蓄音機《ちくおんき》。俺が寝ている間だけ点《つ》けられるテレビ。そのテレビ台の下に溜まっている何本ものホームビデオのテープも、もう俺が見る機会なんてないのかもしれない。

ベランダの前に立って、ガラス戸越しに外を眺める。今夜も冷たい雨が降っている。俺の洗濯物だけが外に干しっぱなしだ。俺は舌打ちしてガラス戸から離れると、出勤前のいつもの習慣で、壁にかかっている日めくりカレンダーを破った。

10月23日。

特に何の感慨もないその数字の下に、何かの書き込みが見えた。

――Happy Birthday
英語だから、妻が書いたのだろう。その隣には、娘の手によるものと思《おぼ》しき風船の絵が添えられている。

……そうか、今日は娘の誕生日だったか。

いったいいくつになったんだっけな――と、リビングにあるベビーチェアを振り返りながら思った。思っただけで、思い出そうとはしなかったが。

水を飲みにキッチンに行くと、冷蔵庫の扉に、娘の描いた絵が貼られていた。

俺達家族三人が描かれている。いつの間にこんなものを貼ったのだろう。妻が貼ったのか。

ということは、俺への当てつけか？

軽く苛立《いらだ》ちながら、冷蔵庫の扉を開いた。

中には、でかいバースデーケーキが、一ホール丸ごと収まっていた。

これも妻が買ったものだろう。ありふれたショートケーキで、「7」の数字を模《も》した蝋燭《ろうそく》が突き立っている。

……そうか。七歳か。

でもまあ、どうせパーティーは俺抜きでやるんだろうな。

俺は溜め息をつき、妻が寝ている寝室にそっと入った。妻がベッドの中で小さく身じろぎする。起こすとうるさいので、できるだけ静かに着替えをすませて、廊下に戻った。

さて、そろそろ時間だ。俺はポケットに車のキーがあるのを確かめると、傘を手に家を出た。


俺はとある警備会社に勤務している。今年で三十五歳。賃貸マンション住まい。妻子持ちで車持ち。……まあ、正社員で深夜手当も出るので、それでどうにか生き永らえている感じだ。

ちなみに会社勤めと言っても、現場の警備員だから、通勤先は一定しない。配属先が変われば通勤ルートも変わる。大抵は一つの現場に数日から数ヶ月、下手したら数年単位で出向くことになるが、上司や前任者の都合で、急に配属先が変更になってしまうこともある。

今夜がまさにそれだ。今から向かう先は、まったく新しい現場になる。ここからそう遠くないオフィスビルだ。せっかくの初日だというのに、今夜も雨なのはいただけないが、心機一転して臨《のぞ》むしかない。

傘を差して駐車場に出る。車まで走り、素早く乗り込んだが、それでも雨が制服を濡らしたと見えて、肩にじわりと冷たさが浸《し》み込《こ》んできた。靴下も少し濡れてしまっている。

まったく、雨のたびにこれだ。うんざりしながら、俺は車を出した。

「今夜《こんや》も雨──」

ハンドルを握りながら、ふと声に出して呟いてみた。

……なぜだろう。違和感を覚える。

いや、そもそも昨日は雨だっただろうか。

考えてみたが思い出せない。やれやれ、一日前の天気が分からなくなるなんて、まだそんな年齢でもないだろうに──と、俺は苦笑した。

やがて車がオフィス街に入った。時間が時間だけに、道路に他の車はない。

目的のビルは、すぐに見つかった。

駐車場の位置は分かっていた。俺は車を停めると、傘を差して表に出た。

ビルの正面に立って見上げる。十一階建てで、地下はないらしい。ここから見える窓はどれも暗い。少なくとも、部屋はほぼ消灯ずみのようだ。

俺は気を引き締め、正面のエントランスからビルの中に入った。

……この先に、とてつもない恐怖が待ち受けているとも気づかずに。

1F

『この建物の警備員だった落木敬護《おちきけいご》くんと連絡が取れなくなった。おそらく辞めたのだろう。これからは君に頼もうと思っている。この会社は、深夜0時以降の残業は禁止というルールがあるらしい。時計と監視モニター、警備内容を確認してから見回りをしてくれ。よろしく。

――山本《やまもと》マネージャーより』

着いてすぐに一階の警備室に入ると、デスクの上に、そんなメモ書きが残されていた。

山本マネージャーは俺の上司だ。もっとも俺が本社に出向く機会は少ないから、顔を合わせたことはほとんどない。

そして……なるほど、このメモにある落木という男が前任者か。勝手にいなくなっちまうなんて、ろくなやつじゃないな。

俺はそう思いながら、時計を確かめた。

深夜0時ちょうど……。絶妙なタイミングだ。続いて、壁一面に並んでいる監視モニターに目を向ける。

モニターは全部で十二台。いずれも、ビル内の監視カメラが捉《とら》えた映像を、リアルタイムで映している。もっとも機能しているのは十台だけで、残りの二台は砂嵐が見えるばかりだ。

いくつかのフロアに、人影が映り込んでいる。どうやら、まだ残っている社員がいるらしい。

さて、あとは警備内容の確認だが……。こちらはデスクの上に、もう一枚のメモとして、まとめられていた。

項目は全部で三つ。「部屋の奥の火災報知器を点検し、施錠《せじょう》する」「トイレの明かりを消す」「人がいる場合は帰らせる」。どれもそう難しくはないだろう。もっとも、今ビル内に残っている人数にもよるだろうが。

モニター内の人影を見やり、俺は小さく溜め息をつく。それから懐中電灯を手に取ると、とりあえず一階から順番に巡回を始めることにした。


警備室を出て、まず初めにエントランスを施錠した。残業組が通れなくなるが、裏口から帰ってもらえばいいだろう。

俺はエントランスを背に振り返り、改めてフロアの様子を眺めた。

光の薄い蛍光灯に照らされた無機質な廊下が、まっすぐに延びている。向かって右手には、つい今まで俺がいた警備室。左手には自動販売機が並ぶ。

廊下はさほど長くなく、少し進んだ先で別の廊下に垂直に突き当たる。ちょうどTの字を描く形だ。どちらかと言えば、あちらの横軸の廊下の方が、メインの道と言える。

俺はそちらに向かって、ゆっくりと歩き始めた。

周囲から人の声や気配が伝わってくる様子はない。ただ代わりに時おり、ゴォン……とか、ゴッ、ゴッ、ゴッ……とか、まるで金属が唸《うな》るような、嫌な音が響いている。

家鳴《やな》り——というやつだろうか。要は建物の軋《きし》みだ。所詮《しょせん》は自然現象だが、気味のいいものではない。

自販機の前を過ぎると、すぐに突き当たりに着いた。

T時の交点に立って、左右を確かめる。右側の道は、そう距離もなく行き止まりになっていて、突き当たりに非常口のアルミドアがある。これが裏口だ。向かって左手には、ドアが一つ見える。

T字の左側の道は、右側よりも長く延びている。こちらは向かって右手に、ドアが三つ並ぶ。ちょうどメインの廊下に沿って、合計四つのドアが存在する形だ。

これらのドアは、いずれも大きな部屋に通じている。確か各フロアの部屋数は、基本的にこの大部屋が二つだけだったはずだ。ということは、一部屋につきドアが二つある計算だろう。

俺は左側の方を向いて、懐中電灯の光を走らせた。

——天井の蛍光灯は点いているのに、どうしてこんなに薄暗いんだろう。

見通しの悪い廊下に目を凝らす。奥の突き当たりがぼんやりと見える。あちらは非常口のようなものはなく、ただの壁だ。

俺はまず、廊下を左に辿っていくことにした。

カツ、カツ、と靴を鳴らして、冷たい廊下を進む。

その音に合わせるかのように、ゴッ、ゴッ、……と鉄骨が軋む。

少し進んだ先で、左手からさらに別の道が分岐《ぶんき》しているのが見えた。

覗いてみると、道の左右にはコピー機と、これまた自販機が設置されている。奥の突き当たりはエレベーターの扉になっていた。ここから別のフロアに移動できるようだ。

――むしろT字の本当の中心は、こっちだな。

俺はそう思いながら、改めて周囲を見回した。

このエレベーターの通路は、ちょうどメインの廊下を二分割する位置にある。突き当たりの壁には、大きく「1」と書かれている。ここを起点と考えた方がいいだろう。

俺はさらに廊下を進んでいった。

廊下の残りはそう距離もなく、すぐに行き止まりに至った。向かって右手にドアがあるのはすでに確かめたとおりだが、左手の壁にも磨《す》りガラスのはまったドアが二つ、間隔《かんかく》を置いて並んでいる。

それぞれドアの表には、男女の性別を表すマークが描かれている。ここがトイレだ。

指示には、トイレの明かりを消せ、とあった。俺はさっそく男子側のドアを開けて、中を覗いてみた。

個室のドアが、どれも閉まっている。もっとも、鍵はかかっていない。トイレによっては、使用されていない時にドアが開く構造になっているものもあるが、このビルのトイレの個室は、常にドアが閉まるようになっているらしい。

照明のスイッチは、入ってすぐの壁についていた。入り口から手を伸ばせば届く位置だが、念のため中に入り、水漏れや不審物がないかどうかもチェックする。特に問題はないようなので、すぐに照明を消して出た。

続いては女子トイレだ。こちらも中に入ってみたが、特に異変はない。同じように消灯し、これで一階のトイレは終わりだ。

次は大部屋の点検になる。俺はまず、一番左のドアから足を踏み入れた。

そこは、典型的な昔ながらのオフィスだった。真っ白な箱型のパソコンモニターをでんと据《す》えたデスクが、申し訳程度の衝立《ついたて》を仕切りにして、対面になるようにいくつも並んでいる。

照明は、やはりすでに落ちている。奥の壁に、真っ赤な光が灯《とも》っているのが見える。あれが火災報知器だろう。

俺は懐中電灯を頼りに、真っ暗なオフィス内の通路を進んでいく。

ゴォン……と、どこかで何かが軋む。

報知器の前に着いた。特に異常は見当たらない。あとはドアを施錠すれば、こちらの部屋は終わりだ――。そう思いながら、何気なく懐中電灯を、大部屋の角に向けた。

……人がいた。

こちらに背を向けた、背広姿の男だ。

ホワイトボードの前に立って、何かをしている。

思わずドキリとした。が、すぐに気を取り直す。相手は、ただ残業しているだけの社員だ。

それがたまたま、この真っ暗な部屋で静かに立っていた、というだけのことだろう。

……異常なことだ、とは、敢《あ》えて思わないようにした。

男は俺に気づいていないのか、懐中電灯の光を当てても、こちらを振り向こうともしない。

俺は咳払《せきばら》いを一つすると、そばに寄って「すみません」と声をかけた。

「失礼ですが、こちらにお勤めのかたですよね？」

「え？　……ああ、新人の警備員か」

男が振り返り、俺に言った。

どこか見下したような目をしていた。

歳《とし》は四十前後か。小太りで、少し額《ひたい》が広がりつつある、特に珍しくもない外見の男だ。手に缶コーヒーを持っているが、好きで飲んでいるわけではない……というのは、この時間に残業していることから容易に分かった。

「0時……。もうそんな時間か。クソ、終わりゃしない……。まあいい。明日にでも、俺も部下に押しつけよ」

男はそう呟くと、俺に「じゃあな」と言い残して、コーヒーを持ったまま廊下に出ていった。

俺も続いて部屋を後にする。男の背中を目で追うと、彼はまっすぐに廊下を進み、おとなしく非常口のドアから出ていった。エントランスが閉まっていることに気づいている——ということは、相当残業経験が多いのだろう。

……まったく。こんな会社では働きたくないもんだ。

俺は苦笑すると、念のためもう一度オフィスに戻った。

他にまだ残っている人がいるかもしれない。そう思って、物陰を確かめていく。

デスクの下。ホワイトボードの裏……。特に人やおかしなものは見当たらない。

廊下側の壁には、従業員用の縦長のロッカーがいくつか並んでいる。一つ、ドアが開きっぱなしになっているが、中は空っぽだった。

それから再度廊下に出ようとして、室内にもう一つ、廊下とは別の方に通じるドアがあることに気づいた。どうやら隣の大部屋に直接繋がっているようだ。

開けて、隣に移ってみた。

こちらは、会議室だった。

長いテーブルが巨大な「コ」の字を描くように連なり、壁の一方にホワイトボードとスチール製の棚が見える。何の変哲もない、ありふれた会議室だ。

こちらも照明は落ちている。懐中電灯を走らせてみたが、特に異常もない。せいぜい、テーブルの上に書類が数枚、置き忘れられているぐらいだ。

好奇心から書類を覗いてみると、表にボールペンでぐちゃぐちゃに線が引かれていた。これではまともに読めないだろうに……。いったいなぜこんな風にしたのだろう。いじめか？

いや、どうせ俺には関係のないことだ。

俺は書類をテーブルに残したまま、火災報知器の点検を終えて、廊下に戻った。

四つのドアを施錠し、改めて廊下を見渡す。もうこのフロアでやり残したことはない、と思う。廊下の照明を消すべきか少し迷ったが、まだ何人か、別のフロアで残業している人がいたはずだ。全員帰した後で、最後に改めて消せばいいだろう。

俺はひとまず次のフロアへ向かうことに決め、エレベーターに向かった。

扉を開けると、カゴ内の明るい光が廊下に溢《あふ》れてきた。何だか、妙に安心した。

2F

軽やかなチャイムを奏でて、エレベーターの扉が開いた。

一階と同じような感じの廊下が、目の前に現れた。

無機質で、明かりが点いているのに薄暗い。ゴッ、ゴッ……と妙な軋み音が響く。

俺は、自販機と休憩用のベンチに挟まれた通路を進み、すぐ先のメインの廊下に出た。壁には大きく「2」と書かれている。

基本的な造りは一階と変わらない。ただ、廊下の右側を見ても途中に分岐路はなく、まっすぐ進んだ先に非常口があるばかりだ。下でエントランスや警備室があった区画は、このフロアにはない。

今度は、向かって右の大部屋から見ることにした。

ドアを開く。中はオフィスだ。もっとも、一階で見たオフィスと違って、狭苦しさはない。

理由は、席の配置方法だろう。スクエア型に仕切られたスペースの四隅に、それぞれのパソコンデスクがあって、全員が背中を向けて座る形になる。確か、ベンゼン式と言ったか。

きっとここを使っているのは、平よりも待遇のいい連中なんだろうな——。そう思いながら、俺は暗いオフィスに懐中電灯の光を走らせた。

そこに、また——。

……人がいた。

今度は、女だ。

灰色のパンツスーツを着た茶髪の女が、壁際のスチールラックの前に佇《たたず》んでいる。俺は一瞬荒くなりかけた呼吸を整えると、彼女に近寄って話しかけた。

「あの、すいません」

俺の声に、女が振り返る。まだ若い。二十代で間違いないだろう。化粧のせいか多少派手な顔立ちだが、なかなかいい女だ——と素直に感じた。

女は俺の顔を見やり、それから体ごと向き直ると、まるで俺を値踏《ねぶ》みするように、頭から足までじろじろ眺め回した。

「あー……、あなたって、もしかして……」

「何ですか?」

何か言いたそうにしている女に、俺が尋ねる。女は改めて俺の顔を見つめ、にんまりと蠱惑《こわく》的《てき》に微笑《ほほえ》んだ。

「ふ～ん……。かっこいいですね!」

「え？　あ、ええと——」

「連絡先、交換しましょ！」

「いや、そんなこと急に言われてもな……」

まさかのナンパだ。俺は苦笑した。相手がいないと思われたのか。……いや、こういう軽そうな女は、相手がいようがいまいが関係ないのかもしれない。

俺はそっと、彼女の肢体に視線を這《は》わせてみた。

……悪くない、と思った。

正直、今の相手には飽き飽きしているところだ。少しぐらい遊ぶ女を増やしたところで、文句を言われる筋合いはないだろう。

「ねえねえ、連絡先教えてくださいよぉ。教えてくれなきゃ、私帰れないです～」

女が駄々っ子を装って甘えてくる。俺は「仕方ないな……」とわざとらしく呟き、ポケットから名刺を一枚取り出して、裏にボールペンで自分の携帯番号を書き加えた。

名刺を渡してやると、彼女は満面の笑みを浮かべた。少し、わざとらしい笑いにも見えたが。

「ありがとうございますぅ。絶対後悔させませんから。……ふふっ、私からの連絡、無視しないでくださいね？　さ・よ・な・らっ♪」

手を振って、女が廊下に出ていく。俺は彼女の後ろに立って、パンツ越しのヒップを目で楽しみながら、手を振り返した。

彼女が向かったのは、エレベーターではなく非常口の方だった。

まあ、どうせ裏口から帰るなら、非常階段で下りた方がスムーズだろう。俺はそんなことを考えながら、隣接するもう一つの大部屋に移動した。

そちらもまた、似たようなオフィスが広がっていた。

席の配置も変わらない。まるで、前の部屋と双子のようだ。

懐中電灯で照らして人が残っていないことを確かめつつ、赤いランプの方へ近づく。

特に異常はない。あとはトイレの照明を消せば、このフロアも終わりだな……と思いながら、何気なく後ろを振り返る。

そこに――妙なものがあることに気づいた。

……テレビだ。

ちょうど目の前にあるデスクの片隅に、なぜか一台のブラウン管テレビが、不自然に置かれている。しかも、電源が入ったままで。

画面には、ただひたすら砂嵐が流れている。誰かの消し忘れだとしても、チャンネルが局に合っていないのは妙だ。

……いや、そもそもなぜ、オフィスのデスクにこんなものがあるのだろう。

俺は不可解に思いながらも、とりあえず画面を消しておこうと、本体の電源ボタンに手を伸ばしかけた。

その時だ。突然、何かが画面に映し出された。

真っ白な光――に見えた。

しかしよくよく眺めてみると、どうやらオフィスにあるパソコンのモニターを、ドアップで撮ったものらしい、と分かった。

映像内の背景は真っ暗で、ただ大写しになった箱形のパソコンモニターだけが、白い光を放っている。カタ、カタ、カタ……と、キーボードを打つ音も聞こえる。

深夜のオフィスで残業中の映像、といったところか。いったい誰が何を思って、こんなものを撮影したのだろう。

俺がじっと映像を眺めていると、不意にドアの開く音がして、カツカツと硬い靴音が近づいてきた。

……生の音ではない。あくまで、映像内の音声だ。

『＊＊さん、まだやってんの？』

テレビのスピーカーから、どこか相手を小馬鹿にしたような声が流れてきた。

女の声だ。……心なしか、さっき会った女のそれによく似ている気がする。

声の主は、誰かに話しかけているようだ。「＊＊さん」というのが相手の名前だろう。もっとも、はっきりとは聞き取れなかったが。

『大変だね〜。じゃあ私帰るね！　頑張ってね！』

まったく労《ねぎら》う気のない軽い言葉を吐き、女は再び靴音を残して、オフィスから出ていった。
＊＊さんは、何も答えなかった。
ただ、カタ、カタ、カタ……と、無機質なキーの音だけが、暗い室内に鳴り続ける。

……映像は、そこで途切れた。

いったいこの映像は何だったのだろう。テレビの番組ではない。ホームビデオだろうか。いや、だとしても、何のためにこんな映像を撮影したのか。

俺は首を傾《かし》げながら、テレビの電源を切り――。

そこで、最もおかしなことに気づいた。

今の映像だ。なぜ、突然流れた？

……誰も、何の操作もしていないはずなのに。

俺はもう一度テレビを見下ろした。すでに電源の切られたテレビは、当たり前だが、もう何も映すことはない。気にはなるものの、このテレビに長々と構うのも時間の無駄な気がする。

仕方なくオフィスを出て、廊下に戻った。そのままドアを施錠して歩く。

ゴォン……と、どこかでまた、何かが軋む音が鳴り響いた。

この音を聞くたびに、心細くなる。急ぎ足でトイレに向かう。

先に男子トイレの照明を消し、続いて女子トイレに入る。ざっと眺めて壁のスイッチに手を伸ばしかけると、そこで突然個室の中から、女の焦り声が飛んできた。

「え？　誰？　何の用……ですか？」

どうやら――ちょうど使用中だったらしい。

俺が慌てて警備員であることを告げると、相手はひとまず安心したのか、声を和らげた。

「あ～、警備員さん？　電気消さないでいてもらえます？　私が消しておきますので……」

和らいだものの、その声にはどこか気まずさが込められている。さすがにトイレで異性と鉢合わせすれば、こうなってしまうか。もっともそれは、俺も同じだった。

俺は「失礼しました」と一言詫《わ》びて、女子トイレを出た。

もしこれが男子トイレなら、相手が用を足し終えるまで、廊下で待っているところだが……。女性が相手ではそうも行かない。

俺は、個室の彼女がしっかり消灯してくれることを願って、次のフロアに進むことにした。

3F

エレベーターを降りた先には、これまた無機質な廊下があった。

ただ奇妙なのは、フロア中にうっすらと、白い靄《もや》がかかっていることだ。

火災報知器が反応している様子がないから、煙ではないと思うが――。なぜだろう、ここにいるだけで、嫌な寒気を覚えてしまう。

外が雨だから、空気が冷えているのか。いや、業務用の冷凍庫でもあるまいし、このフロアだけが寒さで靄がかかるなんて、あり得ない。

不自然に思いながら、まず大部屋二つの確認からこなしていくことにした。

非常口側の部屋は、また会議室だった。ただし一階で見たのとはテーブルの配置が違っていて、教室のように平行に並んでいる。正面にはホワイトボードが二つ。いずれも、特に変わった様子はない。

報知器を点検し、すぐに隣の部屋に移った。

こちらは、資材置き場だ。四方の壁に骨組みだけのラックが据えられ、段ボール箱がずらりと並べて置かれている。

部屋の中央にはテーブルがあって、書類が散乱している。奥には、出しっぱなしの脚立《きゃたつ》が見える。何かの保管場所にしては、ろくに整頓《せいとん》されている様子がない。

いや、それよりも――。

俺の目は、テーブルの上の一点に吸い寄せられた。

……テレビがあった。

やはり砂嵐が映っている。俺が懐中電灯で照らしながら近づくと、またパッと、何かの映像に切り替わった。

現れたのは、先ほどと同じく真っ暗な室内だった。

その暗闇の中に、砂嵐の画面が映っている。画面の中に画面がある形だ。テレビか。それともパソコンか。暗くて判然としない。

誰かの足音が近づいてくる。またあの女か、と思ったが、続いて聞こえたのは男の声だった。

『明日までにこれやっとけよ！』

横柄《おうへい》に怒鳴る。相手は、黙っている。

数秒後、また男の声がした。

『……なんだその目は！　……××××××、××××！　××××――』

不意に映像が乱れた。男の口調があり得ないほど速くなり、何を言っているのか、まったく聞き取れない。

――ビデオの早送り再生だ。

俺は気づいた。そう、この映像の乱れた感じは、まさに早送りの動きと同じだ。

だとしたら、この映像もビデオか。デッキは……近くには見当たらないが。

俺がテレビの周りを探っていると、映像の乱れがようやく落ち着いた。

『おい！　聞いてん――おい！　聞いてんのか？』

男が、同じ台詞を二度繰り返した。これも再生機のトラブルだろう。

映像は、そこで途切れた。

再び砂嵐に戻った画面を消し、俺はふぅと息をついた。

いったい今の映像は何だ。ビデオだというのは分かったが……。こんなパワハラの様子を収めた映像なんて、誰が撮影したのだろう。

……何にしても、気味が悪い。

寒気を感じて身震いする。同時にどこか遠くで、ギィィィ……と、また軋み音が響いた。

俺は廊下に戻り、ドアを施錠して回った。

それから男子トイレを消灯し、女子トイレに移る。中に入り、照明のスイッチを切る。

と――突然個室の中から、女の怒鳴り声が飛んできた。

「なんで消したんですか！　電気消さないでって言ったじゃないですか！」
その声に俺は慌てて謝り、すぐさま電気を点け直した。そして廊下に飛び出し——。
……そこで違和感を覚えて、女子トイレの方を振り返った。
「あれ、さっきのって、二階だったよな……？」
——女子トイレが使用中だったのは、二階。
——だけど、ここは三階。
俺の勘違いだろうか。いや、そんなはずはない。
気になって、もう一度トイレの中に入ってみようとした。
その時だ。ふと廊下の彼方《かなた》で、ギィ……と何かが鳴った。
どうせまた軋み音だろう、と思いながら、そちらに目を向ける。
……非常口のドアが開いていた。
あれ、何で……と思った途端、すぐにバタン、と閉じた。
誰かが出ていったのか。しかし、今まで人の気配などなかったのに。
気になる。様子を見にいった方がいい。しかし、女子トイレの方はどうするか。
少し悩みながら、俺はもう一度、トイレのドアを見た。
……磨りガラスの向こうは、すでに明かりが消えていた。
え、と思い、ドアを開けて覗いてみた。やはり消えている。
「あ、あの……自分で消したんですか？」

個室に向かってそう声をかけたが、返事はなかった。

……いや、人の気配すらない。

背に、ぞわぞわと悪寒が這うのが分かった。

俺はそっと女子トイレの前を離れた。さらに、遠目に廊下の先を確認したが、もう非常口が動く様子はない。

——このフロアは終わりでいい。

そう思い、エレベーターに向かおうと、廊下の分岐路を曲がった。

正面に、エレベーターの扉が見えた。

……扉が、頻《しき》りに開閉を繰り返している。

まるで壊れたかのように。しかし、開いた扉の先にカゴはない。代わりになぜか、閉まった扉がもう一つある。

「どうなってるんだよ……」

もはや違和感ではすまない現象に、俺はただ、そう呟いた。

恐る恐るエレベーターに近づくと、開閉はすぐにやんだ。

試《ため》しに、扉の横にあるコントロールパネルのスイッチを押してみた。

……扉が開いた。普通に、無人のカゴがある。

俺はそのままエレベーターに乗って、四階に向かった。

4F

フロアに降り立つと、薄暗い廊下に、機械音が響いていた。

ガタガタ、ガタガタ……と、すぐ近くで何かが作動している。

音の方に目を向ける。

……コピー機だ。

廊下の片隅、向かって右手に据えられたコピー機が静かに唸りを上げ、大量の紙を吐き出し続けている。

紙はすでに排紙トレイに収まりきらず、床にまでバラバラと落ちている。どことなく不気味な光景に、俺は自然と息を呑《の》んだ。

……誰かがコピー機を動かしたまま、トイレにでも行っているのだろうか。

ひとまず合理的に、そう考えた。しかしコピー機から排出された紙を見ると、どれも真っ白だ。これでは機械を通した意味がない。

停止させた方がいいだろうか――。そう思っていると、コピー機はようやく一枚だけインクに染まった紙を吐き出し、その動きを止めた。

最後に出てきたのは、白黒の写真を印刷したものだった。

女の顔が写っていた。

歳はそこそこ若い。ここの社員だろうか。顔に見覚えがあるようにも思う……いや、気のせいだろう。

俺は大量の紙をその場に放置し、大部屋に向かおうと、先に進んだ。

メインの廊下に突き当たる。何だか暗い。三階までの廊下も妙に薄暗かったが、この四階の廊下は、さらに一際暗く見える。

俺は天井に目を走らせた。

トイレ側の一番奥の蛍光灯が、バチバチと瞬《またた》いているのが見えた。道理で暗いはずだ。

交換が必要だな、と思いながら、反対の非常口側へ行く。確かこちらには備品置き場があって、新しい蛍光灯も用意されていたはずだ。

案の定、少し進んだ廊下の右側に、別の分岐路があった。

一階のエントランスや警備室のあった区画に該当するスペースだ。ごく短い廊下で奥行きはないが、壁に沿ってロッカーと棚が並び、突き当たりに段ボール箱が山と積まれている。

その段ボール箱に混じって、剝《む》き出《だ》しの蛍光灯が何本か、乱雑に置かれているのが見えた。

近寄って検《あらた》めてみたが、まだ新しそうだ。

「……交換しておくか」

俺はそう呟くと、蛍光灯を一本拾って、メインの廊下に戻った。

蛍光灯の交換なんて、警備員のする仕事でないのは分かっている。ただ、どうせ放っておいたら、アイツがやらされる羽目になるだろう。いちいち泣きつかれるのはご免だ。

そこまで考えたところで――俺はふと、我に返った。

「……アイツって、誰だ？」

自分で思い浮かべたにもかかわらず、それが具体的に誰を指しているのか、さっぱり分からない。今日はずっとこんなことばかりだ。

俺は気を取り直すと、とりあえず蛍光灯の交換は後にして、大部屋の点検から取りかかることにした。

蛍光灯を自販機の前に立てかけ、非常口側の大部屋から入る。

そこは資料室だった。真っ暗な部屋の中、分厚いファイルを収めたスチール棚が、ずらりと並んでいる。まるで図書館の一室だ。

おかげで、見通しがだいぶ悪い。今にも棚を曲がった瞬間、そこに何かがいて、俺に飛びかかってくるのではないか――という妄想に、ついつい囚《とら》われてしまう。

俺は慎重に、棚と棚の間の通路を確かめていく。幸い、誰かがいる様子はない。やがて、火災報知器の前に着いた。

点検しようと、そっと顔を近づける。

ガシャーン！　……と、部屋の中で何かが割れるような音が鳴り響いた。

思わず身を強張《こわば》らせ、周囲の気配を探る。しかし、それ以上の物音は聞こえてこない。

急いで点検を終えてから、もう一度通路を確かめると、一ヶ所だけ、蛍光灯が天井から落下して、ガラスが床に散乱している場所があった。

……これは片づけようにも、さすがに掃除機でもないと無理だ。明日社員に任せよう。

俺は一度廊下に戻って施錠し、続いて、もう一方の大部屋に入った。

こちらはオフィスだ。例によって照明は落ちている。ただ、奥のドアの磨りガラス越しに、廊下の蛍光灯の瞬きが差し込み、部屋全体が明滅して見える。

俺は室内をぐるりと見渡してみた。

……また、人がいた。

背広姿の若い男だ。それが廊下側の席に、ものも言わずに座っている。

デスクの上には、何やら書類の山が積まれている。……なるほど、こいつも残業中か。

俺が近づくと、男は座ったまま、こちらを振り仰いだ。

「ああ、今日もあなたですか……」

どこかホッとしたように、男が息をついた。

「残業ですか?」

「ええ。上司から、明日の朝までにこの仕事を終わらせろと言われているんですよ……。こんな量、終わるわけないじゃないですか……」

そう語る男の顔は、明らかに蒼白で、生気に欠けている。俺が「大変ですね」と相槌《あいづち》を打つと、男はこくんと頷き返した。

「社会人がこんなに大変なんて思わなかったです。それに、定時にはタイムカードを切れと言われているんですよ……」

それはおそらく、社会人どうこうとは関係ない問題だろう。もっとも今時は、どこの会社もこんなものか。

「納得がいかないですよ……。毎日僕が残業頑張っているのを知っているのは、あなただけです。それに――あなたに会うと家に帰れるので、ちょっと嬉しいです」

男はそこまで言うと、椅子から立ち上がって、軽く伸びをした。

まだ若いのに。もはや末期かもしれない。

「そりゃどういたしまして。まあ、もう0時過ぎてますからね。帰ってもらわないと」

「はい、喜んで。それじゃあ――また明日」

男は俺に手を振り、廊下に出ていった。

その足は、やはり非常口の方に向かっている。……残業している者は非常口から帰らないといけない、というルールでもあるのだろうか。

ともあれ、俺は火災報知器の点検を終えて廊下に戻り、施錠まですませた。

天井ではなおも、蛍光灯がバチバチと点滅している。ちょうど男子トイレの前だ。中の照明を消す前に、交換を終わらせてしまおう。

俺はそう考え、自販機の前から蛍光灯を回収してきた。天井の高さから見て、脚立なしでも交換できそうだ。俺は頭上に向かって、腕をぐいっと伸ばしかけた。

その時だ。

突然間近で、声のようなものが聞こえた。

──お、お、お、お、お……。

──お、お、お、お、お……。

まるで嘆《なげ》くような……あるいは呻《うめ》くような、低いくぐもった声が、鼓膜《こまく》にビリビリと伝わってくる。

バチ、バチ、と蛍光灯が激しく明滅する。

俺は恐る恐る、天井から視線を下ろす。

──お、お、お、お、お……。

──お、お、お、お、お……。

この声は、どこから聞こえているのか。

近い。とても近い。

そっと、男子トイレのドアを見た。

……磨りガラスの向こうに、何かがいた。

……真っ黒な、人の影に見える。

……両目に当たる部分が、らんらんと赤く輝いている。

バチ、バチ、バチ、と視界が明滅する。

俺は──戦慄《わなな》く手を伸ばし、男子トイレのドアを、ゆっくりと押し開いた。

……ドアの向こうには、誰もいなかった。

声も消え、ただ照明が点いたままの男子トイレの光景が、ごく普通にあるだけだった。

俺は深く息をついた。額と背中がひどく濡れている。鼓動が速い。

天井では相変わらず、蛍光灯が瞬いている。俺はすぐに交換をすませ、トイレ二ヶ所を消灯し、急いでエレベーターに向かった。

心の中で、懸命に自分を落ち着かせながら。

――しっかりしろ。たかが幽霊じゃないか。

――この仕事をしていれば、こういう怖い体験談なんて、いくらでも聞くだろ。

――俺自身、前の現場で……。

「前の現場で……あれ？」

……今俺は、何を思い出そうとしたのだろう。確か以前にも、現場でとても恐ろしい体験をしたような気がするのだが。

考えても、浮かんでくる記憶はなかった。もっとも、わざわざ怖いことを思い出す必要もないかもしれない。

俺はおとなしく、エレベーターに乗り込んだ。

次は……まだ五階か。終わりまで、かなりかかりそうだ。

5F

五階に降りて自販機の明かりに迎えられたものの、メインの廊下は異様に暗かった。

理由はすぐに分かった。天井の蛍光灯が、すべて消えているのだ。

初めは、誰かが消したのだろうと思った。しかし少し考えて、そうではないと思い直す。

このフロアは、二つの大部屋に該当する部分が、丸ごと一つの巨大な制御室になっている。

電気系統やサーバーの管理などをおこなう機械がずらりと並んでいて、常にファンが回っているはずだが、その音がまったく聞こえてこない。

俺は気になって、制御室に入ってみた。

……静まり返っている。

試しに機械の電源レバーに触れてみたが、ピクリとも動かない。原因があるとすれば――やはり電気系統のトラブルだろう。

火災報知器の赤い光も消えてしまっている。電気を復旧させないと仕事が進まない。

俺は廊下に戻り、電気室に向かった。

下の備品置き場と同じ位置が、電気室になっている。「室」と言ってもドアで区切られているわけではなく、あくまで廊下の延長に配電盤が並んでいるだけだ。ちなみに電気室に隣接する形で、一階とは別の警備室も設けられていた。

ともあれ、電気室の中を確認してみた。

トラブルの原因は、すぐに見つかった。電気室の一番奥にある配電盤の扉が開いていて、ヒューズが一つなくなっているのだ。

誰かが抜いた、としか思えない。理由は分からないが……。

替えのヒューズはないかと辺りを見回したが、それらしきものはなかった。

途方に暮れながら、再び廊下に戻る。それにしても、自販機の明かりが点いているのはなぜだろう。電気系統が別なのか。そういえば、エレベーターも普通に動いていた。他のフロアは大丈夫なのだろうか。

困惑しながら周囲を見渡す。……と、いつの間にか廊下のトイレ側の突き当たりに、何やら赤い光が灯っているのが見えた。

非常用のライトだろうか。そう思って目を凝らすと、暗闇の中、その真っ赤なライトに照らされて、どうにも不自然なものが浮かび上がっていることに気づいた。

……ドアだ。

制御室に通じるドアではない。もちろん、トイレのドアとも違う。それらはどちらも、廊下の左右に分かれて付いている。

問題のドアは、正真正銘、奥の突き当たりにある。あの位置にドアを見たのは、このフロアが初めてだ。

俺は首を傾げた。あの突き当たりの向こうは、ビルの外壁に当たる。ドアを取り付けたところで、意味がないはずだ。せいぜいごく狭い物置か、運搬用の小さなリフトぐらいしか設けられないと思うが……。

気になって、そばまで寄ってみた。

木製のドアだ。他はすべてアルミか鉄製だというのに、なぜこのドアだけが木なのか。しかも、ところどころが黒ずみ、まるで焼け焦げたような染みになっている。

俺はドアノブをつかみ、そっと押し開いてみた。

キィ、という微《かす》かな軋みとともに、正面に新たな空間が現れる。

……通路があった。

剝き出しの鉄筋コンクリートに囲まれた、暗い通路だ。それがビルの外壁など存在しないかのように、闇の彼方へ、ずっ……と延びている。

思わず啞然《あぜん》としながら、懐中電灯で中を照らした。

奥まで光が届かない。だが彼方を確かめずとも、すでに異様な光景が、足元に広がっていた。

……血だ。通路の床一面が血に浸り、真っ赤な川と化している。

比喩ではない。少なくともここから見る限り、通路の先で血が途切れている様子はない。

これは——とてもまともな道ではない。足を踏み入れない方が賢明なはずだ。

……なのに、なぜだろう。一方で、ここを進めば問題が解決するような、そんな気がしてならない。直感ではなく、過去の似たような経験からそう感じるのだ。

そう、あれは確か——。

……記憶を巡らせたが、具体的に思い出せたものは、何一つなかった。

それでも奇妙な確信に突き動かされて、俺は禍々《まがまが》しい通路に、恐る恐る足を踏み入れた。

ぬるり、と靴が血の川に沈んだ。思ったよりも深い。かつて命あるものの体内に流れていたであろうその液体は、すでに温《ぬく》もりを失い、俺の足首を冷たく穢《けが》すばかりだ。

懐中電灯で周囲を照らしながら、慎重に進んでいく。どろどろと血で満たされた足は、一歩前に踏み出すだけでも一苦労だった。

通路は、どこまでも続いていた。

風が吹いているのだろうか。ごぉぉぉ……という微かな音が、途切れることなく耳に響く。しかし、その風を肌で感じることはない。通路はただ寒く、生きた者の気配がなかった。

進むたびに、頻繁《ひんぱん》に曲がり角が現れた。

周囲の壁は打ちっぱなしのコンクリートだが、時々鉄骨が剝き出しになっていたり、破れたトタンが立てかけられていたりする。まるで、俺自身が壁の中にいるみたいだ。

やがて周囲に、錆《さ》びついたロッカーが並び始めた。まさか、こんなところにロッカー室が……いや、どう考えても存在している方がおかしい。

ロッカーの角を曲がった先から、明かりが見えている。俺は少し足を速め、ザバザバと血を波立たせながら、そちらへ向かってみた。

行き止まりだった。

ただ、そこだけ壁に蛍光灯が取り付けられ、煌々《こうこう》と光を放っている。

明かりの下に、簡素な長テーブルがある。何かが載っている。薄汚れた電気スタンドの笠。コードの束。それに――。

「……ヒューズだ」

俺は呟いて、テーブルの上からそれをつまみ上げた。なぜここにヒューズがあるのかは分からない。いや、そもそもこのスペースは何なのか、という話だが――。いずれにしても、このヒューズでビル内の電気を復旧できそうだ。

ヒューズをポケットにしまい、元来た道を戻る。血に満ちた闇を抜け、ようやく木製のドアから廊下に戻ってきた時には、俺の背中は冷たい汗でぐっしょりと濡れていた。

振り返ることなく、電気室に向かった。

奥の配電盤の前に立ち、ヒューズを取り付けてみる。幸いピタリとはまった。これでよし、と俺は振り返った。

……背後に、人がいた。

「っ！」

声にならない悲鳴を上げ、思わず後退《あとずさ》りかけた。

相手は、いかにもＯＬ然とした制服姿の女だった。

歳は三十手前か、もしかしたら、もう少し行っているかもしれない。髪を後ろで縛り、眉は薄く、頬は丸い。全体的に化粧っ気のない、地味な顔立ちをしている。その代わり、着ている真っ赤な制服が、やたらと目立つ。

驚く俺に、女はどこか親し気な口ぶりで話しかけてきた。表情は、なぜかなかったが。

「……こんなところにいたんだ。まだ明かりが点いていないみたいだから、制御室のレバーを四つ、下げてきてもらっていい？」

「え、ええと……あなたは？」

「……私？　もう帰るね。お仕事頑張ってね」

素性を聞いたのだが、通じなかったらしい。女は踵《きびす》を返し、すたすたと電気室から出ていく。距離を置いて後からついていくと、彼女はエレベーターの方に曲がり、そのままカゴに乗って見えなくなった。非常口以外から帰る人もいるようだ。

それにしても――今の女、前にどこかで会っただろうか。

妙に親し気な口調だった。まるで、友達か恋人のように。

俺は首を傾げながら、制御室に入った。

確か、レバーを四つ下げろと言っていた。電源レバーのことで間違いないだろう。そう思って、手近なところから順番に下げて回る。

四つ目のレバーを下げたところで、ファンの音が鳴り出し、廊下の蛍光灯がいっせいに灯ったのが分かった。

これで復旧は完了だ。俺はそのまま火災報知器を点検し、制御室を施錠して、トイレの消灯をすませた。そして、エレベーターの扉の前まで歩いていったところで、カゴの現在地を示す階数表示ランプが目に留まった。

カゴが、なぜか九階にあった。

変だ。さっきの女が乗ったとして、帰ったのならカゴは一階になければならないはずだ。それとも、別の誰かが九階にいて、エレベーターを呼んだのだろうか。

……何だか妙に気になった。そもそも他の連中だってちゃんと引き上げたかどうか、俺は確かめてもいないのだ。

「そうか、警備室……」

俺は一言呟くと、エレベーターの前を離れて、メインの廊下に戻った。このフロアには警備室がある。そこのモニターで、ビル内の様子をチェックできるはずだ。

急いで警備室に向かう。場所は、電気室のすぐ隣だ。

ドアを開けると、一階のそれに比べてやや手狭な部屋が、そこにあった。

向かって左手にパソコン用のデスクがあり、そこから見上げた壁一面が、監視モニターで埋め尽くされている。一方右手には、ありふれたスチール棚。……ここまではいい。

問題は、部屋の正面奥だ。

……また、テレビがあった。

小さな台の上に乗り、これまでと同じように砂嵐を映している。

俺がそばに寄ると、その砂嵐がまたも途切れ、何かの映像が流れ始めた。

……それは、水道の蛇口だった。

背後に白い部分が見えることから、洗面台が大写しになっているのだ、と分かった。洗面台がある場所と言えば――やはり、トイレだろうか。

じっと映像を眺めていると、テレビのスピーカーから、女二人の弾む声が聞こえ出した。

『ほんとラッキーだよね～』

『ね～。＊＊さんのおかげで私達すぐ帰れるし』

『全部の責任取ってくれるしね』

『でも＊＊さん辞めたらどうする？』

『え～困る～。そんなことしたら＊＊さんのこと恨んじゃうかも～、なんて』

『あはは、確かに～』

……そこまで聞こえたところで、映像は途切れた。

この会話は何だろう。少なくとも、善意に満ちた内容とは思えない。

女子トイレで繰り広げられる、誰かの陰口――。そんな感じがする。

しかも、声の一つに聞き覚えがある。確か一番最初の映像に入っていた、「＊＊さん」を小馬鹿にした女の声だ。

それは同時に、二階で俺に連絡先を聞いてきた、あのパンツスーツの女の声でもある。

……あの女は、誰かをいじめているのだ。おそらく、「＊＊さん」と呼ばれている同僚を。

もっとも、特に怒りが湧き上がることはなかった。所詮は配属先の会社の問題だ。俺みたいな警備員が口を出すことではないし、そもそも出す気もない。

俺は肩を竦め、それから何気なく、デスクの方に目を向けた。

……メモが置かれていた。何だろう、と覗いてみる。

『……あの瞬間が監視カメラに映った。こんなところで……まさか彼女が……。もうこの仕事は辞めよう。――落木敬護』

メモには、そう書かれていた。

落木敬護……。確か俺の前任者で、突然辞めたやつだ。いや、連絡が取れなくなったのだったか。まあ、どちらでもいい。それよりも、「あの瞬間」とは何のことだろう。

気にはなったが、そもそもこの部屋には、モニターの確認のために訪れている。余計なことは後回しにして、俺はモニターに目を向けてみた。

一見、変わったものは映っていない。もっと近くで見れば、何かが分かるだろうか。

俺はパソコンを操作し、監視カメラが捉えている映像を画面に表示させた。

もっとも、さすがに同時に表示できるのは、カメラ一台分のみだ。仕方なく手動で切り替えながら確かめていく。

一階のカメラ。異常なし。二階のカメラ。異常なし……。

……切り替え用のタブは六階までしか用意されていない。俺は順番にフロアの様子をチェックし、最後に六階の映像を画面に映し出した。

そこは社員食堂、いわゆる「社食」だった。見えるのは、長いテーブルとパイプ椅子の数々。奥には券売機も映り込んでいる。

その社食の通路に、二人の女が立っている。どちらもパンツスーツ姿だ。ここの社員だと思うが……そのうちの一人は、俺をナンパしたあの女で間違いない。

帰ったはずなのに、なぜまだいるんだ。しかも六階なんかに。

奇妙に思う俺をよそに、彼女達は楽しげに語らっている。その声が、カメラのマイクに拾われているとも気づかずに。

『あんたの彼氏ってさ、警備員だったよね？』

『そうそう。まあまあかっこいいから彼氏にしちゃった！』

ナンパ女が、言われてケラケラと笑った。

……警備員？ ……彼氏？ いったい誰のことだ。少なくとも俺は彼女に連絡先を渡しただけで、まだ彼氏と呼べるほどのお楽しみは味わっていない。

何かが――おかしい。

『え、でもさ。前その人、アイツと付き合ってなかった？』

もう一人の女が、ナンパ女に尋ねた。アイツ、とは誰のことだろう。

『うん。みんな知ってるよね。あのパワハラ以外は』

『つまり略奪っていうこと？』

『言い方悪いな〜。まあ、でも寝取ったって感じ』

『まじで？ よくやるな〜。ていうかそれ、アイツの彼氏だからわざと寝取ったんでしょ？』

『でも、かっこいいってのはほんとだよ？ それに、アイツなんかより私の方が魅力的なんだから、仕方なかったんじゃん？』

『ほんと悪い女だよね〜』

『女は小悪魔がモテるんだよ？』

二人の声は、すでに悪意に満ちた嘲笑を帯びていた。

突然モニターが真っ暗になったのは、その時だった。

一瞬、パソコンの電源が落ちたのかと思った。しかしそれが誤りなのは、スピーカーから女二人の戸惑いの声が聞こえたことで、すぐに分かった。

パソコンのトラブルではない。実際に六階の照明が消えたのだ。

俺がそれに気づいた直後――。

暗闇の中に、女達の悲鳴が迸《ほとばし》った。

――何だ？　何が起きているんだ？

状況をつかもうと、懸命に画面を凝視する。と、不意に画面内が自動的に、別のカメラの映像に切り替わった。

真っ暗な社食に灯る自販機。その前を、女達が慌てて逃げていく。

さらにカメラが切り替わる。六階の廊下を逃げる二人が映る。

さらにまた、アングルが変わる。エレベーターの前だ。扉が開き、あのナンパ女が急いで飛び乗る。もう一人の女も後に続こうとしたが、あと少しのところでつまずき、廊下で転倒してしまう。

無情にも扉が閉まった。画面はさらに、三階のエレベーター前のカメラに切り替わった。

エレベーターから、ナンパ女が慌てて降りてきた。チラチラと後ろを振り返り、明らかに何かに追われているのが分かる。

彼女が廊下を駆けていく。蛍光灯の下を通り過ぎるたびに、バチ、バチ、と異音が鳴り、その蛍光灯が切れる。

まるで——暗闇が意思を持って、彼女を追っているかのようにも見える。

廊下から会議室へ。会議室から廊下へ。逃げても逃げても、闇は執拗《しつよう》に彼女を追い続ける。

もはや残された逃げ場所は、非常口のドアしかなかった。

彼女は迷わずドアを押し開き、外へ飛び出し——。

……画面が真っ暗になった。完全に照明が落ちたか。ただ彼女が階段を駆け下りていく音だけが、闇の中に響く。

そう思ったのも束の間だった。直後、その足音をかき消すように——。

……グシャ。

まるで、骨が折れるような。あるいは、肉が裂けるような。

何とも言えない嫌な音が鳴り渡り、再び三階に明かりが戻った。

……非常口のドアが、血まみれになっていた。

大量の血飛沫《ちしぶき》を浴び、赤い筋が床にまで垂れている。だが、俺がもっとよく見ようと、モニターに向かって身を乗り出しかけた刹那、またカメラが切り替わった。

五階の廊下だ。薄暗い照明の下、カメラのすぐ手前に、どこかのドアが映っている。

そのドアの前に——。

……何かが、いた。

……長い髪をした人の影、のように見える。

……それがドアを見つめ、じっと微動だにせず、佇んでいる。

このドアは、どこだ。

映像にある「五階」は、このフロアだ。

このドアは、どこだ。

廊下の監視カメラは、確か俺がいる警備室のすぐ前にもあった。

このドアは、どこだ。

この人影は――どこに立っているんだ。

……俺はそっと、警備室のドアに目を向けた。

磨りガラスの向こうは真っ暗で、何も見えない。

鼓動が速い。体中が震えている。

「だ、誰か……いるのか？」

どうにか声を絞り出し、そっとドアの方に向かう。

耳を澄ませるが、外に気配は、ない。

俺は覚悟を決め、ドアノブをつかんで引いてみた。

……開いたドアの先には、誰もいなかった。

ホッと胸を撫で下ろす。正直なところ、今すぐにでも逃げ出したい。しかし職務上、三階と六階で起きた異変を放っておくわけにはいかない。

俺は警備室を出て、エレベーターに向かった。

廊下の奥に目をやると、赤い光に照らされたあのドアは、すでに跡形もなく消えていた。気がつけば、さっきまで血に沈んでいたはずの俺の両足も、まったく汚れていない。

幻だったのか……。一瞬そう思ったものの、そのドアがあった場所からエレベーターへと向かう曲がり角まで、誰のものともつかない真っ赤な裸足《はだし》の足跡が、点々と続いていた。

俺は足跡をやり過ごし、エレベーターの手前で立ち止まった。

同時に背後で、自販機が突然バッタリと倒れ、廊下を塞《ふさ》いでしまった。

まるで――俺が後戻りするのを、阻むかのように。

6F

エレベーターに乗ってすぐ、俺はまず三階のボタンを押した。

しかしどういうわけか、反応がない。故障かと思ったが、試しに六階の方を押すと、普通にカゴが動き出した。いったいどうなっているのだろう。

ゆっくりと上昇し、扉が開いた。

同時に、心地よいジャズの音色が響いてきた。うちにも同じ曲のレコードがあるが、ここで聞こえる理由は分からない。

続いて視界に飛び込んできたのは、二つの色だった。

六階の壁を染め上げる、目映《まばゆ》いほどの白。

床一面に広がった、毒々しい赤。

……エレベーターの外は、血の海だった。

夥《おびただ》しい量の血が、まさに足の踏み場もないほどに、正面の通路を染め上げている。さっきここで転倒した女の血だろうか。

……いや、もちろん転んだだけでは、ここまで出血することはない。そもそも転んだ本人が、見当たらない。

しかし——すでに彼女はこの世にいないに違いない。そんな確信が、俺の中にはあった。

血溜まりの中から、まるで何かを引きずっていったかのように、血の筋が先へと延びている。メインの廊下を横切り、突き当たりの壁にぶつかり、そこでさらに派手に血をぶちまけた後、右側へと折れる。いったいここで何があったのだろう。

いや、それ以前にもう一つ、大きな疑問がある。

——あれは誰だ。

俺はカゴの中で身を強張《こわば》らせたまま、正面の突き当たりを見つめた。

……人がいる。

白い三角巾。白いエプロン。白い上下——。全身を真っ白な作業着で固めた清掃員だ。それが一人廊下に立って、モップで黙々と、床の血を拭いている。

なぜこんな時間に清掃員がいるのか。なぜ警察も呼ばずに、血を拭き取っているのか。

俺は恐る恐る、血溜まりの中に踏み込んだ。

すでに血が固まりかけているのか、靴の底がねっとりと床に吸い付く感触を覚える。

ベタ、ベタ、と足音を立てながら、清掃員に近づく。

……べつに近づきたくて近づくわけではない。フロアの巡回をすませるには、この廊下を進まざるを得ないのだ。

相手はこちらを振り向くことなく、モップがけに集中している。

そばまで来たので、間近で顔を見た。

痩せこけた、中年の女だった。

肌の色が、作業着のように白い。

――この女は、生きた人間なのだろうか。

そう思うと気味が悪くなって、俺は話しかけずに、巡回を進めることにした。

大部屋に入る。社食だ。他のフロアと違って、部屋はぶち抜きの一つきりしかない。

その社食内の至るところに、どうしてか、椅子という椅子が出鱈目《でたらめ》に積み重ねられている。

脚のパイプが複雑に交差し合い、それ自体が巨大な一つのオブジェに見える。まるで前衛芸術か、あるいは、異形の怪物のようだ。

……ついさっき映像で見た時は、普通の社食の景色だったのに。

ふと廊下側の壁を見ると、廊下の血が壁を貫くようにして、床の端にまで達していた。

物理的にあり得ない。やはり、何か超常的な事態が起きているのではないか。せめてその瞬間が監視カメラに捉えられていれば、何か分かるのだが……。

――あの瞬間が監視カメラに映った。

ふと、前任者である落木敬護の残したメモが、脳裏をよぎった。

彼の言う「あの瞬間」とは、何だったのだろう。少なくとも、彼が辞める前に起きた出来事のはずだから、さっきの惨劇とは別だと思うが。

考えることで気を紛《まぎ》らわせながら、社食内をざっと見て回った。椅子や血痕以外、特に変わったものはない。火災報知器の点検をすませて廊下に戻ると、すでにジャズはやんでいた。

女は、まだ床を拭いている。俺はすぐ手前のドアを施錠し、廊下を見回した。

突き当たりから廊下を折れた血の筋は、そのまままっすぐに、非常口へと達していた。

……エレベーターの前で殺され、死体が非常口まで引きずられた。

嫌な想像が頭に浮かんだ。血痕を見る限り、その可能性は非常に高い。

廊下の反対側を振り返ったが、このフロアにトイレはなかった。俺は残りのドアを施錠するため、廊下に沿って進む。

自然と、女の前を横切る形になる。

と——突然女が、手にしていたモップを、パタリ、と床に落とした。

たちまち柄《え》が血に染まる。しかしそれを拾おうとはせず、女は代わりに、ぐ、ぐ、ぐ、ぐ、と首をもたげ——。

……俺の方を見つめてきた。

目をカッと見開き、瞬《まばた》きすらせずに。

俺は思わず立ち止まり、女を見返した。しかし、女が何かしてくることはなかった。

ただ、ドアを施錠する俺を、じっと見つめるばかりだった。

俺がエレベーターに乗って扉を閉めるまで、女は俺を見つめ続けていた。

7F

扉が開くと、そこにはまるで、廃墟のような光景が広がっていた。

壁も床も黒ずんだコンクリートが剝き出しで、埃《ほこり》っぽい臭いが漂っている。天井もあちこちが剝がれ、辛《かろ》うじてまばらに残された蛍光灯が、弱々しく灯る。

――いったいここは何なんだろう。

恐る恐るカゴから降りて、一歩踏み出す。ザリ、と靴の裏で瓦礫《がれき》が鳴る。

ふと、フロアの壁に付いているエレベーターのコントロールパネルに、違和感を覚えた。

よく見ると、四つあるスイッチがすべて剝がれてなくなっている。これではカゴを呼び出すことができない。

慌てて引き返そうとした。しかし無情にも、エレベーターの扉は俺を嘲笑《あざわら》うかのように、目の前で閉じてしまった。

エレベーターから溢れていた光が消え、フロアの暗闇が一層濃くなる。

試しにスイッチの跡に触れてみた。しかし、エレベーターの扉が開くことはない。

……こうなったら、スイッチを見つけ出して、パネルに付け直すしかないか。

このフロアで剝がれたなら、きっとこのフロアのどこかにあるはずだ。俺はそう思い、辺りを捜してみることにした。

自販機のない通路を進み、メインの廊下に出る。正面は大部屋のはずだ。しかしドアがない。代わりに、立入禁止を示すA型バリケードが設置されている。

そこで俺は、あることを思い出した。

確か――この七階はテナント用で、別の会社が入っていたのだ。それが潰れ、今は改装工事中だ、と聞いている。

なるほど、工事現場だから、こんなに荒れ果てて見えるのか。これなら点検の必要はなさそうだ。もっとも、どのみちスイッチを捜して回らなければならないが。

……そういえば非常口は使えないのか。俺はふと思いついて、廊下の先へ進んでみた。

非常口は、いつもの場所にあった。ただ、その手前が鉄骨やトタンの仮置き場になっているらしく、それらがまるでバリケードのように行く手を塞いでしまっている。

俺は肩を竦めると、スイッチを求めて、手近なドアから大部屋に入ってみた。

途端に――目の前に異様なものが現れた。

大人を一回り膨らませたほどの大きさの、人の形をした何か――。それが目と歯を剝いて、入り口の陰に佇んでいた。

思わず悲鳴を上げかけた。

しかしよく見ると、それはただの人形だった。

髪をべったりと撫でつけ、チェック柄の入った緑色のジャケットに、気取った真っ赤な蝶《ちょう》ネクタイを着けている。ズボンはこれまた派手な赤。顔立ちは白人のそれに近い。

ともあれ無害だということが分かり、俺はホッと胸を撫で下ろした。

それにしても、でかい人形だ。たまにレストランの店頭にマスコットとして飾られているようなやつかもしれない。

何気なく近くの壁を見ると、この人形が描かれたポスターが貼られていた。「レトロにんぎょう」という名がついている。ここにあった会社で作っていたもののようだ。

……いや、今は人形に構っている暇はない。

俺はスイッチを求めて、大部屋を歩き始めた。一番ありそうなのは床だが、懐中電灯で照らしても、それらしきものは落ちていない。工事用具に紛れているわけでもない。

少なくとも昼間のうちは、作業員がエレベーターを利用していたはずだ。間違えて捨てられたということはないと思うが……。

床を照らし尽くした俺は、懐中電灯の光を、何となく天井の方に向けてみた。

こちらも建材が剝がされ、ところどころに穴が開いている。穴の下には脚立がある。

……まあ、さすがにこの上にスイッチはないだろうが。

そう思いながらも念のため、俺は脚立を上ってみた。

天井の穴に胸から上を突っ込んで、懐中電灯で周りを照らす。

……三角形の描かれた、小さなプラスチックの板があった。スイッチだ。

何でこんなところに、と奇妙に思いながらも、それを回収してポケットにしまう。それから脚立を下りて、改めて周囲を見回すと、他にも何ヶ所か、穴の下に脚立が設置されていることに気づいた。

半信半疑で、他の脚立に向かってみた。

上って穴の中を調べると、やはりスイッチがあった。

ついでに、なぜか人形もいた。ろくに高さのない天井裏に、窮屈《きゅうくつ》そうに座っていた。

どうして人形がこんなところにいるのかは分からなかったが、スイッチは彼の膝の上にあったので、素直に失敬した。

隣接するもう一つの大部屋にも、脚立が置かれていた。

脚立の中ほどに人形が座っていたが、無視して上り、三つ目のスイッチも回収した。

下り際に下を見ると、脚立の人形と目が合った。……この人形、上を向いていただろうか。

努めて気にせず、下りる。残るスイッチは一つ。だが、もう大部屋に脚立は見当たらない。

一度廊下に戻る。それからトイレ側の方へ行ってみると、ちょうど女子トイレ——と言っても水の出ない洗面台が残されているだけだが——の中に、四つ目の脚立があった。

穴の中を探り、最後のスイッチを手に入れた。

これですべて揃った。俺は脚立を下りようと、下の床に目を向けた。

……誰かが佇んで、こちらをじっと見上げていた。

……ような気がした。

慌てて下りたものの、辺りには、誰の姿もなかった。

俺は急ぎ足でエレベーターの前に向かった。

コントロールパネルにスイッチを取り付ける。剝き出しの部分に被せるだけでいいようだ。

これで元どおりだ、と安堵する。

その時だ。突然俺の背後で、ギギギギ……と、歯車のような音が響いた。

振り返る。

……人形がいた。

ざっと六体ほどで横一列に並び、こちらを向いて佇んでいた。

俺は固唾《かたず》を呑《の》んで、その場で人形達と見つめ合った。

……何かが起きる様子はない。

当然だ。相手はただの人形なのだから。

しかし、ではその「ただの人形」がなぜ、部屋からこんな場所に移動してきたのか。

……じっくり考える理由はない。さっさと次のフロアに行こう。

俺はそっと、取り付けたばかりのスイッチを押した。

エレベーターの扉が開く。乗り込み、閉めようとする。

その途端——人形が動いた。

閉まる扉に向かって、猛然と突っ走ってきた。

ドン！　と先頭の人形が扉に衝突した。

ドン！　ドン！　と次々に衝突が続いた。

扉が無事閉まり、エレベーターが上昇を始めても、おぞましい衝突音は鳴り続けていた。

8F

一転して、当たり前の通路が延びていた。

八階に降り立ち、俺は小さな安堵を覚えた。

左手に自販機。右手には止まったコピー機。まっすぐ進めば、メインの廊下に突き当たる。

壁には大きく「8」の字。天井の照明は薄暗いものの差支《さしつか》えはなく、パッと見、おかしな人影もない。

思えば一階では、まだこんな感じだったのだ。強《し》いて違いを挙げれば、壁の黒ずみが下よりもやや目立つぐらいか。

俺は少し気持ちを落ち着け、T字の突き当たりに向かって進みかけた。

……と、その時だ。ふと右側の曲がり角の向こうから、何か小さなものがコロコロと転がってきて、突き当たりでピタリと止まった。

見れば、コーヒーの缶だ。何だろうと思い、角の先を覗く。

……非常口のドアが閉まるところが見えた。

ちょうど誰かが出ていったのだろうか。缶だけを、ここに放り出して。

俺は捨てられた空き缶を拾い上げ、自販機の横にあるリサイクルボックスに突っ込んだ。が、そこで不意に気づく。

今の缶、デザインに見覚えがある。

これは――一階で出会った小太りの男が飲んでいたのと、同じものではなかったか。

いや、たとえそうだったとしても、たまたま同じ種類を飲んでいた、というだけのことだろう。あくまで気にしないよう努め、巡回を進めることにした。

どこかで、ギィィィイ……、と金属の軋む音が鳴り響いた。

大部屋のドアは、なぜかすべて開け放たれていた。

まず非常口側から入る。中は、今までにも増して異様に暗い。しかし見る限り、普通の会議室だ。長テーブルがコの字型に並べられていて、ホワイトボードとスチール棚もある。

テーブルの上には、ボールペンでぐちゃぐちゃに線の引かれた書類が放置されている。

……既視感を覚えながら、俺は火災報知器の点検をすませ、隣の大部屋に移動した。

こちらはオフィスだ。やはり闇に等しい暗さだが、変わったものは特に見当たらない。

廊下側に並ぶ縦長のロッカーのドアが一つ、開きっぱなしになっている。

……また、既視感を覚えた。

まったく同じ光景を、俺は確かに一階で見ている。

一瞬、自分が本当に一階に戻ってしまったのではないか、という錯覚《さっかく》に陥《おちい》りそうになる。

急いで点検を終わらせ、廊下に戻ってすべてのドアを施錠した。

それから男子トイレを消灯し、続いて女子トイレに入った時だ。

不意に――声がした。

個室の中からだ。下で何度か耳にした、あの個室の女の声にそっくりだ。

それが泣きながら、何か呟いている。

「……何もできなかったのは、私のせいじゃない。なのに、死んだアイツが……」

アイツ、という呼ばれ方に聞き覚えがある。

――前その人、アイツと付き合ってなかった？

――アイツなんかより私の方が魅力的なんだから、仕方なかったんじゃん？

そうだ。監視カメラに映っていた女達の、あの会話だ。

この「アイツ」は、すべて同一人物なのだろうか。しかも「死んだ」とは……？

「アイツのせいでみんないなくなった……。私は何も悪くない。悪いのは全部アイツだ――」

泣き声は、そこで途切れた。

同時に、女子トイレの照明がパッと消えた。

バタン、と個室のドアが開く音がした。闇に満ちたトイレの空気が、急激に冷たくなる。

身の危険を感じて、俺は慌てて廊下に飛び出した。

振り返り、急いでトイレのドアを閉める。直後、ドアに向かって内側から、ざぁぁぁぁっ、と大量の血飛沫が降りかかる様が、磨りガラス越しに見えた。

俺は脇目も振らず、エレベーターまで走った。

何かが追いかけてくるということはなかったが、扉が開いて中に乗り込むまで、生きた心地がしなかった。

9F

まるで墨汁《ぼくじゅう》を滴《したた》らせたような真っ黒な染みが、壁と言わず床と言わず、フロア中を不気味に汚していた。

照明の暗さと相まって、まさに闇に飛び込むに等しい気持ちになりながら、俺は九階を進み始めた。

自販機の位置が大きくずれ、斜めを向いている様を横目に、「9」の字の前を通って非常口側へ向かう。大部屋のドアのそばまで来ると、何かが聞こえた。

――うぅ、うっ、う……。

女の呻き声のように思えた。

誰かいるのかと、俺は慎重にドアを開け、中を覗いてみた。

……黒くだだっ広いだけの空間が、そこにあった。

照明が消え、闇に染まった部屋の中は、懐中電灯の光さえ容易に呑み込んでしまう。そんな中、火災報知器の真っ赤なランプだけが、奥で不気味に輝く。

目を凝らしてみたが、デスクやテーブルの類《たぐい》などは一切ない。ただ――椅子だけが二脚、忘れ去られたかのように、どす黒い床の上に置かれている。

キャスターの付いた、ありふれたオフィスチェアだ。一脚は横倒しになっている。

もう一脚は、部屋の中ほどで、独りでにくるくると回転していた。

俺が椅子に近づくと、うぅぅ……と、また女の呻きが聞こえた。

ぎぃ、ぎぃ……と、異様な音も鳴っている。椅子の軋みではない。もっと違う何か——例えば革が強く擦《こす》れるような、そんな音だ。

呻き声はすぐに聞こえなくなったが、革の擦れる音だけは、俺が隣室へのドアを抜けるまで、聞こえ続けた。

隣室は、一階で見たような、ありふれたオフィスだった。ただしここも、真っ黒な染みが部屋中を侵食している。闇の中、奥には報知器の真っ赤なランプが輝く。

ランプの方に向かいながら、周囲にも目を配る。と、ちょうどオフィスの中心に近い床に、何かが倒れているのが見えた。

……人だった。

黒い背広姿の男だ。俺に懐中電灯で照らされ、静かにうつ伏せで横たわっている。

まさか、死んでいる——？

俺が強張ったまま動けずにいると、不意に男が、むっくりと身を起こした。

細長い初老の顔が、目を瞬《しばた》かせた。

「ん……？　うわっ！　寝ちまったよ。もうこんな時間か……」

寝ていたのか。俺が唖然としていると、男がこちらを見た。

「さっきから何だよお前。何度も何度も来やがって。起きるたびにいるじゃねーか」

「……え？」

「もしかして、ここにずっといるのか？」

……何を言っているんだ、この男は。

俺はわけが分からないといった顔で、首を傾げてみせた。

男は、まるで妙なものでも見るかのような目で俺を睨《にら》むと、「まあいいや」と首を横に振り、続いて上司の居場所を尋ねてきた。

そんなことを聞かれても、もちろん知るはずがない。そもそも、この男の上司の顔なんて知らない。なぜなら俺は――。

「他の人はほとんど帰りましたよ」

「あ？　もう帰ったのか？　あのパワハラ野郎、みんなが帰るまで帰らねーって言ってたのによ！　もう俺っちも帰るわ！」

俺に言われ、男は一人で憤慨しながら、オフィスを出ていった。

例によって廊下まで見送る。男はやはり非常口のドアを開けて、外の闇に消えていく。

俺は戻って残りの巡回作業をすませ、エレベーターに向かった。

扉を開けようと、コントロールパネルのスイッチを押す。だが、まったく反応がない。壊れているのだろうか。

仕方なく、俺も非常口に向かった。

ところが――どういうわけだろう。非常口のアルミドアまで開かない。どうやら鍵がかかっているらしく、ガチャガチャとドアノブが鳴るばかりだ。

しかもよく見ると、鍵穴は内側についている。つまりこのドアを開けるには、ここに挿し込む鍵が必要ということだ。……さっきの男は、どうやってここから出ていったのだろう。

途方に暮れて、その場に立ち尽くした。

俺がおかしなものを見つけたのは、その時だ。

非常口から見て左側の壁に、何やら分岐路がある。

エントランスや警備室があった、あのスペースに該当するのだろう、と最初は思った。しかし懐中電灯で中を照らし、少し進んでみて、そうではないと気づいた。

……闇に浸食された通路が、折れ曲がりながら、どこまでも延びていた。

もちろんビルの構造上、ここにそんな長い通路を造ることはできない。つまり、別のフロアで見た血の川の通路と同じ現象が起きているのだ。

あの時はヒューズを探していて、血の通路の奥で見つけた。

もしかしたら今回も、この道の先に打開策があるのではないか。

俺は駄目元で、謎の通路を進んでみることにした。

懐中電灯がなければ視界すら確保できないであろう闇の中、次々と現れる角を曲がり、奥へ奥へと歩いていく。そして歩きながら、考える。

さっきの男との会話だ。

――さっきから何だよお前。何度も何度も来やがって。起きるたびにいるじゃねーか。

あれはどういう意味だったのだろう。

それに、なぜ俺に上司の行方を聞いたのか。俺は上司の顔なんて知らない。

なぜなら、俺は今日、初めてこのビルに来たはずだからだ。

そう、俺はここでは新人に等しい存在だ。だから一階でも、こう言われた。

――ああ、新人の警備員か。

だけど……ちょっと待て。やはりその後、二階でおかしなことを言われた気がする。

――あー……、あなたって、もしかして……。

例の、俺を口説《くど》いてきた女だ。彼女はまるで、以前から俺のことをどこかで聞いて、知っている風だった。いや、それだけじゃない。四階でも。

――ああ、今日もあなたですか……。

――毎日僕が残業頑張っているのを知っているのは、あなただけです。

そうだ。あの若い男性社員の言葉もおかしい。彼は、俺に毎日会っているかのような口ぶりだった。

そして五階の監視カメラの映像……。あれに映っていた女達の会話も、俺がパンツスーツの女と交際に至っていることが前提のように思えた。

つまり――これらの不可解な点をまとめると、こう解釈できるのではないか。

……俺がフロアを上がるたびに、何かの時系列が進んでいる。

そこまで考えた時だ。ふとどこかで、異音が鳴っていることに気づいた。

ピッ、ピッ……と、それは何かの電子音のようだ。

闇の中、懐中電灯を掲げる。光の輪が、奥の突き当たりを照らした。

行き止まりの壁に、真っ赤なボタンがついていた。何のボタンかは分からないが、音はここから発せられている。俺は恐る恐る、ボタンを押してみた。

特に何かが起こる様子はない。ホッとして振り返る。

……通路の形が、がらりと変わっていた。

俺はその様を呆然と眺めた。しかしすぐに、別の場所から新たな電子音が響いてくるのを耳にした。

構造の変化した通路を進んでみると、また行き止まりの壁に、赤いボタンがあった。

押す。振り返ると、やはりまた通路の形が変わっている。同じように進み、行き止まりで三つ目のボタンを見つける。

また同じことが起こるのかと思いながら、押してみた。

ぽろり、とボタンが壁から剝がれ落ちた。

思わずポカンとしたが、よく見れば、ボタンの剝がれた跡に、ぽっかりと穴が開いている。

穴の中には、小さな鍵があった。……非常口の鍵、なのだろうか。とりあえず手に取って、ポケットに入れる。

同時に――通路の空気が一変した。

ひゅうぅぅぅ……と、まるで風が唸るような不気味な音が響き、異様な冷気が肌にまとわりついてくる。心なしか、懐中電灯の光も薄れた気がする。

振り返ると、またも通路の構造が変わっていた。ここを進む以外に、戻る術《すべ》はない。

すでに電子音は聞こえない。額を伝う汗を拭い、俺は歩き出した。

いくつかの曲がり角を折れる。風の音が、次第に人の声に変わっていくのが分かる。

呻き、泣き叫ぶ、女の声のように聞こえる。

もうこれ以上進みたくない――。そう思いながらも、俺が一つ先の角を曲がった時だった。

……目の前に、何者かが立っていた。

髪の長い女――のような何かだった。

ぬぅっと天井に届くほどの背丈の、真っ黒な影。そのちょうど肩の上辺りに真っ白な女の顔があって、俺をじっと見下ろしている。

思わず口から悲鳴が溢れた。だが俺が逃げるよりも早く、その女のような何かは素早い後ろ歩きで、すたすたと曲がり角の先に消えていった。

……気がつけば、不気味な音はすっかりやんでいた。

俺は震える足を叱咤《しった》して、通路をさらに進んだ。

幸い、アレが再び姿を見せることはなく、俺は無事、非常口の前まで戻ってこられた。

さっそくドアの鍵穴に、持ってきた鍵を挿してみると、ドアは難なく開いた。

同時に夜風が顔を撫で、ザァァァ……という雨の音が、耳に響いた。

──そういえば、今日も雨だったな。

俺は外の荒れた天気を思い出しながら、目の前にある非常階段の様子を確かめた。

ビルに外付けされた、よくある鉄製の階段だ。異様に黒ずんで見えるのは、錆《さ》びだろうか。

もちろん歩けるなら問題ないが……。

ドアを出て、足場の上に立つ。ふと横に目をやると、「立入禁止」と書かれたA型バリケードが片隅に追いやられ、周囲に同じ文字の書かれた黄色いテープが散乱しているのが見えた。

……なぜ、こんなものがあるのだろう。しかも、無理やりどかされたような形で。

もしかしたら、どこかが崩れていたりするのか。そう思って、そっと階段に足をかけた。

特に揺れたり軋んだりする様子はない。

第一ここの階段は、さっきから何度も利用されている。危険はないはずだ。

そう思って、ゆっくりと階段を上り始めた。

……その瞬間、突如《とつじょ》俺の頭に、これまでに見た様々な情景がフラッシュバックした。

非常口から出ていく何人もの社員達──。コーヒーを手にした小太りの中年男。灰色のパンツスーツの女。残業していた若い男。寝起きに悪態をついてきた男。監視カメラの映像の中で、非常口から飛び出して大量の血を撒き散らした、やはり灰色のパンツスーツの女。エレベーターの前で血まみれになり、そのまま非常口まで引きずられていった、もう一人の女──。

そして最後にほんの一瞬だけ、なぜか記憶にないはずの情景が、脳裏をよぎった。

……慌てて非常口のドアから外に飛び出す、俺の姿――。

いったいなぜ、こんなものを思い浮かべたのか。

得体の知れない不安が、胸に押し寄せてくる。このビルは、俺をどうしようというのだろう。

それでも先に進むべく、俺は十階へと続く階段を、慎重に上っていった。

10F

非常口のドアを開けて十階に足を踏み入れると、ただひたすら真っ黒な廊下が、闇の中へと延びていた。

蛍光灯は白く灯るものの、明かりは少しも下に届いていない。もはや消えているに等しい。

すぐ手前にあった大部屋のドアを開けると、そこには天井から、下のフロアで見たのと同じ型のオフィスチェアが、大量にぶら下がっていた。

……いや、ぶら下がっているのではない。上下が逆になっているのだ。

よく見れば、天井と思ったのは床で、足元には床の代わりに天井が広がっている。椅子はあくまで、重力に従って床にあるだけだ。

――俺は、ここに入って大丈夫なのだろうか。

躊躇《ちゅうちょ》してから、そっと中に足を踏み入れてみた。

床に向かって落ちていく、ということもなく、普通に天井を歩けた。

奥にある火災報知器に向かう傍《かたわ》ら、周囲を眺めると、壁に沿っていくつものホワイトボードが、床から下がる形で、ずらりと並んでいた。

どれも、大量の血を浴びて汚れていた。

下から上へと血を滴らせたホワイトボードは、もはやホワイトと呼ぶのが憚《はばか》られるありさまだった。

報知器を点検し隣室に移ると、今の部屋とまったく同じ光景が広がっていた。

天井と床がひっくり返り、無数の椅子と血まみれのホワイトボードが下がる。まるで悪夢の中にいる気分だ。

いや、いっそ夢だったらいいのに。そう思いながら、すべての点検と施錠をすませる。

続いてトイレを覗く。赤黒い異様な染みが、壁と言わず洗面台と言わず、一面を覆い尽くしている。男子側、女子側、どちらも同じだ。

手早く消灯し、エレベーターまで向かった。

下のフロアのように故障している恐れもあったが、スイッチを押すと、普通にカゴが上がってきた。

軽やかなチャイムとともに、扉が開く。明るいカゴ内に乗り込み、ようやく人心地がつく。

これで、残すはあと一フロアだけだ。俺は十一階のボタンを押した。

扉が閉まる。カゴがゆっくりと上昇し始める。

この時、俺は完全に油断していた。

……突然、エレベーターが停止した。

同時に照明が瞬き、ほんの一瞬、カゴ内が闇で満ちる。

そして再び明かりが点いた時、俺の視界に映る景色は一変していた。

血まみれの壁。血まみれの床。血まみれの扉。血まみれの行き先ボタン――。

カゴ内のあらゆるものが赤黒く染まり、俺を取り囲んでいる。

思わず息を呑む。その途端、カゴが唸りを上げ、凄《すさ》まじい勢いで下降を始めた。

――落ちている！

扉の窓の外を、コンクリートの壁が下から上へと流れ続ける。ワイヤーが悲鳴のような音を上げている。間違いない。このエレベーターは今、落下しているのだ。

俺は急いでコントロールパネルのボタンを連打した。だがカゴは止まることなく、俺の指が血で汚れただけだった。

どうにもならなくなって、俺は頭を抱えて蹲《うずくま》った。

衝撃に備えたつもりだった。だが、そんな俺を嘲笑うかのように、不意にカゴの速度が下がり始めた。

恐る恐る立ち上がる。
ゴ、ゴ、ゴ……と重い音とともに、カゴがゆっくりと、動きを止めた。
窓の外に、どこかのフロアが見えた。

ギィィ……と錆びついたような軋みを上げ、扉が開いた。

⁇F

待ち受けていたのは、漆黒の闇だった。
壁も床も天井も、すべてが黒一色に塗り潰された空間――。しかしカゴ内の薄明かりが差し込んでいることで、そこが通路だと分かった。
ただし、これまでのフロアで見かけたような自販機やコピー機の類は、一切ない。
代わりに、壁と天井を構成する剝き出しのコンクリート一面に、血で書いたような真っ赤な文字が、無数に浮かび上がっている。
――オマエのせいだ
――裏切者
――怨《うら》んでやる
――消えろ
――死ね
――地獄に落ちろ
――逃がさない
文字はいずれも、まるで生きているかのように、壁面でもそもそと蠢《うごめ》いて見える。

このあらゆる罵詈雑言《ばりぞうごん》は、もしや俺に向けられているのだろうか。

だが、俺は新任だ。このビルに巣食う何かを怒らせた覚えなどない。

ともあれ――このまま先に進むしかなさそうだ。

俺は、怨嗟《えんさ》に満ちた文字を懐中電灯で照らしながら、ゆっくりと闇の中を歩き始めた。

――オマエのせいだ　――オマエのせいだ　――オマエのせいだ
――怨んでやる　――怨んでやる　――怨んでやる
――逃がさない　――逃がさない　――逃がさない
文字はどこまでも途切れることなく、俺に呪詛《じゅそ》の言葉を囁《ささや》き続ける。

やがて、行く手に薄赤い光が見えた。

通路の先が、ぼんやりと灯っている。そこがゴール地点……というわけでないことは、近づいてすぐに分かった。

……テレビがあった。

白い肉塊のような不気味な台座の上に、一台のテレビが乗り、そこに何かが映っている。

見ればそれは、赤黒い背景を背にした、女の顔のアップだった。

薄い眉。丸い頬。化粧っ気のない地味な顔立ち――。見覚えがある。確か電気室で俺に話しかけてきた、赤い制服の女だ。いや、それだけじゃない。他にもどこかで……。

考えて、俺は思い出した。

四階のコピー機だ。あそこから独りでに排出されていた紙の最後の一枚に、白黒の写真が印刷されていた。あれに写っていたのも、この女だった気がする。

それに、思えば他の社員と違って、この女だけが非常口ではなく、エレベーターを使って移動していた。これにも何か意味があるとしたら。

……この女は、何者なんだ。

俺がそう思った時だった。

映像が、動いた。

カメラが引き、女の全身が映る。彼女が画面に向かって歩き始める。その周囲に映る背景は、無数の血文字が浮かぶ不気味な廊下――。

……つまり、この場所だ。

俺はハッとして顔を上げた。

同時にテレビの裏手の闇から、ぬぅ、と何かが俺に向かって飛び出してきた。

髪の長い、真っ白な顔の、黒い影――。それは、さっき九階の謎の通路で遭遇した、あの化け物だった。

俺は思わず悲鳴を上げ、派手に尻餅をついた。

化け物が再び闇の中へ消え去る。俺を襲うつもりはないのか。いや、それとも……まだその時ではない、とでも言いたいのか。

さっきからずっと、何かに導かれているような気がしてならない。

あの化け物は――赤い制服の女の幽霊、なのだろうか。

荒く息をつきながら、俺はゆっくりと立ち上がった。

不意に通路の彼方が、また赤く染まった。

見れば、血のように真っ赤な蛍光灯の光が、この呪われた道の終着点を照らしている。

……木製のドアだ。それが行き止まりの壁に、ポツンと設けられている。

俺はまっすぐ、ドアに向かっていく。

ここを抜けた先に、何が待っているのかは分からない。しかし、それを確かめる以外に、もはや進む道は残されていない。

俺は覚悟を決め、ドアノブをつかんだ。

11F

すべてが血塗られた通路だった。

壁と言わずドアと言わず大量の血が滴り、フロア中を赤黒く染め上げている。天井はもはやどす黒く、灯る蛍光灯さえ赤く見える。床の隅には真っ黒な血が溜まり、ひんやりとした空気の中で、絶え間なく異臭を放っていた。

通路の左右には、赤く汚れた自販機とコピー機がある。どうやらこの場所は、他のフロアで言えばエレベーターの前に当たるらしい。振り向くと、今通ったばかりの木製のドアは、いつの間にかエレベーターの扉にすり替わっていた。

突き当たりの壁にフロアの表示はない。ただよく見れば、こびり付いた真っ赤な染みの一部が、微かに「11」と読めなくもない。

まず、非常口側の大部屋を覗いてみた。

真っ赤な室内のそこかしこに、血まみれのホワイトボードがいくつも置かれている。

特に整列はしていない。方々で出鱈目な角度を向き、壁となって、まるで室内を迷路のように変えてしまっている。

俺は足を踏み入れ、惰性で火災報知器に向かった。

ふと壁を見ると、時計がかかっていた。もっとも蓋《ふた》の部分が血で汚れているせいで、文字盤までは見えなかったが。

火災報知器は、機能していないようだった。ボタンに触れてみても、何の反応もない。

諦めて、隣の部屋に移った。

そちらは、ホワイトボードの迷路はなかった。代わりに中央に長テーブルが置かれ、上にテレビとビデオデッキが一台ずつ載せてある。

さらにその周りを、Uの字の形で取り囲むようにして別の長テーブルがいくつも並び、それぞれにパソコンモニターが一台ずつ置かれていた。

……これは、何を意味するのだろう。

まるで、パソコンモニターがテレビを囲んで、いじめているようにも見える。

「……いじめ?」

一瞬、何かの記憶が脳裏をよぎった。

——助けて。もうずっと、あの子達からいじめを受けているの。

——上からのパワハラもひどいし、このままじゃ私……。

記憶の中で、俺は女から、何かを訴えかけられている。……あの赤い制服の女から。

——ねえ、ビデオカメラ持ってるって言ってたよね？

——夜のうちに、目立たないところに仕掛けてくれない？　いじめとパワハラの現場をこっそり撮影するの。

——証拠を押さえて、然《しか》るべきところに訴えるわ。そうすればきっと……。

記憶は、ここで途切れた。

いったい何の記憶だろう。俺は困惑しながら、テレビの前に立った。

画面は消えている。何かが映る様子はない。

よく見ると、ビデオデッキがテレビと繋がっていない。テープも入っていないようだ。

……しかし、これで終わりのはずがない。俺は何者かの意志によって、ここまで連れてこられた。きっと映像を見る手段が用意されているはずだ。

そう思って、俺は周囲を注意深く観察してみた。

テレビの前の床に、靴を履いた足跡が見えた。

目で辿っていくと、壁際の縦長ロッカーに行き着いた。ロッカーは複数あるが、足跡はその一つから始まっている。

……あのロッカーは確か、ドアが開きっぱなしになっていなかったか。

……いや、あれは別のフロアの話か。しかしロッカーの位置は、そっくり同じだ。

そういえば、この部屋にはパソコンが何台もあって、オフィスのように思える。となると、隣は会議室か。この部屋の並びにも既視感がある。初めは一階。次に八階……。これらはすべて同じフロアだったのか。

俺は同じフロアをぐるぐる回っていた……とでも言うのだろうか。

そんな馬鹿な、と首を横に振る。それから足跡を遡《さかのぼ》って進み、ロッカーの前に立つ。ドアの前に大量の血溜まりができている。俺はそっと、ドアを開いてみた。

……人がいた。

……血の気のない、すでに死体と化した男が。

「あ……」

もはや悲鳴を上げる気力もなく、俺は力の抜けた声で呟いた。

俺はこいつの顔を知っている。確か、陰で「パワハラ」と呼ばれていた男だ。役職付きで、渾名《あだな》のとおり、ひどいパワハラで部下達を苦しめていた。

でも……なぜそんなことを知っているんだ。

俺は今日、初めてこのビルに来たはずなのに。

——いや、違う。初めてなんかじゃない。

さっき俺はこう考えた。俺がフロアを上がるたびに、何かの時系列が進んでいる、と。

しかし、それだけでは説明できないことがある。

そもそも——俺はなぜ、巡回を始めた一階の時点で、フロアの構造を把握していたのか。

それだけではない。ビルに入る前から駐車場の位置が分かっていた。四階では、備品置き場の位置を知っていた。五階に制御室や電気室があることも理解していた。七階がテナント用のフロアで、前に入っていた会社が潰れたことも把握していた。

俺は——何者なんだ。

頭の中をぐちゃぐちゃにかき回される思いで、パワハラ上司の死体を眺める。

死体の手に何かが握られている。見れば、ビデオデッキのケーブルだ。俺はそれを抜き取るとロッカーを閉め、テレビの前に戻り、ビデオデッキを繋いだ。

さて、次はテープだ。辺りを見回すと、部屋の隅にこれ見よがしに、小さな金庫が置かれているのが分かった。

金庫の扉にダイヤルが付いている。一見一つだけだが、実際には大きな外ダイヤルと小さな内ダイヤルに分かれていて、両方を正しい位置に揃えないと開かない仕組みだ。

大きい数字と、小さい数字——。俺は少し考えてから、あるものを連想した。

時計だ。確か、隣のホワイトボードだらけの部屋に、壁かけ時計があったはずだ。

俺はさっそく隣室に戻ってみた。もっとも、壁の時計は蓋が血で汚れ、時間が分からなくなっている。ならばと蓋を外してみたが、文字盤は現れたものの、肝心の針がない。

——いっそ、この蓋をきれいにしてみるか。

俺はそう思い、血まみれの蓋を手にしたまま、男子トイレに行ってみた。

洗面台の中に蓋を置き、蛇口を捻る。もし血でも噴き出してきたらどうしようもないな、と思ったが、それは杞憂で、ちゃんと透明な水が出てきた。

蓋の血を洗い流すと、透明なガラスの上に、線が二本描かれているのが見えた。おそらく針の代わりだろう。

会議室に戻り、壁の時計に蓋を取り付けてみる。案の定、特定の時刻が表示された。

9時30分——。これが金庫のヒントに違いない。俺はオフィスの方に移った。

さっそく金庫の前に立って、ダイヤルを確かめる。それぞれのダイヤルには、00から99までの数字が刻まれている。これを、時計が示した数字に合わせればいいはずだ。

……9と30。違う。90と30。また違う。9と3。これも違う。9と6。やはり違う。

試行錯誤するうちに、90と60に合わせたところで、ロックがカチリと外れた。

扉を開けると、果たして一本のビデオテープが、金庫の中から出てきた。

ビデオデッキにセットする。すぐに砂嵐が現れ、それからいくつもの映像が流れ始めた。

オフィスのパソコン。男子トイレ。非常階段……。時折ドアの開閉音や救急車のサイレンが流れる。しかしいずれも、何の変哲もない景色ばかりだ。

なのに、俺は突如として、言い知れぬ不安を覚えた。

動悸を感じる。額に汗が浮かぶ。過去の記憶が溢れつつあるのが、はっきりと分かる。

——いい加減にしてくれよ。いじめ？　そんなこと俺に言われても困るんだよ。

――もう気づいてるんだろ？　俺が今、君をいじめているあの女と付き合ってるってこと。

ふと頭の中に、かつて俺が口にした言葉が蘇った。

そうだ。俺はあの時、あの赤い制服の女に向かって、冷たく言い放ったのだ。

俺は――ようやくすべてを思い出した。

俺はこのビルを、この会社をよく知っている。今日が初めてではない。何ヶ月もの間、ここで警備を担当してきたからだ。しかし、決して品行方正な警備員というわけではなかった。

このビルに配属されてすぐに、アイツと――残業していたOLの一人と親密な関係になった。どうせ妻との仲は冷え切っていたし、それぐらいの遊びは許されると思ったのだ。もっともアイツには、俺に妻子がいることは黙っておいた。

アイツはどうやら、上司や同僚からのパワハラといじめに苦しんでいたらしく、俺を心の拠り所にしてきた。だが俺は、いつしかそんなアイツのことを、鬱陶《うっとう》しいと思うようになっていった。

所詮ただの遊びに、重い愛など必要ない――。そう思っていた頃、俺は巡回中に別のOLから声をかけられて、連絡先を交換した。どうやらその子は、アイツをいじめていたグループのリーダー格だったようだ。なので、どうせアイツへの嫌がらせのつもりで、俺にちょっかいを出してきたのだろう。

とはいえ、その子はまあ結構可愛かったので、俺はあっさりとそちらに乗り換えた。

そんな時だ。アイツから、パワハラといじめの証拠を撮影するように頼まれたのは。

もちろん断った。そして、こう言ってやった。

――もう気づいてるんだろ？　俺が今、君をいじめているあの女と付き合ってるってこと。

しかしそれでも、アイツは諦めなかった。だから俺は、駄目押しでこう続けた。

――実は、黙ってたけどさ。俺、結婚してるんだ。子どももいる。

――まさか君、本気で俺のこと愛してたの？　そういうの、迷惑なんだけど。

アイツとは、これで別れた。

……それから数日後のことだ。俺が巡回していた深夜に、突然謎の停電が起きた。

慌てて五階の電気室に向かった俺は、そこでアイツから声をかけられた。アイツは感情の籠らない淡々とした声で、俺に電源の復旧を頼んできた。

後から思えば、すべてアイツが仕組んだことだったのだろう。

電源が復旧した直後、俺はビル内でトラブルが起きていないか確かめるため、すぐに警備室のモニターをチェックした。

……会議室に、アイツがいた。

椅子の上に立って、監視カメラを――その映像を見ている俺の顔を、じっと睨んでいた。

そして俺を睨んだまま、その場で革のベルトで首を吊り、自ら命を絶った。

――あの瞬間が監視カメラに映った。

――こんなところで……まさか彼女が……。

俺はすぐに、ここの警備から外してもらった。

だが、問題はここからだった。アイツが死んで間もなく、このビル内で不自然な人死にが相次いだのだ。

ある者は、残業中に何の理由もなく、非常階段から身を投げた。

ある者は、暖房の利いたオフィスの床で眠ったまま、なぜか凍死していた。

ある者は、トイレの中で錯乱し、カッターナイフで自分の首を切り裂いた。

俺を寝取ったあのＯＬも死んだ。その取り巻きも死んだ。パワハラ上司も、いじめを見て見ぬふりをしていただけの周りの社員達も、次々と死んでいった。

たちまち、「アイツがこのビルを呪っている」という噂が広まった。

おかげで俺の後任は見つからず、俺は警備会社の上司から、継続してここの警備に当たるよう命じられた。

俺は最悪な気分で、久しぶりにこのビルに戻った。あの日は、冷たい雨が降っていた。

そして巡回を始めた直後だ。不気味な出来事が次々と俺を襲い、そこで俺は――。

『……落木さん』

ふと、テレビのスピーカー越しに名を呼ばれて、俺は我に返った。

……落木。そう、俺の名前は落木敬護。落木は俺だ。どうして忘れていたのだろう。

テレビの画面を見る。アイツが青ざめた顔で映っている。

アイツ――俺が裏切った、あの女だ。それが生前の赤い制服姿のまま、この部屋のドアのところに佇んでいる。

アイツの唇が動く。俺に向かって、何かを訴えるために。

……声はそこで途切れた。唇の動きはまだ続くように見えたが、すぐに映像そのものがノイズで埋め尽くされたため、結局アイツが俺に何を言おうとしていたのかは、最後まで分からなかった。

『愛して――』

気がつけば、全身がすっかり冷え切っていた。

ビルの中で何度か見たテレビの映像――。思えばあれは、アイツの生前の憎悪の記憶だったのかもしれない。

だとすればその憎悪は、今の最後の映像に集約されるのではないか。ここに映っていた景色は、どれもビル内で人死にがあった場所ばかりだった。オフィス、トイレ、非常階段……。

……そして最後に映った部屋は、ここだ。

俺はハッとした。もうここにはいられない。俺は急いで、廊下へと続くドアの一つに走った。

そのドアが、今の映像の中でまさにアイツが立っていた場所だった――と気づいたのは、実際にドアを開けた直後だった。

……アイツが、立っていた。

長い髪。真っ白な顔。真っ黒な影の体。あの、おぞましい異形の姿で。

俺は絶叫した。

そして、もう一つのドアに向かって逃げ出した。

振り向くと、アイツが室内を追いかけてきていた。動きは遅いが、立ち止まれば確実に捕まってしまう。俺は急いでドアから廊下に飛び出した。

そこは、ちょうどメインの廊下の、トイレ側の行き止まりに当たる場所だった。ここからまっすぐに走れば、右手にエレベーターへの分岐路が現れるはず。あるいはさらにまっすぐ走り続けて、突き当たりの非常口から逃げてもいい。

——大丈夫だ。ちゃんと外に出られる。

俺はそう信じて、脇目も振らずに走った。

そして——直後、信じられない光景を見た。

エレベーターへと続く通路が、封鎖されていた。

いつの間にか巨大な鉄格子が現れ、分岐路を完全に塞いでしまっている。いったいなぜ。いや、理由など考えている場合ではない。すぐ背後から、アイツの呻き声が追ってきている。

こうなったら、非常口から外へ——。

俺がそう思った瞬間だった。

不意に、さっき思い浮かんだのと同じ情景が、再び俺の脳裏をよぎった。九階から非常階段で上がろうとした時に見た、記憶にないはずの情景が……。

——慌てて非常口のドアから外に飛び出す、俺の姿。

いや待て。本当に記憶にないのか？

何かがまだおかしい。俺は、何かとても大事なことを、もう一つ忘れている気がする。

突如不安を覚えて、非常口から出るのを思い止まり、すぐそばのドアから会議室に入った。

血まみれのホワイトボードが迷路となって立ち塞がる。しかし背後からは、アイツが迫っている。俺はくねくねとした血なまぐさい道を、急ぎ足で駆け抜けていく。

そして懸命に、自分の記憶に呼びかける。

——思い出せ！

確かに俺は雨の降る夜、久しぶりにこのビルに戻ってきた。後任の警備員が見つからず、上から継続を命じられたからだ。

でも——その続きは？

久しぶりにこのビルの警備に当たった俺は、そこでどうなった？

次第に記憶が鮮明になってくる。確か——まず警備室で業務を確認し、エントランスを施錠。そして一階から巡回を始めた。残業中にコーヒーを飲んでいた男を帰した。二階でパンツスーツのOLに口説かれた。三階の女子トイレの個室から、二階にいたはずの女の声がした。そして四階では蛍光灯を……。

いや待て、違う。それは今日の記憶だ。だけど——。

……だけど、気がついた。

……俺には、あの雨の夜以降の巡回の記憶が、他に一切ない。

そうだ。いつも同じだ。俺は巡回しながらフロアを上がり、その中で過去の出来事を追体験していく。そして時系列が進み、停電が起き、アイツが自殺。社員達が怪死を遂げ、俺は次々と怪異に見舞われ、逃げ惑《にまど》い、ついにこの十一階ですべてを思い出す。

そこでアイツに追われた俺は、非常階段から脱出を試みる。その瞬間、ビル内で何度か耳にした軋み音が激しく鳴り渡り、階段が崩落。俺は地面に叩きつけられて命を失い――。

そして、また出勤からやり直すのだ。まるでビデオテープを巻き戻されたように、何度でも。

俺はそうやって、ずっと死に戻りを繰り返しながら、このビルをさまよっている――。

……そう、これが今の俺の状況だ。ようやくすべてを思い出せた。

俺は会議室を抜け、再びオフィスに戻ってきた。

アイツは、なおも俺を追ってきている。捕まれば命はないだろうが、あいにく逃げ延びる手段も思い浮かばない。

少なくとも、非常口から出ることはできない。このビルでは、常に非常口が死に繋がっている。また死んで振り出しに戻されるだけだ。

――やはりエレベーターしかない。でも、どうやって？

答えが見えないまま、俺はまたさっきのドアから、廊下に飛び出した。

そこで――奇妙なものを見つけた。

突き当たりの壁だ。そこに、一枚の絵が貼られている。

娘の描いた、家族の絵だ。家の冷蔵庫に貼ってあったものが、なぜここにあるのかは分からない。しかしその絵を見た瞬間、俺の心の中で、ある感情が強く膨れ上がった。

――帰りたい。

——許されるならば、俺の家族のもとへ。

俺がそう願った瞬間だった。突然絵の隣に、数字を入力するタッチパネルが現れた。

これだ。これを操作すれば、きっとエレベーターへの道が開ける。理屈などないが、そんな確信がある。

パネル内の窓に表示可能な数字の個数は、全部で四つ。つまり正解は四桁だ。

問題は、具体的な答えだが——。

しかし、希望を抱いたのもわずかな間だけだった。直後、俺は愕然《がくぜん》とした。

タッチパネルの周りの壁に、いくつものメモが見えたからだ。

数字を書いては横線で消し、また別の数字を書いては横線で消し……。そんな跡が、壁に大量に残されている。

……どれも、俺の字だ。

俺が書いたのだ。試したのだ。ここで何度も。何度も何度も何度も。

そして、そのたびに失敗してきた——。

思わず絶望に呑まれそうになる。しかし、アイツの呻きがすぐそこまで迫っている。捕まらないように、また廊下を走る。

鉄格子の前を通り、非常口は無視して、会議室へ飛び込む。さらにホワイトボードの間を抜け、オフィスに戻る。このままぐるぐる回り続けているうちは、捕まらないかもしれない。しかし、いずれ俺の体力が尽きるはずだ。

考えろ。正解の数字は何だ。

ヒントがあるとすれば――それは、あの絵だ。

あれは家の冷蔵庫に貼ってあった。では、冷蔵庫の中にあったのは？

……そうか。そういうことか。

娘の誕生日――。それが答えなのだろう。

だが、それはいつだったか。

何月何日のことだったか。

……俺には、思い出せない。

「くそぉっ！」

叫んだ。悔しい。とても大事なことなのに。俺が生きようが死のうが関係なく、絶対に忘れてはならない数字のはずなのに。

――10月。それは間違いない。上二桁は「10」だ。

では、下二桁は？　日めくりを破って現れた今日の数字は、何日だった？

廊下に出る。足を止め、タッチパネルを見据える。

俺は、妻と娘の顔を思い浮かべた。もし二人が俺を許してくれるなら……お願いだ。俺を導いてくれ。

指をキーに伸ばす。まず1を、次いで0を入力する。あと二つ。出勤前に何気なく眺めただけのわずかな記憶に縋《すが》り、懸命に意識を辿る。

アイツはもうすぐそこまで来ている。チャンスは、一度だけだ。

――頼む！

祈りながら、俺は残る二つの数字を入力した。

2。そして、3。

……廊下の向こうで、鉄格子の開く音がした。

思わず流れそうになる涙を堪《こら》え、俺は急いで走った。

鉄格子のあった角を曲がると、突き当たりにエレベーターの扉が見えた。

すでに開いている。カゴの中から白い光が溢れ出し、俺を待っている。

すぐ背後に、アイツの呻き声が迫る。だが、その声が俺を捕らえるよりも、俺がエレベーターに飛び乗る方が早かった。

アイツが腕を伸ばそうとした瞬間、扉が閉まった。間一髪だった。

怨《うら》めしげに睨むアイツを外に残し、エレベーターが動き出した。

俺は――眩《まばゆ》い光に包まれ、意識を失っていった。

エピローグ

気がつくと、俺は真っ白なベッドに横たわっていた。

周りには、これまた白いカーテン状の衝立が、いくつか見える。

……病院か。

すぐにそう気づいた。

夢だったのか。……いや、ただ眠っていただけなら、病院にいるはずがない。きっと俺の身に、何か命に関わるような重大な事態が起きていたのだろう。

しかし、目は覚めた。きっと、もう大丈夫だ。

ベッドの横にある窓の外を見ると、すでに夜が明けていた。まだ雨は降り続いているが、無限とも思えた夜の悪夢は、ようやく過ぎ去ったようだ。

安堵していると、病室に誰かが入ってくるのが分かった。

妻と娘だった。

二人とも、俺が目を覚ましたのを見て、涙ぐんでいる。何があったか聞かないとな、と思いながらも、俺は「もう心配いらない」と伝えたくて、ゆっくりと頷いてみせた。

……と、その時だ。

ちょうど二人の後ろにある衝立の向こうから、すぅっ、ともう一人、誰かが顔を覗かせた。

……化粧っ気のない、地味な顔立ちが見えた。

……会社でもないのに赤い制服姿で、表情もなくこちらを見つめていた。

目を見開いた俺に向かって、アイツの唇が動く。

――逃がさない。

決して終わることのない呪詛が、俺に向かって、静かに囁かれた。

誘拐事件

プロローグ

「さらお！　さぁらぁおぉ！」

ママの呼ぶ声に、僕は「うぅ」と呻《うめ》いて、カビ臭い布団の上に起き上がった。

明かりの点《つ》いていない部屋に、外からわずかな光が差し込んでいる。今は何時だろう。

少し肌寒い。雨の音が聞こえるけど、それよりも風の音の方がとても激しい。

僕は窓を見た。打ちつけられた板の隙間から覗くガラスに、いくつもの雨粒が弾けている。

嵐だ。そう思った瞬間、とても心細くなった。

でも、この部屋には気を紛《まぎ》らわせるものなんて何もない。ママがおもちゃを買ってくれなくなってから、どれぐらい経《た》っただろう。

ママは、前は優しかったのに、今はとても怖い。こうなったのは、パパがいなくなってからだと思う。

今この部屋にある「楽しいもの」は、かつてパパが取りつけてくれたバスケのゴールと、ボールだけだ。あとは箪笥《たんす》と古い鏡台、敷きっぱなしの布団だけしかない。

……いや、今は他にも布団のそばに落ちているものがある。

ベルト。これは、ママが僕を叩く時に使うやつだ。

金づち。これは、ママが僕に言うことを聞かせる時に振り上げるやつだ。

でも今は、釘と一緒に落ちている。台風が来るからと、窓の板を新しく取り換えた後で、ママが忘れていったんだと思う。

「ねえ、さらお！　聞いてるの？」

ママの金切り声がする。僕は思わず体中を震わせ、部屋の隅《すみ》にうずくまった。

「返事くらいしなさい！」

ドアが開いた。ママが入ってくる。怖くて顔を上げることができない。

「さらお！　そんな端っこに座って何してんのよ！」

俯《うつむ》く僕の目に、ママの足が近づいてくるのが見える。怖い。

「ねえ、なんか言いなさいよ！」

これ以上ママを怒らせたらダメだ。でも唇が強張《こわば》って、声が出ない。怖い。

「いつもいつも本当にこの子は、どうしようもない……。まったく、なんでこんな子になっちゃったんだか……」

ママが怒っている。きっと、すごく叩かれる。

やめて。怖い。やめて。怖い。やめて。怖い。

「……ほんと、産まなきゃよかった」

やめて！　怖い！

「だから、あんたは、ダメなのよ！　どうせ――」

ママがすべてを言い終える前に、僕はとっさに金づちを手につかんで立ち上がっていた。

一瞬ママの顔が見えた。怒りに満ちた、鬼みたいな顔だった。

その顔に向かって、僕は金づちを振り下ろした。

いつも、ママは僕に金づちを振り上げていた。だから、僕が同じことをしても大丈夫だと思った。

振り下ろした金づちは、ママの額《ひたい》に当たった。

ママは――悲鳴を上げて、倒れた。

うつ伏せになったママの顔のところから、少しずつ赤いものが流れ出して、広がっていく。

慌てて謝ろうとしたけど、ママは叱ってこなかった。

ピクリとも動かずに、その場に倒れ続けていた。

……ああ、僕はもう、怖がらなくていいんだ。

僕はとても久しぶりに、笑顔になった。

7月3日

ベッドの中で強烈な不快感を覚えて、目を覚ました。

腰回りがぐっしょりと濡れている。俺は「あぁ……」と言葉にならない声とともに、ゆっくりと体を起こした。

布団をめくると、シーツの上に大きな染みができているのが、はっきりと分かった。

「あーあ、またやっちゃった……」

憂鬱《ゆううつ》な気持ちで呟く。ふと、教室でまさひろ君が言った言葉を思い出した。

――三年生でおねしょしてるやつなんて、いねーよ。

いったいどうしてそういう会話になったのかは、よく覚えていない。けれど、あの時俺が「だよねー」と当たり前の顔で頷いたのは間違いない。

……心の中ではすごくドキドキしていた。小三にもなっておねしょをするのはおかしいんだ、と知ったのは、この時が初めてだったからだ。

でも、俺は今でもよくおねしょをする。夜起きてトイレに行くことができないからだ。

そうなってしまった理由は、何となく分かっている。

お母さんのせいだ。

あれは、俺がまだ保育園に通っていた時だ。夜中にトイレに行きたくなって、寝ているお母さんを起こした。そうしたら、こっぴどく叱られて叩かれた。我慢しろと言われた。

お母さんはとても怖いから、俺は従うしかなかった。

それで我慢して、漏らした。俺は朝になってから、そのことを知ったお母さんに、また叱られた。我慢しろと言ったでしょ、と怒鳴られ、やはり何度も叩かれた。

それ以来――夜トイレに行きたくなっても、絶対に我慢するようになった。

おかげで今も、俺のおねしょの癖は治らない。

……ベッドを出る。枕元の目覚まし時計を見ると、夜の十時過ぎだ。お母さんとお姉ちゃんは、まだ起きているはずだ。

シーツを汚したことを伝えて、洗濯してもらわないといけない。俺は自室のドアを開けて、廊下に出た。

どこかでお姉ちゃんの声が聞こえた。耳を澄ませる。どうやら、お母さんの部屋からのようだ。二人とも、この二階にいるらしい。

「お母さん、あの……授業参観のことなんだけど――」

「うるさい！　話しかけてこないで！」

お姉ちゃんの言葉は、お母さんの金切り声ですぐにかき消された。

俺は驚かない。いつものことだからだ。お母さんは、機嫌が悪い時に話しかけると、必ず怒る。そんな時、俺は怖くて顔を伏せてしまう。お姉ちゃんは逆で、きゅっと口元を吊り上げて笑顔を作る。

どっちみち、お母さんは怒り続けるけど。

「ほんと、鬱陶《うっとう》しい！　あんた達さえいなければ……」

――産まなきゃよかった。

憎しみのこもった、呪いみたいな言葉が、お母さんの口から吐き出されたのが聞こえた。

俺が廊下の真ん中で、強張った顔で佇《たたず》んでいると、お母さんの部屋のドアが開いて、お姉ちゃんが出てきた。

表情が消えている。つい今まで、たぶん無理やり笑っていたはずなのに。

お姉ちゃんは俺には目もくれずに、自分の部屋に戻っていった。

俺は入れ違いに、お母さんの部屋に入った。

お母さんは部屋の真ん中で、スーツケースを広げて、そこに服を詰め込んでいるところだった。何をしているのかは分からない。でも聞けばきっと怒るはずだ。だから今は、必要なことだけを伝える。

「お母さん、……おねしょしちゃった」

「うるさいわね。話しかけないで」

さも邪魔だと言わんばかりに、お母さんは俺の方を見ようともしない。

俺はそっと、お母さんの部屋を出た。洗濯はお姉ちゃんにお願いするしかない。

だけど俺は、少しホッとしていた。

正直、俺はお母さんのことが苦手だ。だからおねしょをした時は、できればお姉ちゃんに伝えたい。お姉ちゃんは、俺がおねしょをしても怒らないからだ。

でもお母さんは、俺が先にお姉ちゃんに言うのを、すごく嫌がる。「どうして先に私に言わないのよ！」と怒鳴って、俺を叩く。

だから、話しかけるなと言われたのは、とてもありがたかった。これで堂々とお姉ちゃんのもとに行けるからだ。

お姉ちゃんの部屋は同じ二階にある。でっかいクマのぬいぐるみと、チンチラのぬいぐるみが飾られているけど、他に遊べるものが何一つ置かれていない、ちょっと寂《さび》しい部屋だ。

さっそく中を覗くと、すぐにお姉ちゃんと目が合った。

「れんや、どうしたの？」

お姉ちゃんが俺の名前を呼ぶ。俺は濡れたズボンを指先でつまみながら、しょんぼりした声で言った。

「お姉ちゃん、おねしょしちゃった……」

「あぁまた？　濡れたシーツ持ってきて」

何事もないかのように、お姉ちゃんが答える。俺は頷いて、一度自分の部屋に戻った。

シーツをベッドから剝がし、濡れた部分が内側に収まるように丸める。それを抱えてお姉ちゃんのもとへ運んでいくと、お姉ちゃんは「一緒に下に行こう」と、俺を促した。

「洗濯の仕方を教えてあげる」

「洗ってくれるんじゃないの？」

「……いいから、行こ」

そう言って、お姉ちゃんが部屋を出ていく。俺は慌てて後を追った。

一階に下り、玄関のすぐそばのドアを開けると、そこが脱衣所だ。洗濯機はここにある。お姉ちゃんは、すでに中で待っていた。

「そのシーツを洗濯機に入れて」

「届かないよ」

「そこに踏み台があるでしょ」

言われるままに、洗濯機の前に踏み台を移動させる。上に乗ると、俺の背は洗濯機よりも高くなった。

ついでにお姉ちゃんよりも高い。お姉ちゃんに顔を見上げられるのは、何だか変な気分だ。

「シーツを入れたら電源を入れて。電源は、その『入』ボタンね。その次にスタートボタンを押して。それで洗濯ができるから」

丁寧に説明を終え、お姉ちゃんは「簡単でしょ？」と、確かめるように俺に尋ねた。頷いて、言われたとおりに操作をする。洗濯機がゴトンゴトンと、聞き慣れた音を立て始める。

自分の手でできたことに、小さな満足感を覚える。でも、なぜお姉ちゃんは、突然俺にこれをやらせたんだろう。いつもはお姉ちゃんがやってくれるのに……。

俺がそう疑問に思った時だった。

ふと——開け放たれたドアの向こうに、お母さんの姿が見えた。

スーツケースを引いていた。

玄関に下り、靴を履いた。

そして、ドアを開け――。

「お姉ちゃん、お母さんが……」

「やり方は分かった？」

「え？　うん……」

俺の言葉は、すぐさまお姉ちゃんに遮られた。

お姉ちゃんは俺を見上げたまま、感情のない声で、こう告げた。

「これから洗濯は、れんやが担当ね」

思えば――この時お姉ちゃんは、とっくに知っていたのかもしれない。
お母さんが俺達を置いて、家を出ていくつもりだったことを。

9月1日

お母さんがいなくなってから、二ヶ月が経とうとしていた。

ついこの間まで、学校は夏休みだった。俺はよく外に出て、同じクラスのまさひろ君やけいじ君、こひめちゃん達と遊んだけど、お姉ちゃんはほとんど外に出かけなかった。

「……今日、何食べよう」

いつしかこの言葉が、お姉ちゃんの口癖になっていた。

うちにはお父さんもいないから、食べるものは自分達で用意しないといけなかった。

もっとも、家にあって俺達が簡単に食べられるものといえば、カップ麺ぐらいだ。買い置きの米や野菜は、お母さんがいなくなってすぐに底をついたし、戸棚のおやつも冷凍庫のアイスも、あっという間になくなった。カップ麺だって、気がついたら最後の一個になっている。

そんな時はいつも、お姉ちゃんは小さく溜め息をつきながら出かけていって、しばらくすると黒いゴミ袋を抱えて、まるで何かから逃げるようにして帰ってきた。

袋の中には、大量のカップ麺があった。

どこからどうやって持ってきたのかは、分からなかった。でも、近所の雑貨屋で売っているやつと同じだったから、俺は安心して食べた。

家の中のそこかしこに、次第にカップ麺の容器が溢《あふ》れていった。

あまりにゴミだらけになったので、ゴミ袋に入れて口を縛ったけど、お姉ちゃんは捨てにいかなかった。

「このゴミ、人に見られたらまずいから」

お姉ちゃんはそう言った。どういう意味かは分からなかった。

口を縛ったゴミ袋は、玄関の隅に置かれた。

少しすると、新しいゴミ袋が加わった。

ゴミ袋はどんどん増えていった。玄関だけでは手狭になったので、廊下の奥やキッチンの隅にも置かれるようになった。

やがて、家のそこかしこに虫が這《は》い出《だ》した。ハエ、ゴキブリ、クモ……。お姉ちゃんはそれらを鬱陶しそうにしていたけど、それでもゴミを捨てにいくことは、絶対になかった。

そうこうしているうちに夏休みが終わり、九月になった。

夕方、俺が自分の部屋でゴロゴロしていると、一階のキッチンの方から、「れんやー」とお姉ちゃんの呼ぶ声が聞こえた。

下りていくと、いつもと違う美味《おい》しそうな香りが、家の中を漂っていることに気づいた。カレーだ。お姉ちゃんが作っているのだろうか。お母さんがいなくなってから、この匂いを嗅《か》ぐのは初めてだ。

リビングに併設《へいせつ》されたキッチンを覗くと、食器が山になったシンクの隣で、お姉ちゃんが鍋をIHヒーターにかけて、お玉でかき回していた。

鍋の中に見えるのは、野菜ばかりだ。肉は入っていない。

まな板の横には、土のついた軍手とビニール袋が放置されている。畑から野菜を獲《と》ってきたように見える。ただ、確かにこの辺は畑が多いけど、うちの敷地には畑なんてない。

俺は少し奇妙に思ったけど、口にはせずにおいた。

「お姉ちゃん、何?」

「あと少しでできるから、その間に洗濯物干しといて」

「分かった」

俺は頷いて、脱衣所に向かった。お母さんが出ていってから、洗濯はずっと俺の役目だ。もっとも、洗濯機の動かし方は簡単だし、干すのも脱衣所の片隅にある物干し竿にかけるだけだ。それに、そんなに時間もかからない。お母さんの服がないからだ。

あるのは——繕《つくろ》われることもなくボロボロになった、俺とお姉ちゃんの服だけだ。

手早く干し終えて、キッチンに戻った。

俺がおかしなものを見たのは、その時だ。

……キッチンの窓の外を、何か黒い影がゆっくりと横切っていった——ような気がした。

あそこは裏庭だ。誰かいるのだろうか。

でも、外は風の音が強いし、雨も降っている。何の用もなく人が通ることはないと思う。

俺はお姉ちゃんの方に目をやった。お姉ちゃんは無言で、棚から皿を取り出している。窓の外に誰かがいたことには、気づいていないようだ。

——もしかしたら、ただの気のせいだったのかもしれないな。

俺はそう思って、リビングの方へ移った。

お姉ちゃんが、カレーの入った皿を二つ、テーブルに並べる。向かい合わせで座り、俺達は食べ始めた。

「久しぶりにカレー作ってみたんだけど、どう?」

お姉ちゃんが聞いてくる。正直に言えば……このカレー、あまり美味しくはない。これならカップ麺の方がよかったと思う。絶対に口には出さないけど。

「カレー、嬉しいな」

俺がそう答えると、お姉ちゃんは小さく口元を綻《ほころ》ばせた。

「材料準備するの大変だったんだよ。感謝して食べな？」

「うん」

——材料って、この野菜のことか。

どこから持ってきたんだろう。相変わらずそれを気にしながら、俺は黙々とカレーを口に運ぶ。旨みと甘みに欠けた、ただスパイスの勢いだけが空回りしているような、どこか乱暴な味のカレーだった。

ふと横を見ると、テーブルの片隅に何か紙が置かれていた。いったい何だろうと手を伸ばしかけると、お姉ちゃんの声がそれを止めた。

「そのテスト汚さないでよ」

「テスト？」

言われてよく眺める。確かに学校のテスト用紙だ。四枚あって、どれもお姉ちゃんの名前が書かれている。いや、それよりも目を引くのは、その点数だ。

「これ全部１００点じゃん！」

俺は驚いて叫んだ。１００が書いてあるテストの答案なんて、漫画の中にしか存在しないと思っていたのに、それが現実にここにある。しかも四枚ともだ。

「お姉ちゃんすごいね！」

「でしょ？　お母さんに見てもらうの」

お姉ちゃんはカレーを頬張りながら、きゅっと口元を吊り上げた。

俺は――お姉ちゃんの考えを知って、ドキリとした。

何となく、テストから目を逸《そ》らした。かと言って、お姉ちゃんの顔も見られない。仕方なく視線をカレー皿の上に落としながら、俺は尋ねた。

「……お母さん、帰ってくるかな」

「帰ってくるに決まってるじゃん！　１００点のテスト見たら、きっと喜んでくれると思うの！」

「俺は……」

――もうお姉ちゃんと二人でもいいよ。

恐る恐る、そう言ってみた。

本心だった。

お姉ちゃんが頷いてくれることを、心のどこかで期待していた。

「……何言ってんの？」

だけどお姉ちゃんは、冷たく怒りの声を吐いただけだった。

「お母さんは必要でしょ！」

怒鳴られる。そっとお姉ちゃんの顔を見ると、お母さんと同じ目をしていた。

胸の奥がドキドキする。俺はお姉ちゃんのことが好きだけど、お姉ちゃんは時々、とてもお母さんそっくりになる。

お母さんと同じ目。お母さんと同じ顔。お母さんと同じ声――。

「お姉ちゃんってさ……、お母さんのこと好きだよね」

俺は表情を硬くしながら、そう聞いてみた。お姉ちゃんは怒りを解いたのか、「普通じゃない？」と素っ気《そっけ》なく返してきた。

「子どもなんだから、お母さんさえいればいいって子ばっかりだよ」

……いや、そうじゃないよ。

俺は知っている。お姉ちゃんが勉強ができてスポーツも得意なのは、全部お母さんに認められたくて頑張ってきたからだ、って。

でもお母さんは、そんなお姉ちゃんを一度も認めてくれなかった。認めないまま、どこかへ行ってしまった。

なのにお姉ちゃんは、お母さんが帰ってくるのを信じて待っている。100点のテストまで並べて。

――俺もいるのに。

――俺がいても、お姉ちゃんは嬉しくないんだ。

そう思うと、何だか無性に寂しくなった。

外の雨音が、ひときわ強くなったような気がした。

9月5日

部屋の窓が、ガタガタと激しく鳴り続けていた。

夕方になって、本格的に台風が近づいてきた。ニュースで見た限りでは、うちの県には直撃しないそうだけど、それでも朝から嵐がやむ様子はない。

気がつけば、すっかり部屋が薄暗くなっていた。もう夜の七時だ。

俺はドアを開けて廊下に出た。

洗濯物を干してから、だいぶ時間が経った。そろそろ乾いている頃だと思う。たたんで箪笥にしまうまでが、俺の役目だ。

服を回収しに、一階に向かった。

階段を下りてすぐそばに、玄関と、脱衣所のドアがある。外の激しい雨音を聞きながら、脱衣所に入る。だけど物干し竿を見た途端、俺は奇妙なことに気づいた。

……お姉ちゃんの服だけが、消えている。

ぶら下がっているのは、俺のシャツとズボン、パンツだけだ。一緒に干しておいたはずのお姉ちゃんの服が、どこにも見当たらない。

「自分で片づけたのかな」

俺はそう呟くと、自分の服だけを二階の部屋に運んで、手早くたたみ、箪笥に突っ込んだ。

それから――ふと思った。

……お姉ちゃんは、どこにいるんだろう。

そういえば、今日は名前を呼ぶ声が聞こえてこない。そろそろご飯の時間だというのに。

俺は気になって、もう一度階段を下りて、リビングに行ってみた。

ここ数日で、またゴミ袋の山が増えていた。

キッチンだけでは場所が足りずに、少しずつリビングにも置かれるようになっていた。テーブルの上にも、カップ麺の容器が所狭しと放置されている。

テストの答案はお姉ちゃんが片づけたようで、もうここにはない。

「お姉ちゃん？」

辺りを見回しながら声をかける。返事はない。キッチンを覗いたけど、お姉ちゃんはいないし、ご飯ができている様子もない。

今日はまだ、ご飯を作っていないのか。いったいどこにいるんだろう。

俺はリビングのガラス戸から、外の庭を見た。

風がごうごうと唸《うな》りを上げている。すっかり暗くなった屋外を、横殴りの雨が、まるでシャワーのように飛び交う。

――外、のはずはないか。

「お姉ちゃん、どこ？」

もう一度声を上げてみたけど、嵐の音以外に、何も聞こえることはなかった。

俺は不安になって、急いで二階に上がった。

お姉ちゃんの部屋を覗く。誰もいない。もしやと思ってお母さんの部屋も見たけど、やはりひと気はない。

駆け足で一階に下りた。

脱衣所。浴室。トイレ。座敷……。家の中のあらゆる場所を回った。

お姉ちゃんは、どこにもいない。

あとは──もう、外しかない。

俺は、自分の体が冷たく強張っているのを感じながら、恐る恐る玄関に立った。

……お姉ちゃんの靴が、なくなっていた。

「お姉ちゃん──」

なぜ、こんな時間に。

俺は急いで靴を履き、玄関から外に飛び出した。

途端に凄《すさ》まじい風が、シャツをバタバタとはためかせた。

瞬《また》く間《ま》に全身が濡れていく。それでも俺は、顔を覆うことすら忘れて、大声で叫んだ。

「お姉ちゃん！」

ごうごうと轟《とどろ》く風の唸りが、俺の叫びをかき消そうとする。

「お姉ちゃん！」

負けじと叫びながら庭を抜け、外の道に出た。

樹々が大きく揺れている。道路を挟んで広がる草原が騒《ざわ》めき、用水路が溢れ、アスファルトはすっかり雨水に浸かっていた。

構わずにガードレールから出て、道路の真ん中に靴を沈ませた。

「お姉ちゃん！　お姉ちゃん！」

叫んだ。水を跳ねさせて走り回り、何度も何度も叫んだ。

応えてくれる声は、どこにもなかった。

「お姉ちゃん、どこ……」

気がつけば、目から熱いものが溢れていた。

それでもお姉ちゃんが戻ってきてくれることは、なかった。


この日から、俺は独りになった。

9月8日・1

お姉ちゃんがいなくなって、数日が経った。

俺は誰に相談するでもなく、普段どおり、学校に通い続けていた。

この辺りはいわゆる「田舎《いなか》」で、子どもの数は決して多くない。小学校は地元に一つしかない。でも言い換えれば、学校にさえ来れば、誰にでも会えるということだ。

家では孤独な俺にとって、今や学校は、ただ一つの救いの場だった。ここにいる間は、独りぼっちにならずにすむ。たとえ面倒臭い掃除の時間でも、まったく苦にならなかった。

ただ一方で、放課後が近づくのが、どうしても憂鬱だった。

今日も掃除が終わって帰りの会が始まると、先生の話がいつまでも続くことを願ってしまう自分がいた。

もっとも、先生の話はいつも短い。だいたい連絡や注意事項を簡単に伝えるだけで終わってしまう。

「いいですか？　帰っている時に、知らない人に付いていかないようにしましょう！　不審者には気をつけてください」

今日もこれだけのようだ。内容にしても、今まで何度も同じような話を聞かされている。俺達子どもにとっては、あまりにも常識的なことだった。

ただこの日は、男子の一人がふざけて口を挟んできた。

「おい、みんな！　ピエロもいるから気をつけろよ！」

クラス中でゲラゲラと笑い声が起こった。

ピエロ——というのは、ここ最近、学校中の子ども達の間で噂になっているやつだ。詳しくは知らないけど、たぶん「ピエロ」という名前からして、ピエロの姿をした怪人なんだと思う。

ピエロは、帰り道に現れるけど何もしてこないとか、子どもが一人でいるところを狙ってやってくるとか、いろいろな噂が囁《ささや》かれている。怖がっている子もいれば、面白がっている子もいる。俺は……どっちなのか、自分でもよく分かっていない。

先生は、笑っている子達を静かにさせると、さっさと帰りの会を終わらせてしまった。

俺はいつもどおり、同じクラスのまさひろ君、けいじ君、こひめちゃんの三人と、一緒に帰ることにした。この三人は家が近所で、昔からよく揃って遊んできた。帰り道も同じだ。

ただ、こひめちゃんは帰りの会が終わったというのに、机の中をごそごそと探っていて、なかなか動こうとしない。

「どうしたの？」

俺が尋ねると、こひめちゃんが顔を上げてこちらを見た。整った顔立ちをしている。以前お姉ちゃんが俺に、「こひめちゃんって可愛いよね」と言ってきたことがあって、俺はその時「んー」と曖昧《あいまい》な相槌《あいづち》しか打たなかったけど……いや、そのことはどうでもいい。

「消しゴムがなくて探してるの」

こひめちゃんは、いかにも困っていますという表情で、そう答えた。こひめちゃんは真面目だから、こうなると消しゴムが見つかるまでは帰らないだろう。

俺は教室を見回した。まさひろ君とけいじ君の姿がない。すでに昇降口に行ってしまったのかもしれない。

仕方なく消しゴムを一緒に探そうか、と思っていると、そこへ担任の先生がやってきた。

「れんや君、ちょっといい？」

どうやら俺に用事があるらしい。俺が頷くと、先生は教室の隅に俺を連れていって、そっと聞いてきた。

「最近、さきこちゃんが学校に来ていないんだけど、何かあったのかな？」

さきこは、俺のお姉ちゃんの名前だ。俺は思わず言葉に詰まった。

「あ、あの……体調が悪い、です」

「そうなの？　親御さんから連絡がないから、心配しちゃった」

その「親御さん」すら今はいないんだ、とは打ち明けられなかった。

家の中のことを、外で言いふらしてはいけない――。小さい頃からお母さんにそう言い聞かされてきた。どうしてなのか理由なんて考えたことはないけど、ただお母さんに逆らうことはできなかったから、俺はずっとその教えを守ってきたし、お母さんがいなくなった今も守っている。

先生は俺の前でニコニコ笑っている。怒っているわけじゃないんだ、と言いたいのかもしれない。俺は軽く頭を下げて、こひめちゃんのところに戻った。

消しゴムは、結局こひめちゃんの机にはなかった。代わりに、隣のきよみち君の机から出てきた。「そういえば、貸したまま返してもらってなかったっけ」と、こひめちゃんは不機嫌そうに呟いた。

俺はこひめちゃんと二人で、昇降口に向かった。まさひろ君とけいじ君は、案の定先に来て待っていた。

「遅いぞ、二人とも」

まさひろ君が、小太りの頬を膨らませて悪態《あくたい》をつく。手に傘を持っている。今日は雨が降っていないのに。

「なあ、れんや君。この傘、あさかちゃんに返してこいよ」

突然そう命令されて、傘を突き出された。どうやら女子から借りたものみたいだ。俺が「自分で返してきたら？」と言うと、まさひろ君は急にたじろいだ様子を見せて、「あさかちゃんって苦手なんだよ」と小声で答えた。

「べつに怖いわけじゃないんだけどさ。……あいつ、よく俺のこと怒るから」

それは、だいたいまさひろ君が悪いからだろうな、と俺は思った。

今だってそうだ。命令なんかじゃなくて、ちゃんとお願いすればいいのに。俺はそう思いながらも、渋々といった顔で、まさひろ君から傘を受け取った。こいつの言動に振り回されるのは、ある意味で慣れっこだ。

あさかちゃんを捜して傘を渡すのに、十分以上かかった。

あさかちゃんは俺から傘を渡されて、むっと怒った顔をした。もっともその怒りは、俺じゃなくて、まさひろ君に向けられたものだ。

「人から借りたものを自分で返さずに、人に返させるなんて、どういうつもりなの？　お礼もないし……。文句言っといて！」

自分が怒られているわけではないのに、俺はなぜか反射的に身を竦《すく》ませてしまった。女の人から怒られるのが、どうも苦手だ。相手が大人でも子どもでも関係ない。

俺は昇降口に戻って、まさひろ君にあさかちゃんの言葉を伝えた。まさひろ君は俺に礼を言うこともなく、ただあっけらかんとしていた。反省する気はないようだ。

それからみんなで靴を履き替えていると、ふとけいじ君が、俺に尋ねてきた。

「きよみち君が僕のことを変って言うけど、僕って変かな？」

けいじ君はクラスでも「変わり者」で有名だ。確かに、人と違うところがある。みんなが喜ぶところで喜ばないし、みんなが喜ばないところで喜んでいることが多い。

俺が頷くと、けいじ君はのっぺりした顔をニコリともさせずに、「そっかー。僕って変なんだ」と納得したように頷いた。特に怒ったり泣き出したりする様子もないから、やっぱり変なんだろう。

四人で揃って、校舎を出た。

台風は去ったというのに、今日も風が強く、空はどんよりと曇っていた。道も心なしか湿《しめ》っている。

校舎の外は林になっていて、その中をでこぼこしたアスファルトが延びる。歩いていくと、ぽつぽつと民家が見えてきた。

「なぁ、けいじ君、何で上履きなんだよ」

ふと、まさひろ君が声を上げた。見れば確かに、けいじ君は一人だけ上履きのままだ。

「え？　だって靴に履き替えるの、めんどくさかったんだもん」

「そんなことあるの？」

こひめちゃんが不思議そうに首を傾《かし》げる。俺は笑おうとして、代わりに小さく頰を引き攣《ひ》らせた。

……いつからだろう。笑うことができなくなったのは。

笑顔になろうとすると、どうしても表情が固まってしまう。だから俺は、この三人の前で笑ったことがない。友達なのに。

坂道を下りて四つ角に出る。全員で左に曲がろうとして、俺はふと背中に、誰かの視線を感じた。

……振り返っても、誰もいなかった。何となく、俺はピエロの話を思い出してしまった。

やがて公園——と言っても、だだっ広い草むらに申し訳程度の遊具が並んでいるだけだけど——の前まで来たところで、まさひろ君が足を止めた。

「なあ、ここでかくれんぼしようぜ」

唐突だった。まさひろ君は、何でもその場の思いつきで物事を決めてしまう。もっとも断る子は、俺も含めていなかった。

「公園の外に出るのはなしな」

そうルールを決めて、さっそくジャンケンをした。俺がチョキを出したら、みんなグーだった。きれいに俺一人が負けた形だ。

仕方なく目をつぶって、二十から数えていく。三人が散り散りに離れていくのが、靴音と気配で分かった。

「……0。もーいーかい？」

「まーだだよ」

けいじ君の声だ。どこに隠れるか、まだ決まっていないようだ。

「……もーいーかい？」

「もーいーよ」

少し待ってからもう一度声を上げると、遠くから三人の声が返ってきた。

目を開ける。当たり前ながら、三人の姿はどこにも見当たらなかった。

ただベンチの上に、みんなの帽子とランドセルが放置されているだけだ。俺はその場に立ったまま、ぐるりと公園中を見渡した。

ベンチの横には水飲み場があって、その先に回転するジャングルジムがある。もっとも、そんな近くに三人がいるはずもない。だからもっと向こう——。滑り台。ブランコ。跨《また》れるイルカ。東屋《あずまや》。樹々の陰。もしくは、敷地の片隅に佇む、倉庫代わりの小さなコンテナ……。みんなが隠れるとしたら、あの辺りの気がする。

俺は慎重に視線を巡らせながら、草の中を歩き始めた。

手入れの行き届いていない深々とした草むらが、風を浴びてざわざわと唸る。俺が少し心細くなっていると、不意に視界の端に、おかしいな、ものが見えた。

……人だ。

そう気づいて、俺はジャングルジムのそばで足を止めた。

目を凝らすと、ちょうど公園の外の道に一人のおじさんが立って、こちらを眺めているのが分かった。

白いTシャツにジーパン姿の、この辺では見たことがない顔の人だ。近くには、これまた見慣れない白のワゴン車が停まっている。あのおじさんの車だろうか。

妙に気になったものの、それよりも三人を捜す方が先だ。俺は意識をかくれんぼに戻した。

真っ先に見つかったのは、こひめちゃんだった。

ちょうどコンテナの裏に立って、じっと息を潜めていた。一応、俺が数を数えていた位置からは見えないところにいるけど、少し角度を変えればバレてしまう。

「こひめちゃん見っけ！」

俺が近寄って声をかけると、こひめちゃんは「見つかっちゃった」と肩を竦めた。

「私が一番最初？」

「うん。あとの二人はまだだよ」

俺はそう言って、再び草をかき分けて進み出した。こひめちゃんが後からついてくる。

遊具をひととおり回り、それでも二人が見つからないことに首を傾げていると、ちょうど滑り台のそばの草むらの中に、誰かの頭が見えていることに気づいた。

俺は急いでそばに駆け寄ってみた。草をかき分けて覗き込むと、けいじ君が体育座りで茂みに埋もれていた。

「けいじ君、見ぃつけた！」

「……僕は草だよ。けいじ君じゃないよ」

往生際《おうじょうぎわ》が悪いのか、けいじ君はおかしなことを言った。こひめちゃんが笑う。俺はただ戸惑いの顔で、けいじ君が立ち上がるのを待った。

「ごめんごめん。次はもっとなりきるぞ」

マイペースな調子でけいじ君が言う。いったいどうすれば、草なんかになりきれるのだろう。

ともあれ、残るはまさひろ君だけだ。ここまで捜してきた場所には、どこにもいなかったけど――。

俺はもう一度、公園の中をぐるりと見た。

さっきのおじさんが、まだ同じ場所に立っていた。ふと視線が合いそうになり、俺は慌てて目を逸らした。

「……まさひろ君は高いところが好きだから、上の方を探してみようかな」

自分の目の動きを誤魔化すように、俺はそう呟いた。それから軽く上を見上げ、元来たベンチの方に向かって歩き出す。こひめちゃんとけいじ君が、のんびりとついてくる。

まさひろ君は、それからすぐに見つかった。俺の思ったとおり、木によじ登って、セミみたいに幹にしがみついていた。

「まさひろ君、見っけ！」

「ああ、見つかっちゃった」

悔しそうにまさひろ君が下りてくる。しかし、自分が見つかったのが一番最後だったと知ると、「登った甲斐があったぜ」と、途端に上機嫌になった。

まさひろ君は案の定、もう一回やろうと言ってきた。

すでに公園の時計は五時を回っている。あまり遅くなると叱られる——と断りかけたところで、うちにはもう叱る人は誰もいないんだ、と思い出した。

もっとも、二回目のジャンケンが始まることはなかった。

突然、予想外のことが起きたからだ。

「ねぇねぇ、僕も混ぜてよぉ」

そう叫びながら、俺達の方に近づいてきたやつがいた。

……あのおじさんだった。

公園の外から柵を抜けて、ドタドタと情けない足取りで駆け寄ってくる。俺達はもちろん、揃って目を丸くした。

「え？　何このおっさん……」

まさひろ君が啞然《あぜん》としている。それから「誰だこいつ」とでも言いたげに、俺達の顔を順番に見やった。いや、もちろん答えられるはずがない。

俺は改めて、恐る恐るおじさんの顔を見上げた。

丸刈りにした頭に、窪《くぼ》んだ目。ペチャッとした鼻……。小じわと無精ヒゲが目立つその顔は、どこか異様に平べったい感じがする。

近くに寄られると、だいぶ体臭がきついことに気づいた。服も、かなり薄汚い。

本当に――どこの誰なんだろう。このおじさんは。

そんなに人が多い地域じゃないはずなのに、まったく見たことがない。

「ねぇねぇ君達、一緒に遊ぼうよぉ」

まるで子どもみたいに――なのに妙にもそもそとした声で――おじさんは平べったい顔をニイッと歪ませて、俺達にお願いしてきた。

「……れんや君、どうする？」

まさひろ君が小声で囁いた。どうすると聞かれても、困る。

これが先生の言っていた「不審者」なんだろうか。だとしたら気をつけないといけないけど……いったい何をどうすれば「気をつける」ことになるんだろう。

それに、もしここでおじさんのお願いを断ったら、かえって怒らせてしまうんじゃないか。

そう考えると恐ろしくて、とても追い返すことなんてできない。

「い、いいよ。……遊ぼうよ」

俺は俯いて、おずおずと答えた。他の三人が、本気かとでも言いたそうに、いっせいに俺を睨《にら》む。ただおじさんだけが、「ありがとう」と喜んでいた。

一番に気を取り直したのは、まさひろ君だった。

「しゃあないな~。じゃあ、おっさん鬼な！」

よほどかくれんぼの続きがやりたいのか、おじさんを相手に堂々と仕切り出した。

「おっさんは大人だから、コンテナの中で数えろよ？」

「分かった」

おじさんは素直だった。嫌な顔一つせずに頷き、コンテナの方に向かってドタドタと駆けていく。まさひろ君が、なぜかその後ろを素早く追う。

あとに残された俺達が見守っていると、おじさんはコンテナの扉を開け、いそいそと中に入っていった。

まさひろ君が、外からその扉を閉めた。

そして——掛け金に手を伸ばした。

鍵が閉まった。まさか、閉じ込めたのか。

「え？　ちょ……」

「おい！　今のうちに帰るぞ！　あんなキモいおっさんに付き合ってられるかよ！」

まさひろ君が叫びながら駆け戻ってくる。そして、ベンチから自分の帽子とランドセルをつかみ取ると、大急ぎで公園の外へ飛び出していく。こひめちゃんとけいじ君も、それに続く。

もはや引き止めることなんてできなかった。俺は三人を追ってベンチに走ると、帽子とランドセルを回収して、大急ぎで公園から逃げ出した。

……走りながら、背中に視線を感じた気がした。

きっと気のせいだ、と思うことにした。

俺達はひたすら走り続けて、バス停の前でようやく足を止めた。

「ここまで来れば、あのおっさん撒けただろ」

息を切らしながら、まさひろ君が笑っている。俺は不安なまま、今来た道を振り返った。

おじさんが追ってくる様子はない。だけど。

「……これでよかったのかな」

俺がそう口にすると同時に、まさひろ君が丸い頬をムッと膨らませた。

「何だ？　じゃあ、おっさんに一人で話しかけてこいよ」

「嫌だよ」

「だろ？　ほら、これでいいんだよ。帰るぞ」

まさひろ君が歩き出す。俺は肩を竦めて後に続いた。

「ねぇ、もしも不審者が来たらどうする？」

歩きながら、けいじ君がそんなことを口にした。

「不審者って、さっきのおっさんのことか？」

「あの人じゃなくても……。もしもの話だよ」

「だいたい不審者って何をするんだよ。誘拐か？」

「誘拐してどうするの？」

こひめちゃんが不安そうに尋ねてくる。俺はあまり深く考えずに、適当に答えた。

「お金を取るんじゃない？」

誘拐と言えば身代金と決まっている。ドラマでよく見るパターンだ。

「金かよ～。俺んち金持ちだから気をつけないと！」

まさひろ君が得意げに言った。本当に金持ちなんだろうか。

「私の家は、そんなにお金ないと思うから、大丈夫かな」

こひめちゃんは、少し安心したように笑った。

けいじ君が黙ったままなのでそちらを見やると、話を切り出しておきながら、すでにこの話題に飽きたと見えて、道に落ちていたトレカを拾っているところだった。

やがて、右手に雑貨屋が見えてきた。

この辺にはスーパーもコンビニもないから、近所で買い物をしたければ、ここを利用するしかない。うちも以前は、お母さんが買い物に来ていたはずだ。

お母さんがいなくなってからは……お姉ちゃんが来ていたんだと思う。たまにカップ麺を持ち帰っていたから、きっとそうに違いない。でも――うちにお金があっただろうか。

少なくとも今、俺はお金を持っていない。

……家にはもう、食べるものがないのに。

俺は雑貨屋の前で足を止めた。ガラス戸は閉まっているけど、店はちゃんと開いている。中に入れば、食べ物があるはずだ。

「れんや君、買い物か？」

まさひろ君が尋ねてきた。俺は無言で首を横に振ったが、まさひろ君は何を思ったか、他の二人に向かって突然こう叫んだ。

「みんな、れんや君が買い物してくるって！　ちょっとここで待ってようぜ」

「そんなこと言ってない」

俺が顔をしかめる。けれどまさひろ君は声を潜めて、俺にとんでもないことを囁いてきた。

「まぁまぁ、ちょっと耳貸せ。……なぁ、れんや君」

——そこの店で盗んでこいよ。

そう口にしたまさひろ君は、まるで悪魔のような顔つきになっていた。

いったい何の目的があって、俺に万引きなんてさせようとするんだろう。……いや、まさひろ君には、特に目的なんてないに違いない。ただ、自分と同じ悪ガキ仲間を増やしたいだけなんだ。そうすれば、自分は独りじゃないと知って安心できるから——。

だとしたら、素直に従いたくはない。俺はそう思って、嫌そうに囁き返した。

「えー、そんなことしたくないよ」

「ビビってんのか？」

「……そんなことないけど」

「じゃあ盗《と》ってこいよ」

ひそひそと囁き合いながらも、俺は次第に弱気になっていく。

——家にはもう、食べるものがない。

——でも俺には、お金がない。

もはや仕方のないこと、なのかもしれない。結局俺は頷くしかなかった。

店のガラス戸を開け、中に入る。薄暗い店内に所狭しと棚や台が並び、ありふれた商品が雑然と陳列されている。

レジの方を見る。店番のおばさんは、帳簿をつけるのに夢中で、いらっしゃいませすら言ってこない。他に客は——腰の曲がったお婆さんが一人、棚の間をうろついているだけだ。

このお婆さんは、いつも店内をうろうろしているけど、何か買っているところを見たことがない。何にしても、この二人に見つからなければ大丈夫のはずだ。

俺は何食わぬ顔で、棚の間を進んでいった。

振り返っても、二人は俺の方にはまったく目もくれない。

俺は店の奥に置いてあったカップ麺を一つ手に取って、素早くランドセルの中に押し込んだ。

……大丈夫だ。見られていない。ついでにもう少し何か持ち帰りたい。カップ麺一つじゃ、一晩で終わってしまう。

他に何かないかと物色する。たぶん、「日持ち」するものがいい。だとしたら、スナック菓子なんかがちょうどいいかもしれない。

スナック菓子は、レジから見える位置にある。でも、おばさんは下を向いて帳簿をつけているから、きっと大丈夫だ。

俺はスナック菓子の袋を一つ手に取り、大急ぎで店の奥に戻った。ここなら死角になる。カップ麺と同じようにランドセルの中に詰め込むと、バリバリ、と思ったより大きな音が鳴り響いた。

思わずヒヤリとしたけど、誰も咎《とが》めてくる様子はなかった。

あとは――ジュースもあるといいな。

少し欲が出てきた。しかし、ジュースの入った冷蔵ケースは、レジのすぐ隣にある。あれではさすがにバレる……とは思えない。おばさんは完全に下を向きっぱなしだし、あとはお婆さんの位置にさえ注意すれば、行ける気がする。

俺は息を殺して、冷蔵ケースの前に移動した。

胸が緊張でドクドク鳴っている。そのドクドク音がおばさんに聞こえるんじゃないかと心配したけど、おばさんは相変わらず下を向いたままだ。

横目でお婆さんの位置を確かめる。今、ちょうどレジのそばを通り過ぎて、死角に入っていったところだ。

――今だ！

俺は素早く手を伸ばし、コーラの缶を一本手に取った。それをすぐさまポケットに捻《ね》じ込《こ》もうとしたところで――。

……目が合った。

レジのおばさんではない。徘徊《はいかい》しているお婆さんでもない。

いつの間にかもう一人、店内に人がいた。

……さっきのおじさんだった。

コンテナをこじ開けて出てきたんだろうか。店の角、ちょうどレジが見える辺りに突っ立って、俺をじっと見つめていた。

「う……」

思わず呻き声が漏れた。全身が強張り、顔が紅潮して脂汗《あぶらあせ》が浮かぶ。

しかし、おじさんが何か言ってくることはなかった。ただ平べったい顔で、黙って俺を眺めているだけだ。

——大丈夫だ。このおじさんは変な人だから、黙っていてくれるかもしれない。

俺はとっさにそう考えると、腹を決めて、すぐさま店の入り口に向かった。

背中に視線が突き刺さる。いや、気のせいかもしれない。しかし振り返るのが怖い。

もしここで振り返ったら、店にいる三人が揃って俺をじっと見つめている……。ついそんな嫌な想像が、頭に浮かんでしまう。

ガラス戸に手をかけ、乱暴に開く。俺は走るようにして外に飛び出すと、後ろ手にガラス戸を閉めた。

外ではまさひろ君達が待っていた。

「やればできるじゃん。……このことは内緒にしといてやるよ」

まさひろ君がにやにや笑いながら俺に囁く。俺は無言でまさひろ君を睨んだ。

……と、そこへこひめちゃんが近寄ってきて、心配そうに俺に話しかけてきた。

「ねぇねぇ、さっきのおじさん、店に入っていったけど、大丈夫だった?」

どうやらこひめちゃん達も、あのおじさんが来たのを知っていたようだ。もっとも、特に何かされたわけじゃない。俺が「大丈夫だよ」と言うと、こひめちゃんはホッとしたように微笑《ほほえ》んだ。

俺は——こひめちゃんの笑顔から、そっと顔を背けた。

後ろめたかった。もう俺は、こひめちゃんに心配してもらえるような、きれいな人間じゃないんだ……。そんな気持ちでいっぱいだった。

俺は黙って、帰り道を歩き出した。

三人が後からついてきた。すぐ先の四つ角が、俺達の別れる場所だ。

ここから右へ曲がると、まさひろ君の家。まっすぐ進むと、けいじ君の家。俺とこひめちゃんの家は、左の道を行った先にある。

「なんか最近、お前暗くね？」

別れ際に、まさひろ君が俺にそう言ってきた。

「何かあったら言えよ。俺達親友だろ？」

頼もしい……とは素直に思えない言葉を残して、まさひろ君は右の道を走り去っていった。

「僕も家着いたから帰るね」

けいじ君も別れを告げて、四つ角をまっすぐに行ってしまう。

二人の背中が見えなくなると、俺はこひめちゃんと並んで左に曲がり、家に向かって歩き出した。

すぐに民家が途切れ、細い用水路と、鬱蒼《うっそう》とした林が姿を現した。

ただ舗装された道路だけが用水路に沿って、緑の中をどこまでも延びていく。ここ何日かずっと悪天候が続いていることもあって、林全体がじっとりと湿っている。

「さっきの誘拐の話だけど――」

濡れた落ち葉を靴で踏み締めながら、こひめちゃんが口を開いた。

「こんな田舎で誘拐なんてあるのかなぁ」

「ないと思う」

俺は素っ気なく答えた。いや、実際のところは知らない。ただ、こひめちゃんがまだ不安がっているのが何となく分かったから、そう言ったまでだ。

「そうだよね！　あ～、安心した～」

こひめちゃんが笑う。そこで俺は、少し意地悪な気持ちになった。

「でも、変な人出てきてほしいな」

心の中とは正反対のことを言って、こひめちゃんの様子を窺《うかが》う。予想どおりこひめちゃんは、「え？」と戸惑いの声を上げた。

「れんや君、どうして？」

「だって、きっと面白いよ」

「面白くないよ！」

こひめちゃんがむくれる。俺は、何度か笑顔を作ろうとして諦め、それから前を向いた。

――もしかしたら、お姉ちゃんは誘拐されたんじゃないかな。

ふとそんな想像が、頭に浮かんだ。

もしそうなら、お姉ちゃんが帰ってこないのも分かる。お姉ちゃんが俺を独りにしていなくなってしまうなんて、あり得ない。きっと誰かに誘拐されたんだ。そうに違いない。

……犯人はどんなやつだろう。

頭の中に、見たことのない誘拐犯の姿を思い浮かべる。

――白い顔。青く塗られた目。丸い真っ赤な鼻。ニタニタと笑う大きな口。

――ああ、ピエロだ。きっとピエロの仕業に違いない。

俺はチラリと林の奥を見た。

一瞬だけ、樹の陰に立って俺を見つめているピエロの姿が目に映った。

……ような気がした。

「なんかピエロも出るって、最近みんな言ってるし……。怖いな……」

こひめちゃんが呟く。今、当のピエロに見られているとも気づかずに。

「俺もピエロ見たことあるよ」

そう言ってやると、こひめちゃんは「え！　ほんとに？」と驚いたように叫んだ。

俺はこくんと頷いた。嘘じゃない。

ピエロはいる。

ピエロは、きっといる。

「れんや君のお姉ちゃんってさ――」

やがて樹々が途切れ、こひめちゃんの家が見えたところで、こひめちゃんが話題を変えてきた。

「最近見ないけど、どうしたの？」

「……分からない」

絞り出すような声が、俺の喉から漏れた。

そう、本当は分からないんだ、俺には。お姉ちゃんがいなくなった理由なんて。

だから、ピエロのせいにしたいのに。

「……急にいなくなった」

正直に、俺は告げた。家の中のことを外で言いふらすのはよくない、と分かってはいたけど、このままずっと誰にも打ち明けずにいられるほど、俺はもう強くなかった。

「え……大丈夫？」

こひめちゃんが心配そうに尋ねてくる。俺はせめてもの強がりで、「大丈夫だと思うよ」と根拠なく答えた。

声が震えているのが、自分でも分かった。

こひめちゃんはそんな俺ににっこりと微笑みかけると、自分の家を振り返り、言った。

「私のお母さん、『児童相談所』ってところで働いてるんだって。小学生の相談とか聞いてくれるんだって。だから、なんかあったら家においでよ」

「うん……」

「あ、でも最近、お母さんすごく忙しそうなんだよね……。私もあんまり話できてなくって……。たぶん、今日もまだ帰ってきてないと思う」

「いいよ。大丈夫だから」

口ではそう言ったものの、俺は少し気が楽になった。いざとなれば、こひめちゃんのお母さんに会えばいい、と分かったからだ。

こひめちゃんは俺に手を振ると、そのまま家の中に入っていった。

俺は、今日も独りになった。

9月8日・2

家に向かおうとして、行く手に妙なものが見えることに気づいたのは、俺が一人で道を歩き始めてすぐのことだった。

白の軽トラだ。

それが道の端に寄せるようにして、俺の家の方を向いて停まっている。

俺が横を通り抜けようとすると、不意にエンジン音がした。

軽トラが、ゴトゴトと震え出した。何で俺が横に来た途端に……と思ったけど、たぶん偶然だろう。

微《かす》かに気にしながらも、軽トラをやり過ごして先へ進む。そして、何メートルか歩いたところで、試しに振り返ってみた。

……軽トラが、動き出していた。

ゆっくりとしたスピードで、こちらに向かって。

何だか嫌な感じがして、俺は道端に体を寄せた。

俺のすぐ横を、軽トラが通り過ぎていく。危ないなぁと思いながら見送る。

軽トラはそのまま数メートルほど走り——。

……また、すっと停車した。

「え、なんで……」

俺は思わず呟いた。

停まっては走り、停まっては走り。いったい運転手は、何がしたいんだろう。

何にしても、またあの軽トラの横を通らないと、家には帰れない。

俺は恐る恐る先へ進んだ。

軽トラのすぐ近くまで来る。エンジンがふかされ続けている。横を通り過ぎるタイミングで窓に目をやった。光が反射しているせいで、運転手の顔は見えなかった。

足早に追い越した。

軽トラを背にして、家までの一本道を急いで歩く。途中で振り返ってみたものの、軽トラがこれ以上追ってくる様子はない。

……大丈夫。俺の気のせいだ。

そう自分に言い聞かせながら、家の前で足を止めた。

ふと、カラスの鳴き声が耳に響いた。

見上げると、屋根の上に何羽も止まって、けたたましく鳴き合っている。どうして俺の家にやたらとカラスが集まっているのか。理由は——もちろん分かっていた。

玄関のドアを開けると同時に、喩《たと》えがたい腐臭が鼻を突いた。

これが理由だ。うずたかく積まれたゴミの山。何日も放置されているカップ麺の容器。鍋の中で傷んだカレーの残り。コバエの群がるシンク。水槽の中で浮いている魚……。

家に誰もいないから、家が少しずつ腐っていく。

俺も——いつか独りで腐ってしまうのだろうか。

絶対に返事が来るはずのない言葉を口にして、俺は玄関を上がった。

「ただいま」

手を洗い、リビングに行く。盗んできたものをテーブルに並べていると、ベランダで、ニャア、と猫の声がした。

近所で飼われている、タマという猫だ。どうやら放し飼いのようで、よくうちの庭を歩いている姿を見かける。俺はガラス戸を開けてタマを抱き上げると、泥の付いた脚をタオルで拭いてから、中に入れてやった。お姉ちゃんがいなくなってからは寂しくて、時々こうして家に入れては、一緒に遊んでいる。

俺はタマを少し構ってから、二階の自室に移った。

部屋着に着替え、それから宿題をすませることにした。勉強していれば、少しは気が紛れるからだ。

漢字の書き取りと、算数。あれほど嫌いだった勉強が、まさかこんなに気晴らしになるなんて、思ってもみなかった。俺は机に向かい、無心になって宿題を進めていった。

……それから三十分も経っただろうか。

ようやく宿題を終えた頃には、外はだいぶ薄暗くなっていた。

途端に、不安な気落ちが襲ってきた。

日が暮れる。夜が来る。だけど誰も帰ってこない。いつまでも、俺は独りのまま……。

——お姉ちゃん、早く帰ってきてよ。

俺がそう思った時だ。ふと部屋のドアが、きぃ、と静かに鳴った。

ハッとして目をやると同時に、バタン、と閉じた。

……一瞬、ドアの隙間にピエロの顔が見えた。

……ような気がした。

俺は恐る恐るドアを開け、廊下に顔を出した。

ピエロはいなかった。ただ、タマが走り回って遊んでいるだけだった。

気のせいだったのかもしれない。そう思ったら、突然空腹を覚えた。

もう晩ご飯を食べてもいい時間だ。俺は階段を下りて、リビングに向かった。

もっとも食べるものと言えば、さっき盗んできたカップ麺ぐらいだ。冷蔵庫はすでに空っぽだし、残してあったカレーも、もう腐っている。

幸い水だけは使える。電気ポットでお湯を沸かし、カップ麺を作った。こんな時でも、カップ麺だけは美味しく感じた。

そういえば、水槽の魚に全然餌をやっていなかったことを思い出す。道理で死ぬわけだ。せめて、何匹か生き残っている魚だけでも助けようと思った。でも餌の容器は、とっくに空っぽになっていた。

諦めて、俺はゲームで遊ぶことにした。

リビングのテレビを点けて、ゲーム画面を映し出す。遊ぶタイトルは『GAME　OVER』という、どこか不吉な名前のホラーゲームだ。

ドット絵で描かれた墓地を探索し、幽霊を回避しながら、墓石にお札を貼っていく――。攻略法さえ分かれば簡単な謎解きゲームだ。他にソフトを持っていないので、俺はここ数日、ずっとこればかり遊んでいた。

いつもの手順で難なくクリアした。さすがに飽きて、コントローラーを投げ出した。

気がつけば、すでに外は真っ暗になっていた。点けっぱなしのテレビの光だけが、リビングの中を白く照らしている。

電気を点けなくちゃ、と俺は立ち上がった。

その時だ。

突然、ピンポーン、と玄関のチャイムが鳴り響いた。

思わずドキリとした。いったい誰が来たんだろう。もしかして、お姉ちゃんが帰ってきたのか。

ドアの外の様子は、リビングの壁に付いた専用パネルのモニターでチェックできる。俺は恐る恐る、モニターを覗き込んだ。

……ピエロがいた。

モニターいっぱいに顔を近づけて、俺を見てニタニタ笑っていた。

「ひっ」

俺が悲鳴を漏らすのと同時に、ピエロはドアを離れ、どこかへ走っていった。

あの方向は——庭だ。俺は慌ててリビングのガラス戸を振り返った。

……誰もいない。

耳を澄ませても、ただ強い風がビュウビュウと鋭い唸りを上げているだけで、足音のようなものは聞こえない。

ただ——代わりに、テレビの前の卓袱台《ちゃぶだい》に、見慣れないものが置かれていることに気づいた。

便箋《びんせん》だ。ついさっきまで、こんなものなかったのに。

俺は卓袱台に近づくと、そっと便箋を手に取ってみた。

サーカスのテントと風船、それに花火の絵があしらわれた、可愛らしいデザインだ。だけどそこには、誰のものとも分からない字で、異様なことが書かれていた。

『お姉ちゃんは預かった。助けたければ、風船を全部割ってみな！』

「……風船？」

どういうことだろう、と首を傾げた途端、目の前に紫色の、顔ほどのサイズのボールが一つ落ちてきた。

トゲだらけの鉄球を模していて、まるでウニのようにも見える。触ってみると、意外と硬い。拾い上げて振り向くと、いつの間にか辺りには、色とりどりの丸い風船が散乱していた。

隣の座敷には、ピエロがいた。箪笥のてっぺんに座って、愉快そうに笑っている。くそ、全部こいつの仕業だ。

俺は手にしたボールを、手近な赤い風船に押し当ててみた。パン、と乾いた音を立てて、赤い風船が弾ける。なるほど、こうやって割ればいいのか。

さっそく辺りの風船を割って回る。座敷、リビング、キッチン……。この三ヶ所だけでは、まだ終わらない。脱衣所を覗くと、やはり風船が大量に散らばっていた。

全部割って廊下に戻ると、階段の下も風船だらけになっている。

まさか、二階にも……？

俺はボールを手に、階段を上ってみた。案の定、二階の廊下も風船だらけだ。しかも、廊下の奥の俺の部屋の前に集中している。ボールをぶつけると、その勢いでいくつかの風船が跳ねて、辺りに散らばっていく。慌てて追いかけて割る。まだ終わらないのか。

俺は自室のドアを開けてみた。中に、風船がパンパンに詰まっていた。

ボールを抱えて突撃した。パン、パン、パン！　と風船が爆《は》ぜ、飛び散ったゴムが俺の体をビシビシシ叩いた。

それでも風船は減らない。割っても割っても、次々と現れる。もう無理だ。全部割るなんてできない。次第に目に涙が滲《にじ》んでくる。

と――その時だ。二階のどこかで、カチリ、と鍵が開くような音がした。

俺は風船を割る手を止めて、廊下に出てみた。

……知らないドアがあった。

虹が描かれた白いドアだ。こんなもの、あっただろうか。

開けようとしたら、ドアノブがついていないことに気づいた。どうしよう、と思いながらドアを押してみると、鍵が外れたからか、ドアは独りでに内側に開いた。

俺はおっかなびっくり、ドアの向こうを覗いてみた。

そこは、知らない小部屋だった。

照明の代わりに、眩《まばゆ》いスポットライトが降り注いでいる。まるでサーカスの小屋のようだ。

中ではピエロが佇み、ニタニタと笑っていた。ただしその顔は、俺の方には向いていない。

やつが見ているのは、小部屋の中央に据《す》えられた、巨大な檻《おり》だ。

その、スポットライトを浴びた檻の中に――。

……お姉ちゃんがいた。

……泣きながら、鉄格子を内側から叩いていた。

俺に助けを求めているんだ。そう思って駆け寄ろうとした瞬間、ピエロが俺の方に向き直った。

やつが、ゆっくりと近づいてきた。

白地に色とりどりのペイントが施《ほどこ》された、いやらしいニタニタ笑いが、目の前に迫る。

逃げられない――。そう思った瞬間、突然辺り一面が真っ暗になった。


ニャァ、というタマの鳴き声で、俺は目を覚ました。

……部屋のベッドだった。

夢だったのか。額の寝汗を拭い、ゆっくりと起き上がる。

外はもう真っ暗だ。いつから寝ていたんだろう。

……それに、どこからどこまでが、夢だったんだろう。

分からないまま薄暗い廊下に出ると、タマがいた。俺が手を伸ばそうとすると、タッと駆け出して、すばしっこい動きで階段を下りていった。

タマを追って一階に向かう。と、ちょうど階段を下り切ったところで、どこからか鋭い鳴き声が飛んできた。

「タマ?」

何かあったのか。鳴き声は、リビングの方から聞こえた気がする。急いで行ってみると、庭に続くガラス戸が開けっぱなしになっていた。

タマの姿はない。庭に出ていったのか。

……いや、おかしい。

俺は、ここを開けっぱなしにした覚えはない。もちろん、タマが自力で開けるはずもない。

「タマ……？」

呼びかけながら、その辺に隠れているのではないかと、視線を落とした。

床に、泥の擦《こす》れた跡が付いているのが見えた。

タマの仕業だろうか。家の中に入れた時に、脚は拭いたはずだけど。

泥の跡は、隣の座敷に向かって延びている。俺は、そっと座敷を覗き込んだ。

……誰もいない。ピエロの姿もない。いや、あれは夢だったんだから、当然だ。

出しっぱなしの炬燵《こたつ》の布団を捲《まく》る。タマはいない。他に猫が隠れそうなところは……と室内を見回すと、閉ざされた押し入れが目に留まった。

襖《ふすま》に手をかけて、開けてみた。

タマがいた。

ふぅふぅと興奮したように体を膨らませ、俺を見上げている。俺はタマを落ち着かせようと、その場にしゃがみ込んだ。

……でも、どうやってタマは、閉まっている押し入れに入り込んだんだろう。

俺が奇妙に思った、その時だ。

ぬっ、と——。

突然目の前に、男の顔が現れた。ちょうど襖に隠れた反対側に潜んでいたらしい。

窪んだ目。ペチャッとした鼻。

公園で会った、あのおじさんだった。

「み〜つけた！」

子どものように無邪気な、なのにもそもそした声で、おじさんが叫んだ。

俺は——その場で意識を失った。


それからしばらくの間、俺はまた夢を見ていた……ように思う。

夢の中で、俺は車の後部座席に乗せられて、どこかに運ばれていた。

運転席にはおじさんがいる。ああ俺はこのおじさんに誘拐されたんだ、と分かった。

俺の隣には——なぜかお姉ちゃんが座っていた。

「お姉ちゃん……？」

声をかけたけど、お姉ちゃんはぼんやりと前を眺めているだけで、応えてくれなかった。

シートに揺られながら、俺はまた深い眠りに引きずり込まれていった。

9月9日

どこからともなく聞こえてきた鳥の囀《さえず》りで、俺はようやく目を覚ました。

薄暗い木目の天井が見えた。知らない眺めだ。

……どこだ、ここ。

Tシャツの背中越しに、じっとりとした感触がある。手で探り、どうやら布団の上に寝かされているらしいと分かった。ついでに、自分が縛られていないことも。

軽く呼吸すると、カビの臭いが鼻を突いた。俺は顔をしかめながら身を起こして、辺りの様子を確かめた。

薄汚れた狭い部屋だ。床には絨毯《じゅうたん》も敷かれていない。それに、何だか生臭い。

家具は箪笥と鏡台だけ。隅にはゴミ袋が積まれている。まるでうちと同じだ。

他に目立つものと言えば、壁に取りつけられたバスケットボールのゴールぐらいか。子ども部屋にしては、殺風景だけど――。

……いや、まだ目立つものがあった。

俺は部屋の窓に目をやった。なぜか、すべてに板が打ちつけられている。

板の隙間から、薄い陽の光が差し込んでいる。眠っている間に一晩経ったみたいだ。

俺は立ち上がって、一つだけあるドアに向かった。ノブをつかんで回そうとする。でも、外から鍵がかかっているみたいで、ピクリとも動かない。

どうしたものかな、と思いながら、ふと何気なく足元を見た。

そこで俺は、ようやくとんでもないものに気づいた。

……床にべったりと、赤黒い染みが広がっていた。

すぐ近くには、同じ色が染みついた金づちも落ちている。俺は思わず呻き声を上げて、後退《あとずさ》った。

……血だ。この部屋で、何かとてつもなく怖いことが起こったに違いない。

早くここを出ないと、と焦りながら、もう一度ドアノブをつかむ。でも、やはり開きそうもない。他に脱出できそうな場所は……。

俺は窓に目をやった。ここも板が打ちつけられているから、一見脱出は無理そうだ。しかし、この板を外す方法はある。

床を見下ろす。血まみれの金づちが転がっている。片側が釘抜きの形をした、ネイルハンマーと呼ばれるタイプのやつだ。以前図工の授業で教わった記憶がある。

俺は金づちを拾い上げた。手が血で汚れるのが嫌で、怖々とした持ち方になってしまったけど、それでも板の釘を引き抜くには充分のはずだ。

手近な窓に取りつき、さっそく板を外し始めた。

金づちを動かすたびに、乾いた血がパラパラと飛び散り閉口する。それでも二十分ほどかけて、ようやく俺が通れるぐらいまで、隙間を広げることができた。

窓を開ける。知らない景色が広がっている。高さもある。ここは、どこかの民家の二階のようだ。

俺は恐る恐る、窓の外に出た。軒を足場にして周囲を見渡す。いくつもの家が並んでいる。

彼方《かなた》に、見慣れた小学校の校舎が見えた。それほど遠くに連れてこられたわけじゃないみたいだ。ただしこの二階から逃げるためには、何か足掛かりになるものが必要だ。

視線を落とすと、雑草だらけの庭が広がっていた。その周りを囲う塀の一角に、高い門があって、南京錠で固く閉ざされているのが見える。門の横には、子ども用の青い自転車が、まるで打ち捨てられたように置かれていた。

あいにく足場になりそうなものは見当たらない。俺は仕方なく、そのまま軒の上を進んでいく。少し先に物干し台が見える。あそこから家の中に戻れば、階段が使えるかもしれない。

空はどんよりと曇っていた。今、何時ぐらいだろう——。

そう思いながら、何気なく外壁の方に目を向けた。

窓があった。位置から考えて、俺が閉じ込められていたところとは別の部屋の窓だ。

板は打ちつけられていない。ただし格子がはまっている。俺は隙間から、中を覗いてみた。

そして、息を呑《の》んだ。

お姉ちゃんが、中にいた。

ちょうど窓に背を向けているから後ろ姿しか見えないけど、着ている服が、いなくなった日と同じものだ。見間違えるはずがない。俺は急いで窓を叩いた。

「お姉ちゃん！　お姉ちゃん！」

叫ぶ。だけど聞こえていないのか、お姉ちゃんはこちらを振り向こうとしない。

同時に下の方で、車のエンジン音がした。見れば、門の外に白いワゴン車が停まるところだった。

あのおじさんだ。ちょうどどこかに出かけていて、今戻ってきたに違いない。

見つかってはまずい。俺は急いで物干し台に向かった。

干してある布団を揺らさないように気をつけながら、手摺《てす》りを乗り越えて台の上に移る。ガラス戸から家の中を覗くと、そこは廊下の一角と思《おぼ》しき板敷きのスペースだった。

幸い鍵はかかっていなかった。俺はガラス戸を開け、中に入った。

途端に、生臭い空気が鼻を突いた。さっき部屋に閉じ込められていた時に嗅いだものよりも、強い臭いだ。

鼻を手で塞《ふさ》ぎながら周りの様子を探る。ひと気はない。ただ、スペースの端という端に、ゴミ袋が積まれているだけだ。

あとは箪笥と——隅にバケツが放置されている。赤黒い染みがべったりとこびりついた、生臭いバケツが……。

スペースのすぐ先は、階段になっていた。ここから一階に下りられるはずだ。でも、今はお姉ちゃんを助けないといけない。

スペースの端から、廊下が延びている。迷わず踏み込むと同時に、階下で物音がした。おじさんが家に入ってきたんだ。

俺は足音を忍ばせて、廊下を進んでいく。部屋のドアがいくつかある。一番奥の部屋は、さっきまで俺が閉じ込められていたところだ。

記憶を頼りに、一番手前のドアを開けてみた。

お姉ちゃんがいた。

ベッドに腰かけて、ヘッドホンで音楽を聴いている。道理で俺の声が聞こえなかったわけだ。

俺はお姉ちゃんに駆け寄ると、耳元で強く叫んだ。

「お姉ちゃん！　早く逃げよう！」

同時にお姉ちゃんが顔を上げた。ヘッドホンを外して、俺を見返す。

「れんや、どうしたの？」

「逃げるんだよ、お姉ちゃん！」

「……逃げる？　なんで？」

お姉ちゃんが首を傾げる。誘拐されたというのに、怯《おび》えている様子がまったくない。

俺は——どう答えていいか分からずに、「だ、だって……」と呟いて、口を噤《つぐ》んだ。

お姉ちゃんはそんな俺を見つめながら、静かに言った。

「私は、おじさんに誘拐してもらったの。れんやも、私が誘拐するように頼んだのよ」

「え……？」

……何を言っているんだろう。

俺は目に涙を滲ませて、お姉ちゃんの顔を見返した。

「こうやってすれば、そのうちお母さんが気づいてくれるでしょ？　そうしたらお母さんだって、私を見てくれるようになるに決まってる」

だからこれでいいの——と、お姉ちゃんは口元をきゅっと吊り上げた。

何を言っているのか、わけが分からなかった。目の前にいるお姉ちゃんが、まったく知らない別の誰かに変わってしまったように思えた。

俺は静かに涙を拭いながら、一人で廊下に出た。

逃げよう、と思った。今はとりあえず、この家から脱出しないといけない。

そっと階段を下りてみた。また血のついたバケツがある。生臭さがひときわ強い。

おじさんの気配はない。これなら簡単に出られそうだけど……いや、確か門に南京錠がかかっていたはずだ。あの鍵を見つけない限り、外には逃げられない。

鍵はきっとおじさんが持っている。なぜなら、今帰ってきたばかりだからだ。

……どうすれば、おじさんから鍵をこっそり奪えるだろうか。

考えたけど、答えなんて分からない。ただ、まずはおじさんの居場所を探ることにした。

廊下を左手に進むと、何度か曲がった先に玄関が見えた。三和土《たたき》に靴が三足ある。俺とお姉ちゃんの靴に加えて、大人物の汚れた靴が一足。きっと、おじさんのだろう。他に人はいないようだ。

一階の廊下にも、ゴミ袋がそこかしこに積まれている。試しに近くの襖を少し開けて中を覗いてみると、部屋の中までゴミ袋が散乱していた。

……やっぱり俺の家と同じだ。いや、それ以上かもしれない。

それとも――俺の家もこのまま放っておいたら、こんな風になるのか。

ゴミだらけで生臭い、腐った家になるのか。

俺は襖から顔を離した。……ここにおじさんはいない。

次はどこを捜そうか、と辺りを見回す。廊下を少し戻って、小さなドアの前で立ち止まる。

近寄ってみると、ドア越しに何か音が聞こえるのが分かった。

……パタ。

……パタ。

何かが硬いものを打ちつけるような音が、規則正しいリズムを刻んでいる。

他に物音はない。俺は慎重にドアに隙間を作って、中を覗いてみた。

途端に、激しい臭気が胸を襲った。

つい咳《せ》き込《こ》みそうになって、口元を押さえた。

すぐに離れようかと思った。だけど、臭いの正体も気になる。

俺は——意を決して、部屋に入ってみた。

すぐにドアを閉める。中は畳敷きの和室だ。その和室の片隅で、パタ、パタ……と音が鳴り続けている。

目をやってすぐに、正体が分かった。

……血だ。

畳の上に、大きな赤黒い血溜まりができている。その血溜まりに向かって、上から真っ赤なしずくが、パタ、パタ……と滴《したた》っている。

天井を見上げると、ちょうど真上に当たる部分にも、真っ赤な染みが広がっていた。

——あそこに、何かがあるんだ。

全身がぞわぞわする。耐え切れなくなって目を逸らす。視界の端に何かが映った。開きっぱなしの押し入れの中に押し込まれた段ボール箱。その箱の上に、一冊のノートが置かれている。俺は手に取って、適当にページを開いてみた。

誰が書いたのか、大人の字が並んでいた。

『今日も叩いてしまった……。いつまであの部屋に閉じ込めておこう。さらおもずいぶん大きくなった……。優しい子なのに……手が出てしまう悪い母親……。さらお、ごめんね……。でも、どうしても自分の気持ちを制御できない。だって、どんどんあの人に顔が似ていく……。いつかあの子なら、きっと分かってくれるはず』

――どういう意味だろう。

俺には分からなかった。これを書いたのは、さらおという子のお母さんなのか。叩く？　閉じ込めておく？　それなのに、何で謝っている？　「あの人」って誰？　似ていくって？

何も理解できないままノートを元に戻し、俺はそっと和室を出た。

別のドアを開けてみると、そこは脱衣所だった。強烈な悪臭が漂っている。一見血はないみたいだけど――と思いながら、隣の浴室を覗き込む。

……血まみれのバスタブが、そこにあった。

中にお湯は入っていない。代わりに、ゴミ袋が一つ入っていた。

半透明のビニール越しに、赤黒いものが大量に詰まっているのが、透けて見えた。

吐き気を堪《こら》えながら、俺は急いで廊下に戻った。

その時だ。何か――声が聞こえた気がした。

思わずドキリとして足を止める。廊下の真ん中で息を殺し、耳を澄ませる。

……ぐごご、ぐごご。

たぶん言葉じゃない。これは……いびきだ。

俺は足音を立てないように注意しながら、いびきの聞こえる方に向かってみた。

キッチンがあった。テーブルも置かれているから、リビングと兼用らしい。隣室の襖が開け放たれていて、そちらは炬燵とテレビが置かれた座敷になっている。

おじさんは、キッチンの方にいた。

床にうつ伏せで横たわって、ぐごご、ぐごご……と、いびきをかいていた。

どうしてこんなところで寝ているのかは、分からない。ただ、こんなに自由にしていても、誰にも叱られることがないのが、少し羨ましく思えた。

おじさんのポケットのそばに、鍵が落ちているのが見えた。きっと南京錠の鍵だ。俺はそっと手を伸ばして、鍵を拾い上げた。

……おじさんが起きる様子はない。俺は大急ぎで玄関に向かった。

靴を履き、ドアを開け、草ぼうぼうの庭に飛び出す。すぐ先に門がある。ああ、これで出られる。ここから逃げ出せるんだ。

嬉しさで泣きそうになりながら、鍵を南京錠に挿し込んだ。

確かな手応えとともに、錠が外れた。俺は門に手をかけた。

「——どこへ行くんだい？」

突然、背後から声をかけられた。

振り返ると、おじさんがすぐ後ろに立って、感情のない窪んだ目で、俺の顔をじっと覗き込んでいた。

ひぃっ、と思わず息が漏れた。同時におじさんが、力任せに俺の肩をつかんだ。

「お姉ちゃんが心配するよ！」

誘拐犯にしては、どこかズレた台詞だ。だけど大人の力に抵抗することなんてできるはずもなく、俺は虚《むな》しく家の中に連れ戻されていった。


「まったく、何で逃げ出そうとしたのよ……。おとなしくしときなさい」

俺に向けられたお姉ちゃんの声は、どこまでも冷たかった。

再び最初の部屋に戻っていた。結局振り出しだ。うつむく俺の前にお姉ちゃんが立っている。なぜだか緊張して顔が見られない。

「おじさんは私の言うことを何でも聞いてくれるの。だからここにいても、危ないことなんて何もない。お母さんが私のことを見るようになるまで、れんやは余計なことしないで」

そう告げるお姉ちゃんは、明らかに様子がおかしくなっていた。

声も視線も冷たい。俺の気持ちなんて無視して、言うことを聞かせようとする。これじゃ、まるで——。

……そう、まるでお母さんそっくりだ。

あれだけ好きだったはずのお姉ちゃんが、今はとても怖い。

お姉ちゃんは俺の答えを聞く気もなく、静かにドアから出ていった。

もうお姉ちゃんに助けてもらうことはできないんだ、と俺は知った。

――お母さんが私のことを見るようになるまで、か。

そんな日は絶対に来ない。俺にはそう思える。でも、もしそうなら、お姉ちゃんはずっとこの家で暮らし続けることになってしまう。

俺は――もう、そんなお姉ちゃんに従うことなんてできない。

逃げ出そう。今度こそ。

俺は心に決め、ドアノブをつかんだ。鍵はかかっていない。

廊下に出て、耳を澄ませてみた。おじさんに見つかったら、また連れ戻されるだろう。いや、お姉ちゃんに見つかっても、きっと同じだ。二人の目をかいくぐって脱出するのはとても難しいかもしれないけど、俺は引き返すつもりはなかった。

下からテレビの音が聞こえてくる。もし二人がテレビを見ているなら、その隙に逃げられるかもしれない。

そっと階段を下りていく。

下り切る寸前に、一階の廊下をおじさんが歩いてくる姿が見えた。俺は慌てて階段の途中で立ち止まり、壁に張りついて息を殺す。

おじさんは俺に気づかずに、通り過ぎていった。

——玄関の方に行ったのか。

もしかしたら、またどこかに出かけるつもりかもしれない。俺はそう考えて、おじさんの後をつけてみることにした。

物陰からそっと覗く。おじさんの背中が、廊下の曲がり角を折れていくのが見える。さらに追う。積まれたゴミ袋が身を隠す場所になってくれるのが、ありがたい。

やがておじさんが足を止めた。玄関だ。

けれど、そこから靴を履く様子がない。ただ玄関のところに立ち止まって、ドアの方を眺めながら、頻《しき》りにぶつぶつ呟いている。

「早く捨てないとなぁ……。何ゴミかなぁ……」

ゴミ出しのことでも考えているんだろうか。確かにこの家はゴミだらけだけど。

おじさんは、玄関のドアを眺めたまま、一歩も動く気配がなかった。俺はひとまずこの場を離れ、テレビのある座敷の様子を確かめることにした。

おじさんがここにいるということは、テレビを見ているのは、きっとお姉ちゃんの方だろう。そう思いながら、足音を殺してキッチンに入る。テレビは隣の座敷にある。襖が開け放たれているので、ここからでも様子が見える。

お姉ちゃんがいた。こちらに背を向けて、炬燵に当たりながらテレビを見ている。どうやら番組に夢中になっているようで、俺がキッチンにいる限り、見つかることはなさそうだ。

ただ――座敷の様子を窺うちに、俺はとんでもないことに気づいた。

門の南京錠を開ける鍵だ。それがあろうことか、炬燵の上に置かれてしまっているのだ。

俺はテーブルの陰に身を潜めながら、途方に暮れた。

玄関にはおじさんがいる。鍵のある座敷にはお姉ちゃんがいる。二人を何とかして今の場所から動かさないと、俺は逃げられない。

何か利用できるものはないか――。辺りを見回す。

と、今俺が隠れているテーブルの上に、テレビのリモコンが置かれていることに気づいた。

……これなら行けるかもしれない。

俺はリモコンを手にすると、そっと襖の陰に移動した。

お姉ちゃんが振り向く様子はない。俺はリモコンをテレビに向け、電源ボタンを押した。

パッとテレビが消えた。お姉ちゃんが驚いて立ち上がる。俺はすぐさま襖の陰にしゃがんで、もう一度身を隠した。

「え、何？　消えたんだけど。……リモコンどこだろう？」

お姉ちゃんはそう言って、辺りをキョロキョロする。それからリモコンを捜すため、隣室のドアを開けて、そちらへと入っていった。

上手く行った。……もっとも、もしお姉ちゃんがキッチンの方へ捜しにきていたら、思いっきり鉢合わせしてしまっただろうけど。

冷や冷やしながら、俺は座敷に足を踏み入れた。炬燵の南京錠の鍵を取って、ズボンのポケットにしまう。お姉ちゃんが戻ってくる様子はない。リモコンは見つからないように、そばにあった箪笥の引き出しの奥に隠しておいた。

次は……おじさんか。どうやって玄関から遠ざけよう。

何か物音を立てれば、そちらに行ってくれるかもしれない。そう思いながら、お姉ちゃんが消えていったドアの先を覗いてみた。

ここも和室だった。いくつかのドアに囲まれ、中央にはテーブルが据えられている。テーブルの周りには、高さのある座椅子が並んでいる。

お姉ちゃんの姿はすでにない。きっとリモコンを捜して、家の中を歩き回っているんだろう。

それよりも俺の視線は、テーブルの上に引き寄せられた。

ラジオが置かれている。これを流せば、おじさんを引きつけられるんじゃないか。しかもこの部屋には複数のドアがあるから、おじさんが来る方とは別のドアから逃げれば、上手く撒けるに違いない。

俺はさっそくラジオのスイッチを入れてみた。

……音が鳴らない。電池が切れているのかもしれない。

がっかりしていると、不意に隣の座敷に足音が入ってきたのが分かった。お姉ちゃんが戻ってきたのか。俺は慌てて、座敷とは反対側のドアから出た。

そこは、玄関前の廊下だった。

すぐ間近におじさんがいた。

思わずドキリとした。しかしおじさんは、相変わらずぶつぶつ呟いたまま、こちらを振り返ろうともしない。

——ひとまず隠れよう。

廊下を挟んだ向かいに襖がある。俺が初めて一階に下りた時に最初に覗いた、ゴミだらけの部屋だ。

物音を立てないようにしながら、おじさんの背後を通り過ぎる。襖を開けて素早く中に滑り込み、また後ろ手に襖を閉めた。

室内の生臭さを我慢して、軽く息をつく。しかし、一歩も動かないおじさんはともかくとして、いつお姉ちゃんがここを覗きにくるか分からない。

ここには、何か音の出るものはないか。

俺は室内を観察してみた。テーブルの上に、中世ヨーロッパの貴婦人を模した人形が置かれている。何だろうと思って近づいてみると、どうやら電池式で動くおもちゃらしいと気づいた。

俺はふと閃《ひらめ》いた。

人形を裏返してみる。膨らんだスカートの底は平らになっていて、動かすためのスイッチと、電池を入れるボックスがある。

思ったとおりだ。俺は人形から電池を取り出して、これもポケットにしまった。あとは、この電池がラジオに使えることを祈るのみだ。

さっそくラジオのあった場所へ戻ろう——。俺はそう思って、引き返しかけた。

……その時だ。

たまたま、部屋の奥にある押し入れが、目に入った。

ここも襖が開いている。中に布団はなく、ただゴミ袋だけが詰め込まれている。

上段の天井には、大きな穴が開いている。その穴から、にゅうっ、と――。

……一瞬、何かが突き出しているのが見えた。

青白くて細長い――まるで人の腕のように、思えた。

しかし俺が目を見張るよりも早く、その何かは再び穴の中にすっと引っ込んで、すぐに見えなくなった。

ごくり、と緊張で喉が鳴った。全身が冷たい汗で、じっとりと湿っている。

……天井裏を調べるべきなのか。

俺は迷いながら、押し入れの前に立った。

見上げる。天井の穴は、大人でも通れそうなほどにでかい。

穴の向こうからは、異様なまでの悪臭が溢れてきている。

――覗きたくない。

本能的に、俺はそう思った。

――でも、もし天井裏に誰かが隠れていたら?

おそらく、この穴から腕を伸ばしてまた引っ込めた人がいたのは、間違いない。その人が俺に協力してくれるのか、それとも敵に回るのかは分からないけど……。どのみち、その正体を知っておく必要はある気がする。

俺は意を決して、天井裏を調べてみることにした。

押し入れの上段によじ登り、そこから穴の上へと這い上がった。

……そこは、薄暗い空間だった。

どうやら物置代わりに使われているようで、古い布団や段ボール箱が所狭しと押し込まれている。どれも埃《ほこり》とクモの巣にまみれているから、長い間放置されてきたに違いない。

しかし——この臭いは、埃のせいとは思えない。

俺は鼻と口を押さえて、暗がりの中、目を凝らした。

天井板の上に、埃の擦れた部分があるのが見えた。

それはまるで道のようになって、空間の奥へと延びている。誰かの通った跡なのか。

俺は慎重に、埃の道を辿ってみた。

道は、大きな段ボール箱の先で折れ曲がっている。臭いが一層きつい。

箱の陰から、恐る恐る向こうを覗いてみた。

その途端——。

ぬぅっ、と暗がりの中から、誰かが俺に向かって迫ってきた。

……顔が見えた。

……血だらけの、女の人の顔だった。

思わず叫びそうになった。しかしその寸前で、女の人は、すぅっ、と消えた。

——今のは、何だ。

心臓が暴れ回っているのが分かる。俺は荒い息とともに、もう一度暗がりに目を凝らした。

奥には、いくつものゴミ袋が積まれていた。

どの袋も、中には、赤黒いものが大量に詰まっている。

一つ、破れて中身が溢れ出している袋があった。

大量の血にまみれて、ブヨブヨとした臭い何かが、天井板の上に広がっていた。

……そのブヨブヨに埋まるようにして。

……青白い、顔と腕の一部が——。

俺はこれ以上見ていられず、急いで押し入れに引き返した。

吐き気がする。濃い腐臭が全身にまとわりついて、どこまでも追いかけてきそうな気がする。

滲む涙を拭い、俺はそっと廊下に出た。

おじさんは、まだ玄関を向いて立っている。……あのブヨブヨしたものは、おじさんがやったのだろうか。

もう一度おじさんの背後を通り過ぎ、向かいの部屋に滑り込んだ。

中央のテーブルにラジオが置かれている。電池の種類を確かめてみると、ちょうど俺が人形から抜いてきたものと同じだった。

さっそく電池を交換して、スイッチを入れた。

ノイズ交じりの音楽が流れ出す。部屋の外で、「ん、なんだ?」とおじさんの声がした。狙いどおりだ。急いで反対側のドアからキッチンに移る。ドアを閉めると同時に、おじさんが和室に入ってきたのが分かった。

「あれ？ これ、どうやって止めるんだっけなぁ……」

もそもそ言いながら、ラジオをいじっている。俺はそのまま、さらに別のドアから回り込むようにして、廊下に出た。

ここをまっすぐ進めば玄関だ。しかし足音が近づいてくる。お姉ちゃんだ。急いで手近なドアを開けて、中に身を隠す。

そこは例の、天井から血が滴る部屋だった。きっとこの真上には、あのブヨブヨしたものがあるんだろう。

お姉ちゃんが通り過ぎるのを待って、俺は改めて廊下に出た。

二人の姿はない。急いで玄関に向かう。

ドアを開けると、外はすでに夜になっていた。庭に飛び出し、一気に門の前まで走った。

ポケットから鍵を出し、南京錠を外す。門を押し開け、これで外に出られる——と思った瞬間、玄関からおじさんのもそもそ声が飛んできた。

「おーい、どこへ行くんだよぉー」

追ってくる！

俺はとっさに目を横に走らせた。放置された子ども用の自転車がある。もはや縋《すが》る気持ちで引っ張ると、鍵がかかっていなかったと見えて、簡単にホイールが動いた。

迷う理由なんてなかった。俺は自転車に飛び乗り、夜道を猛スピードで漕ぎ出した。

大丈夫だ。これなら追いつかれない。大丈夫。大丈夫――。

自分に言い聞かせながら、真っ暗な無人の道を走る。ライトのわずかな光と、時々灯《とも》る街灯だけが、俺の道標だ。

やがて向かう先に公園が見えた。昨日みんなでかくれんぼをした、あの公園だ。

ここまで来れば、もう帰り道も分かる。そう思って俺が安心しかけた、その時だ。

突然、背後から眩い光が俺を照らした。

車の音が聞こえる。ハッとして振り返ると、おじさんの白いワゴンが、俺めがけて走ってくるところだった。

俺はすぐさま正面に向き直り、全力でペダルを漕ぎ始めた。

すぐに息が上がってくる。でも、ここでスピードを落とすことなんてできない。

民家の間を抜け、雑貨屋の前を過ぎる。すぐに四つ角が見えた。友達の家が近い。きっと助けてもらえる。

誰の家に向かうか――。答えは一つしかなかった。

こひめちゃんだ。こひめちゃんのお母さんは、小学生の相談を聞いてくれる。俺は四つ角を左に曲がりかけた。

途端に背後で、急ブレーキが鳴った。

自転車が、宙に浮いた。

……撥《は》ねられたんだ、と分かった。

とっさに体を丸めて、自分からアスファルトの上に転がった。

全身に衝撃が走った。痛い。だけど、大きな怪我《けが》はない。

立ち上がって振り向くと、歪んで使い物にならなくなった自転車の前に、おじさんのワゴンが停まっているのが見えた。車体の正面に電柱がめり込んでフロントガラスが粉々に砕けている。どうやら俺が撥ねられる寸前、電柱が盾になってくれたらしい。

ドアが開いて、おじさんがフラフラと這い出してくる。俺はそれを待たずに、自分の足で夜道を走り始めた。

こひめちゃんの家に向かって。

この悪夢を、終わらせるために。

「待ってよぉ！　なんで逃げるんだよぉ！」

おじさんが叫びながら追ってくる。振り向いている余裕はない。

でこぼこしたアスファルトの上を、何度もつまずきそうになりながら走った。

息が苦しい。足がもつれる。

もう限界だ、と思ったその時、行く手にこひめちゃんの家の明かりが見えた。

俺は無我夢中で玄関まで走り、力任せにドアを叩いた。

何度も、何度も、叩いた。

ドアが開いて、こひめちゃんとお母さんが顔を見せた。

俺は、その場で泣き崩れた。

エピローグ

こひめちゃんのお母さんがお姉ちゃんを連れて戻ってきたのは、夜の十時を回った頃だった。

——お姉ちゃんが知らないおじさんの家に行って戻ってこない。

——お母さんが帰ってくるまで、おじさんの家にいるって言っている。

——俺もおじさんとお姉ちゃんに捕まって、やっと逃げてきた。

俺のこんな曖昧な訴えを聞いて、それでもこひめちゃんのお母さんは、すぐに異常な事態だと気づいたんだと思う。根気よく俺から話を聞き出し、それから急いで「上司」という人に連絡して、一緒におじさんの家に向かっていった。

すでに外には、おじさんの姿はなかった。きっと家に帰ったんだろう。もしこひめちゃんのお母さんが鉢合わせしたらどうしよう、と俺は心配したけど、こひめちゃんのお母さんは特に何事もなく、お姉ちゃんと一緒に帰ってきた。

戻ってきたお姉ちゃんは、もうお母さんには似ていなかった。

目も声も顔も、元の優しいお姉ちゃんだった。俺は心からホッとした。

ただ、一つ気になったことがあった。俺はこひめちゃんのお母さんに、おじさんの家に上がったかどうかを尋ねた。

もし上がったなら――あの血まみれの怖い家を、どう思っただろう。

でも、こひめちゃんのお母さんは、首を横に振った。

何でも、玄関でチャイムを鳴らしたらおじさんが出てきたので、俺に頼まれてお姉ちゃんを連れ戻しにきたことを伝えたという。

おじさんは、素直に言うことを聞いたそうだ。すぐにお姉ちゃんを呼んでくると、玄関で引き渡してきた。だから、誰もおじさんの家の中までは見ていないらしい。

こひめちゃんのお母さんは、「あのおじさんには『ガイイ』がなかった」と言った。どういう意味かは分からないけど、とにかく警察には通報しないで、俺とお姉ちゃんを保護するだけに留《とど》めた――と、俺にそう説明した。

……俺は、それ以上は何も聞かなかった。

あんな怖い家には、もう関わりたくない。それよりも、お姉ちゃんが無事戻ってきたのだから、それでいい――。そう思ったからだ。

その後、俺とお姉ちゃんは、二人揃って病院に連れていかれた。栄養失調の疑いがあったという。自分では気づかなかったけど、俺達はとてもひどい顔色をしていたようだ。

点滴を打っている間、こひめちゃんのお母さんは、お姉ちゃんからも親身に、いろいろな話を聞いていた。

お姉ちゃんが話したのは、主に俺達のお母さんのことだった。

話すうちに、お姉ちゃんは泣き出していた。お姉ちゃんがお母さんのことで泣く姿を、俺はこの時初めて見た。

こひめちゃんのお母さんは俺達に、お母さんの行き先に心当たりはないか、と聞いてきた。

もちろん俺達は何も知らなかった。

それから数日は病院に泊まり、退院後、俺とお姉ちゃんはこひめちゃんのお母さんの車で、児童養護施設というところに連れていかれた。

そして、今日からここで暮らすのよ、と言われた。


それからの俺の生活は、とても穏やかなものだった。

施設の先生達はみんな優しくて、お母さんみたいな怖い大人は一人もいない。毎日美味しいご飯が食べられる。新しい友達も大勢できた。

何より嬉しかったのは、お姉ちゃんの笑顔が増えたことだ。

口元をキュッと吊り上げるあれとは違う、とても自然な笑顔――。それが見られるだけで、俺は幸せだった。

もっとも俺自身は、相変わらず笑顔が上手く作れないままだった。だけど先生は、「焦らずにゆっくり、笑えるようになればいいよ」と言ってくれた。俺はとても気持ちが楽になった。

とにかく、こんな温かい生活が続くなら、もうずっとここにいていい。俺は心底からそう思っていた。

だけど――俺達が施設に移って、一ヶ月が過ぎた頃だ。

放課後、俺が学校から施設に帰ってきて、お姉ちゃんとお喋りしていると、そこへ突然訪ねてきた人がいた。

……お母さんだった。

スーツを着ている。仕事が終わってすぐにここへ来たのか。

「私がこの子達を見ますので、連れて帰ります。私はこの子達の母親なので」

驚く先生にそれだけを伝えると、お母さんは俺達に冷たく「行くわよ」と告げ、手続きもなしに俺達を施設から連れ出した。

逆らうことなんてできなかった。おとなしく車に乗せられた時、俺の顔はすっかり蒼白だったし、お姉ちゃんは口元をキュッと吊り上げて、あの作り笑いをしていた。

車を運転中、お母さんはずっと怒り続けていた。

「児童相談所から職場に連絡が来たのよ。どれだけ恥かかせるのよ！　しかも何？　あんた達が勝手に家を出てどこかに行ってたから保護したとか言うじゃない。意味分かんない！　あんた達どうしてこうなったわけ？　どこにいたのよ。ねぇさきこ、答えなさい！」

「あ……えと……」

お姉ちゃんが笑顔を固めて口籠る。それでもバックミラー越しのお母さんの視線に耐え切れなかったのか、ようやく観念して、口を開いた。

「……おじさんの家。私が頼んで誘拐してもらったの」

「はぁ～？　誘拐？　何てことしてくれてんのよ！　そのおじさん何なのよ！」

「お母さん、違うの……」

「うるさい！　さきこは黙ってなさい！」

取り付く島もなかった。「私の子どもを誘拐して私に迷惑かけるなんて、いい度胸してるじゃない！」と吐き捨てるように言うと、不意に、家とは違う方向へハンドルを切った。

「他人の家庭事情に首突っ込むなっての。この子達は二人で生きていけるってのに、余計なことしやがって……。このままじゃ気が収まらない！　誘拐犯の家にこのまま行くわ」

こうして――俺達は再び、おじさんの家を訪れることになった。


車がおじさんの家の前に着いた時、おじさんは庭にいた。

鎌を手にしゃがみ込んで、一心不乱に雑草を刈り取っている。草刈りの真っ最中らしい。

お母さんは遠慮なく庭にずかずかと入り込むと、おじさんを見下ろした。まるで、汚いものでも見るかのように、顔をしかめて。

「ねえ、ちょっと！　あんたが誘拐犯ね！　こっち向きなさいよ！」

その声に、おじさんがビクッと顔を上げた。

お母さんと目が合う。おじさんはすぐに視線を泳がせ、それから俺とお姉ちゃんがいることに気づき、「……う、う」と、言葉にならない声で何かを訴えかけてきた。

表情が引き攣っている。驚いている、というよりは、怯えているように見える。

でも俺達には、怒ったお母さんを止めることなんて、できない。

「私の子どもをよくも誘拐しやがって！」

お母さんが叫んだ。おじさんが顔を伏せ、縮こまる。

……まるで子どもだ。このおじさんは、中身が子どもなんだ。

俺ははっきりと、それを理解した。

そんな、中身が子どものおじさんに向かって、お母さんは鬼のように捲し立てた。

「あんた、子どもを何だと思ってるの？　あんたがどうこうしていい子じゃないんだよ！　子どもは親の子達は私のものなの！　母親である私だけが、この子達を好きにしていいの！　子どもは親の言うことをただ聞いていればいいの！　子どもにとっての幸せは、ただそれだけ。あんたには分かんないでしょうがね！」

おじさんは震えている。「あ、あ、あ」と意味の分からない呻き声を漏らし、ガクガクと痙《けい》攣《れん》しながら、その場に立ち上がる。

黒目が大きく開いている。唇が震え、声と一緒に荒い息が溢れる。

怖がっている。怖がっている。怖がっている。

おじさんは――俺と同じなんだ。

「ねぇ、なんか言いなさいよ！　聞いてんの？　ねぇっ！」

お母さんが叫び、手でおじさんの胸を乱暴に、ドン、と突いた。

その瞬間――。

おじさんが、鎌を振り上げた。

お母さんは馬鹿にした顔で、おじさんを見返した。

その馬鹿にした顔に、ざっくりと、鎌の先端が突き立った。

庭に血飛沫《ちしぶき》が飛び散った。

お母さんが倒れる。お姉ちゃんが悲鳴を上げる。おじさんは、頭を抱えて逃げていく。

俺はただ立ち尽くしたまま、ピクリとも動かなくなったお母さんを、じっと見下ろし続けた。

そして、気がついた。


……ああ、俺はもう、怖がらなくていいんだ。

俺は――とても久しぶりに、笑顔になった。

パラソーシャル

1

「やっほ～！　みんな、こんニナ～！　今日も元気に配信していくよ！　まずはこちらからチャンネル登録、よろしくー」

午後八時。今夜もパソコンモニターの中で、３Ｄのアニメタッチの美少女が、元気にお喋りを始める。

ピンク色のロングヘアーに、黒いリボンでまとめたツーサイドアップ。服装は清楚《せいそ》な白のワンピース。

彼女の名前は千羅《せんら》ニナ。ＣＶはもちろん、この私だ。

パソコンの前で喋る私の声をマイクが拾い、それに合わせて画面の中のニナが口を動かす。いや、台詞だけじゃない。私の首の動きや手の動き、細かい表情の変化までも、パソコンのカメラが正確にスキャンし、リアルタイムでニナに反映させていく。

まさに最新の技術によって生み出されたバーチャルキャラクターだ。そのニナを介して、私は今夜もネット上の動画投稿サイトでライブ配信をしている。いわゆるＶＴｕｂｅｒだ。

現在の同接——同時接続者数は、ざっと五百人前後。秒刻みで増えたり減ったりしているけど、悪い数字じゃない。自分のチャンネルが軌道に乗っていることを実感しながら、私はネットの向こうにいる顔の見えないリスナー達に向かって呼びかけた。
「それじゃ今日のゲームは……もちろんこれ！　もう画面映ってるよね？　昨日に引き続き、『赤マント』！　今日こそクリアするよ～。みんなも応援コメント、どんどん送ってね～！」

少し前の午後七時半——。

いつものアラームの音にどやされて、私はパーカー姿のまま、寝室のベッドから這《は》い出《だ》した。

仮眠の時間が終わった。今から晩ご飯を食べて、八時の配信に備えないといけない。

同時にスマホに通知が入る。まるで、私が起きるタイミングを見計らったかのようだ。このタイミングのよさはきっとあすかだろう、と思ってトークを開いてみると、案の定、彼女から新着メッセージが届いている。

『作った肉じゃが冷蔵庫に入ってるから温めて食べてね！』

私は『はーい』とメッセージを送り返し、のろのろとキッチンに向かった。もしあすかがいなかったら、たぶんガチでコンビニ弁当しか食べない人生だったと思う。

冷蔵庫の中から、ラップされた肉じゃがの皿を取り出し、レンジにかける。温まるのを待って、カウンター越しに隣接するリビングのテーブルに運び、スマホを眺めながら食べ始めた。

トーク——メッセージや画像のやり取りができる、無料のＳＮＳアプリ——には、あすか以外からも新着メッセージが届いている。一件は「チラズコーヒー」から。これはうちの近所にあるカフェで、トークを利用して新メニューの紹介とクーポンの配信をしている。

もう一件は、実家の母からだ。いつも説教しか送ってこないから、あまり読みたくないけど。

それでも仕方なく開いてみると、以前私が送った『登録者数５０００人を超えたよ！』という朗報に対して、返事が来ていた。

『まだそんな遊びやってたの？　もういい年なんだから、ちゃんと働いてお給料もらわないと』

……あーあ、とてもありがたいお返事だ。私は『うん』と適当に相槌《あいづち》を返し、少しやけ気味に、肉じゃがをハフハフと頬張った。

――分かっているけどもさ。

そう思った途端に軽く咽《むせ》て、慌てて飲み物を取りにキッチンに戻る羽目になった。


私の名前は、にいな。年齢は二十代の……うん、ギリギリ前半。地方のマンションに一人で暮らしている。

就職はしていない。その代わりと言っては何だけど、学生時代から始めた動画配信が好調で、先月ついに登録者数が五千人を突破した。おかげで預金残高ゼロの恐怖もなく、千羅ニナグッズの売り上げや、実家からの仕送りにもちょっぴり（？）頼りながら、私は今日も元気に引き籠っている。

もっとも、家からまったく出ないわけじゃない。まあ、ゴミ出しとかコンビニに買い物とか、その程度だけど。

べつに人嫌いってわけでもない。ただ、会話の流れを作るのが、少し苦手なだけだ。

何なら、彼氏だっていた。いや、お察しのとおり過去形なんだけど。

……ちなみに元カレの名前はリキヤという。自作グッズの頒布会で知り合った人で、交際を申し込まれて付き合ってみたけど、結局数回デートしただけで別れてしまった。

もっとも向こうは納得できなかったようで、『俺たちやり直そうよ』と復縁を迫るメッセージが頻繁《ひんぱん》にトークに届くようになった。今はブロックしている。まあ、それはともかく……。

そんな私の日常は、いつもスマホのアラームとともに進む。起床時間。ゴミ出しの時間。洗濯の時間。食事の時間。そして、配信の時間――などなど。どれもアラームが鳴ったら始めるようにしている。

私は根がずぼらなので、こういう風にしておかないと、どうしてもだらだらと無駄に時間を食い潰してしまう。そこでアラームの出番というわけだ。もっともこの素敵な管理方法は、私が思いついたものじゃない。親友のあすかのアイデアだ。

あすかは私と同い年で、高校時代からの付き合いだ。私と違って勤め人だけど、家はこの近所で、よくうちに世話を焼きにきてくれる。今日も晩ご飯にと、肉じゃがを作って置いていってくれた。もはや神だし嫁だし、何ならお母さんと呼んでもいいレベルだと思う。合鍵だって渡してある。

さらに言えば――あすかは私の動画配信にも、理解を示してくれている。

「いっぱいお喋りできる場所ができてよかったじゃん」

私がＶＴｕｂｅｒを始めた時、あすかはそう言って本気で喜んでくれた。

ちなみに母は、私が大学でどこのサークルにも入らず、交友関係一つ築けないことを案じていたけど、逆にネットの世界で人と繋がることには、あまりいい感情は抱いていなかった。

所詮《しょせん》相手は素性の分からない、顔も知らない人達なんだから――と、よく苦言を呈《てい》してきた。

もちろん言いたいことは分かる。でもそれなら、顔さえ知っていれば安心なのか、ということにもなる。

私の場合、母とは逆なのだ。顔を見せ合うよりも、顔の見えない相手の方が、気楽に会話ができる。

なまじ顔が見えると、私は相手の出方にばかり気を遣ってしまい、何も話せなくなる。だからＳＮＳを始めるまで、私はずっと「無口な子」でいた。相手が一方的に喋るのを、黙って聞いているだけの人――。ただ当然、それは私にとってストレスでしかない。

唯一の例外は、あすかだ。

あすかは他の人達と違って、私の話をちゃんと聞いてくれる。だから一緒にいると、とても心地がいい。おまけに手料理も上手だ。

肉じゃがを美味《おい》しく食べ終え、私はあすかに心から感謝した。

さて――間もなく八時。配信の時間だ。

我が家の配信部屋は、リビングのすぐ隣にある。フローリングの小さな部屋で、片隅は据《す》え付《つ》けのクローゼットになっている。パソコンが置かれているのは、そのクローゼットの対面。ベランダに面した窓の前だ。カーテンは常に閉めてある。

デスクの上のデュアルモニターが、明かりを消した部屋に白い光を灯《とも》している。部屋の電気を点《つ》けるのは、あまり好きじゃない。暗い方が落ち着く。性分なんだろう。

私はパソコンに向かうべく、ゲーミングチェアに腰を下ろした。

チェアはデスクとお揃いのパールピンクだ。他にも、パソコン本体にマウス、キーボード、モニターからヘッドフォンに至るまで、すべてがパールピンクで統一してある。ちなみに千羅ニナのイメージカラーもパールピンク。私のお気に入りの色だ。

モニターの上に付いているカメラが、私を捉《とら》えた。

クローゼットを背にしてパーカー姿で座る自分が、画面に映る。自分で自分を眺めるのは、どうにも居心地が悪い。私はすぐにマウスを操作し、まずVirtuaMeを起動した。

たちまち画面の中の私が、千羅ニナに早変わりした。

VirtuaMeは、３Ｄモデルのキャラクターを作成し、自分のアバターとして動かすソフトだ。決してお安い値段じゃなかったけど、こうして自分のオリジナルキャラクターが動いているのを見ると、買った甲斐があったと思う。

何よりニナは可愛い。見た目も可愛いし、名前も可愛い。ついつい画面を見ながら、ぐへへ～とにやけてしまう。ニナがそんな私をきっちりトレースして、ぐへへ～と笑い返す。うん、さすがニナ。ぐへへ～している顔も可愛い。

「よし、今日も配信がんばろ！　目指せ、登録者数一万人！」

ニナの表示は左側のモニターに任せ、私は気合いとともに、自分の正面にある右モニターに、今日プレイするゲーム画面を呼び出した。

私の配信は、ゲームの実況プレイが中心だ。今日プレイするタイトルは、『赤マント』。アクション要素の強いホラーゲームで、セーブ機能は一切ない。

……かれこれ一週間ぐらいクリアできずに、こればかりプレイしている。ほんと無理。何でこれ選んだんだろ、私。……あ、そうか。女性配信者が鬼畜ゲーに挑んで「ふえぇ～」とか泣いてるとウケがいい――って誰かが言っていたからだ。

まあいい。私はウケ狙いで手なんか抜かない。今日こそクリアしてみせる！


というわけで、今日の配信を始めて十数分後――。

「も、もう無理。ほんと無理。また最初からとか……セーブ……セーブさせて……」

私はものの見事に、ゲーム内で真っ赤な怪人に捕まって、儚《はかな》い命を散らしていた。

あと少しでクリアだったのに。もう心折れた。所詮鬼畜ゲーなんて、作ったやつと同じ鬼畜かドMしか喜ばないいんだ。

そんな嘆《なげ》く私を労わるように、リスナーからのいくつものコメントが、モニターの隅に表示されたライブチャットに流れていく。

『どんまい』『今来たんだけどもしかして終わった?』『これはやる気なくなる』『草』

いや、草って。……まあ、ウケはよかったのかな。同接九百五十人ぐらい行っているし。

だけど、さすがに毎日YOU ARE DEADじゃ、モチベーションがもたない。

「え、ええと……このゲーム、私には向いてないので、他になんかオススメありますか?」

試しに、リスナーにそう呼びかけてみた。

すぐに一人から返事があった。

『よかったらこれやってみて　https://www.chillasart.co.jp/niinagames』

丁寧にURLまで貼ってくれている。ハンドルネームは、「ニイナ大好き」さん。うん、結構ド直球な名前だ。

「URLありがとうございます! 見てみるねー」

私はお礼を言って、さっそくそのURLをクリックした。Chillasartといえば、いつも私がゲームをダウンロードするのに使っているサイトだ。特に疑う理由なんてなかった。

モニターの中に新たなウィンドウが開く。表示されたゲームのタイトルは、『千羅ニナ様だけのホラゲ!』。……これはもしかして、私のために作られた特別なゲームってこと?

タイトルの下にはダウンロードボタン。さらに下を見ると、小さな字で注意書きがある。

『配信ごとにアップデートされる仕様になっています』

なるほど。よく分からないけど、なんかそういう仕様なんだろうな。

「じゃあ、赤マント改めこのゲームやります!」

迷わずにダウンロードボタンをクリックする。そのまましばらく待っていると、ゲームがインストールされて、自動的に起動した。

画面内に現れたのは、3Dで作られた家の中の光景だった。

キーを操作するとカメラが動き、周囲を見て回れるようになっている。どうやらゲーム内の主人公の視点が、そのまま画面に反映されているらしい。

今私がいるのは、古びた民家だ。部屋はキッチンとリビング、そして座敷の三つのみ。どの部屋も薄暗く、壁や床は黒ずみ、そこかしこに黒いゴミ袋が散乱している。ゴミ屋敷だろうか。ちなみに住人の姿はない。ただし廃墟でない証としてか、座敷の片隅にある木製のデスクの上に、パソコン一式が置かれている。

しかもモニターの数が三台。トリプルだ。家の中はこんなに汚いのに、私のより一台多いなんて……。というか、このパソコンの豪華さは、明らかに周りのゴミ屋敷ぶりから浮いている。いったいどういう人が住んでいるんだろう。

……いや、そもそもこのゲーム、何をすればいいの？

『出れる？　玄関見てみるとか』

リスナーの一人がコメントをくれる。なるほど、もしかしたら脱出ゲームかもしれない。

私はキーを操作して家の中を見回しながら、キッチンに入った。狭い玄関が隣接している。

ドアの横を見ると、数字を入力するためのパネルが、割と露骨に付いている。

0から9までの数字に加えて、赤、青、黄色、緑の四つのランプ——。これはアレだ。きっとヒントを探して正しく入力すれば上手く行くパターンだ。

『四色の数字かな?』『結構わかりやすそう』『数字探して』

みんなのコメントに背中を押されながら、私は改めて、家の中を観察してみた。

方針さえ分かれば、答えは結構簡単に見つかった。まずパソコンのそばの壁に、緑色に光る「4」が書かれていた。それから座敷の押し入れの中に、赤の「5」。同じく座敷の片隅に積まれたゴミ袋の陰に黄色の「3」。

最後の青だけなかなか見つからなかったけど、リスナーからの『椅子の上って見た?』というコメントを見て、リビングのテーブルの横にある椅子を確かめたら、青の「7」があった。

これで四つの数字がすべて揃った。私はさっそくパネルに入力してみた。

『CLEARED　つづきは次回の配信でのお楽しみです』

そんなメッセージが画面上に現れた。よし、クリアできたみたいだ。ライブチャットにも、『おめでとう』のコメントがいっぱい流れてくる。

簡単だったとはいえ、毎晩鬼畜ゲーに悩まされていた身としては、とても晴れ晴れとした気持ちだ。私は達成感とともに、コメントに向かって「ありがとー」の声を返していく。

ところが――その時だ。

突然、コメントの様子がおかしくなった。

『ニナ顔出しすることにしたの?』『顔かわいい』『思ってたより顔いい』『ニナVやめないよね?』『顔出てる!』『顔も好き』『かーわーいーいー』

……え？　え？　顔？　え？

とんでもない速さで、コメントが次から次へと流れていく。しかも……顔？

『イメージと顔違う』『千羅ニナの中の人だ！』『顔いいね！』『これは勝ち組』『ニナって前から顔出ししてた？』『タイプ』『かわいい』『どうした？』『美人』『これは整形してないな。もともとの顔だと思う』『わざと？』『ニナの顔いい！』『嫉妬するレベル』『ニナ大丈夫？』『なになに？』『かわいくて草』『俺のタイプではないな』『この顔なら抱いてあげる』――。

もはや読み切れない速度だが……それよりも明らかに、気がかりなことが書かれている。

――顔？

――私の、顔？

――待って。私は今、千羅ニナのはずだよ？

そう思いながら、私は左のモニターを見た。

……ニナの姿が消えていた。

いつの間にか、VirtuaMeが終了していた。今左のモニターには、パーカーを着て椅子に座る私が、何の加工もなくそのまま映し出されている。

――つまり……この姿が、今ネット上に……？

すべてを理解した瞬間、頭が真っ白になった。

私は慌てて何か叫んだ。何を言ったかは自分でもよく分からなかったけど、とりあえずバイバイとかお休みなさいとか、適当にそんなことを口にして、すぐさま配信を終了させた。

もちろん、後の祭りだということは分かっていたけど。

「ヤバいよ。顔バレした。顔バレした。顔バレした……」

泣き出したい気持ちでいっぱいになる。この手の映像は、一度ネット上に載ったら、絶対に消えることはない。晒《さら》され、拡散され、永遠に残り続ける。つまり私は、もう――。

……い、いや、もうとか考えるな。ここでネガティブになっちゃダメだ。

「待って待って。顔ぐらい大丈夫！　大丈夫だってば！　だって顔出ししている配信者なんかいっぱいいるし！　ほんと大丈夫だから！　しっかりしろ私！」

自分に言い聞かせるように叫ぶ。とその時、突然スマホの通知音が鳴った。

トークに新着メッセージが入っている。誰からだろう、とアプリを立ち上げてみる。

登録してあるユーザー名の一覧に、覚えのない名前が追加されている。「Unknown」……知らない人、という意味だ。メッセージの送信元は、どうやらそのUnknownらしい。

どうして知らない人からいきなりメッセージが届くんだろう。私は奇妙に思いながら、ユーザー名をタップして、メッセージを表示させてみた。

『送ったゲームを配信し続けろ』

『でないと悪いことが起こるよぉ』

二件とも、同じ相手から送られてきたものだ。私は思わず「ひっ」と叫ぶと、動揺のあまり、反射的に相手をブロックしてしまった。

送ったゲーム――。さっきの『千羅ニナ様だけのホラゲ！』のこと？　つまりUnknownがその送り主？　何者なの？

分からない。ただこのメッセージは、どう見ても私に対する脅迫だ。

すっかり怖くなった私は、トークを操作してあすかに助けを求めた。

『やばい』『配信中に顔バレした』『知らない人から変なメッセージもきた』『どうしよう。怖い』

思いつくままに文字を打ち、送信を繰り返す。と、すぐにあすかから返事が来た。

『それはやばいね……。申し訳ないけど今は仕事で話せないから、明日会わない？　明日にでも話聞くよ。あまり思い悩まないでね』

明日――。それなら一晩の辛抱《しんぼう》だ。私は彼女がすぐ対応してくれたことに安堵し、お礼のメッセージを返した。

同時に玄関で、ポーン……とチャイムが鳴った。

……すでに夜遅いのに。

不審に思っていると、もう一度、ポーン……と鳴った。

うちのマンションはオートロックで、建物のエントランスにもチャイムが付いているけど、今の音は、直接ドアの外から鳴らされたものだ。私は恐る恐る玄関に向かってみた。

そっと、ドアスコープを覗いてみる。

……誰もいない。いたずらだろうか。

私は言い様のない不安に苛《さいな》まれながら、ドアに背を向け、再び配信部屋に戻りかけた。

……すぐ背後で、カサカサ、と音がした。

え、と思って振り返ると、ドアの郵便受けに一枚の紙が突っ込まれている。

何だろう、と引っ張り出してみる。ありふれたコピー用紙に、短い活字が印刷されている。

『いつもみまもってるから』

……あまりにも簡素で、あまりにもおぞましいメッセージが記されていた。

私は怖気立《おぞけだ》った。

2

アラーム音で目を覚ますと、自分がパソコンデスクに突っ伏していたことに気づいた。

おかげで背中が痛い。「うぅ……」とくぐもった声とともに顔を上げる。スマホを手に取ると、「ゴミ捨て」とある。そうか、今日は可燃ゴミの日だ。

午前十時。閉ざされたカーテンの向こうに、春の日差しが透けて見えている。

正面のパソコンモニターには、アンチウイルスソフトのメッセージが表示されていた。

『安全です。ウイルスは感知されませんでした』

思い出した。昨夜はあれからウイルススキャンを始めて、そのまま眠ってしまったんだ。

……てっきりウイルスに感染したと思ったのに、違ったのか。

私は半信半疑でメッセージを眺めた後、パソコンをスリープにして、椅子から立ち上がった。

とりあえずゴミ捨てだ。収集車が来る前にすませないといけない。急いで部屋中のゴミ箱を回る。と、スマホの通知音が鳴った。

あすかからかな、と思ってトークを確かめる。だがその途端、私は小さく悲鳴を上げた。

『ブロックなんて無駄だよぉ。言うことを聞け』

……Unknownからだ。何で? 何でブロックが効かないの?

理由が分からない。不安で心臓がバクバクしている。……ただそれはそれとして、ゴミは捨てにいかないと。一人暮らしが恨めしい。

私は大きなゴミ袋を提げ、部屋を出た。

賃貸マンション「チラズレジデンス」の705号室が私の部屋だ。エントランスと個室の二重オートロックが売りで、玄関を閉めると鍵も勝手に閉まる。ちなみに、今のところ締め出された経験はない。

外廊下に出て、手摺《てす》り越しの街の景色を横目に、左手にあるエレベーターに向かって歩いていく。途中、隣室の704号室の玄関にブルーシートが張られているのに気づいた。引っ越しの作業中か。ここはしばらく空室だったけど、どうやら新しい住人が入るみたいだ。

――うちにも挨拶に来るのかな。ちょっと面倒臭いな。

頭の中をダメ人間丸出しにしながら、エレベーターに乗る。一階で、段ボール箱を抱えた引っ越し業者とすれ違った。人の出入りがあるからか、エントランスのオートロック・ドアは開きっぱなしになっている。

これなら戻るのが楽でいいな、と軽く考えながら、エントランスを出た。

ゴミ集積所はマンションの裏手、ちょうど駐車場の片隅にある。ただしマンション内から行こうとすると、エレベーターではなく階段を下りる羽目になるため、私はいつもエントランスを出て、往来から回り込む形で向かうようにしている。

今日も外に出て歩きかけると、ふと行く手の路上に、おかしな人がいるのが目に留まった。

警官だ。小太りで色黒の男性で、妙に無精ヒゲが濃い。それが道端のゴミを拾っては、手にしたゴミ袋に入れているのは……いったい何なんだろう。

私が足を止めてぼんやりと眺めていると、不意に警官がこちらを振り返った。

「おはようございます！」

笑顔で、大きな声で挨拶された。私はあたふたしながら、無言で会釈《えしゃく》を返した。

「警察がなんでこんなことしてるのか……って聞きたそうな顔してますね」

「え、あ、あの……」

いや、奇妙に思っただけで、べつに聞きたくはないんだけど。

「いやー、ただのボランティアですよ。交番がすぐ近くにあるもので、ついでに近くのゴミも拾っておこうと思ってですね——。おっとそのゴミは。今日はゴミ捨ての日でしたね。このマンションに住んでらっしゃるんですね。お姉さんは一人暮らしとか？」

「え……いや、その……」

何だろう、この人。一方的に捲《まく》し立《た》ててくる。正直、苦手なタイプだ。しかもいくら警官だからって、初対面の女子に一人暮らしかどうか聞いてくるものかな……。

私が返答に困っていると、警官はそれを悟ってか、急に大声で笑い出した。

「はっは！　怖がる必要はないですよ！　私、一応、警察ですから。……いつ何があるか分かりませんから、何かあったら必ず交番にお声がけください。頼りにしてくださいね！」

「……は、はい。……ありがとうございま……」

最後の方、「す」が自分でも聞き取れないぐらい小声になっていた。私はゴミ拾いを続ける警官の後ろを素早く通り抜け、そそくさとゴミ集積所に急いだ。

ちょっと怖かった……ような気がする。いや、ただのいい人なのかもしれないけど。一応ゴミ拾いしてたし。

人を疑うのはよくない、とは思う。だけど私の場合、人を疑わずに変なゲームをダウンロードしてしまったせいで、今とんでもない目に遭っている。少しは疑り深くならないとダメなんだろうな――。

そんなことを考えるうちに、駐車場に着く。車が通る場所から少し離れたところに、マンションの外壁に沿って、ゴミ集積用のボックスがいくつか並んでいる。

ボックスの前には、やはりゴミを捨てに来たと思《おぼ》しきセーター姿のおじさんが、バカでかいゴミ袋を提げて突っ立っている。おじさんがなかなかゴミを入れようとしないので、私は先に横入りして、自分のゴミ袋を「よいしょ」とボックスに放り入れた。

これでゴミ捨ては終わりだ。引き返し、駐車場を出て往来に戻る。

……と、その時だ。たった今ゴミを捨ててきたボックスの方で、何やらガサガサと音がした。

振り返ると、おじさんが自分のでかいゴミ袋を、ボックスに突っ込んでいるところだった。

べつにどうということのない光景だ。私はすぐに立ち去ろうとして――。

次の瞬間、思わず目を疑った。

おじさんがボックスの中から、自分のゴミと引き換えに、私のゴミを取り出したからだ。

「え？　……え？　え？　あ、あの、ちょっと？」

呼び止めようとする。だけど、こういう時に限って大きな声が出ない。結局こちらが戸惑っている間に、おじさんは私のゴミを抱えて、逃げるように去っていった。

「う、うそ……。ゴミ持ってっちゃった……」

私は呆然と立ち尽くし、それから今のゴミが果たして何をどうしてどんな具合になるのやらとあれこれ考えて、恥ずかしさのあまり真っ赤になった。

そういえばすぐそこに警官がいたはずだ。こうなったら通報あるのみ！　……と意気込んでエントランスの方に引き返してみた。

警官は、すでにいなくなっていた。ゴミ拾いは終わったのか。まだ、だいぶ道は汚いけど。

「あー、たまにいるんだよね。そういう変なやつ」

話を聞いたあすかは、歩きながら私に向かって、そう苦笑してみせた。

黒のロングヘアーに、きれいなアーモンド形の目。キュッと引き締まった唇。控え目に言って美人だと思う。しかも優しくて家庭的と来た。羨め世界よ、これが私の自慢の親友だ。

「警察か、マンションの管理人にでも相談してみたら？」

しかもこのとおり、ちゃんと常識がある。……私と違って。

「管理人さんかぁ。私、会ったことないの」

「引っ越した時に挨拶はしなかったの？」

「そういうの、手配してくれたお母さんに全部任せてたからなぁ……」

そんな会話を交わしながら、私達は並んで表通りを歩く。四月の夕空は晴れ渡り、まだまだ人通りも多い。いつも家に籠りがちな私にとっては、とても新鮮な景色だ。

――あすかは仕事が終わった後、すぐ家に来た。私がさっそく話を切り出そうとしたら、「ここじゃ空気が暗くなるから、チラズにでも行かない？」と誘われて、家から連れ出された。

チラズコーヒーは、ここから少し歩いた表通りに面している、大きな喫茶店だ。できるだけ明るい雰囲気の場所がいい――と、あすかなりに気を遣ってくれたらしい。

ただ……確か何年も前に、あの店で何か怖い事件があったとも聞く。噂では、ストーカー絡みの殺人事件だったとか……。ちなみに犯人は捕まっていないそうだ。

もっとも、そんな曰《いわ》くなど関係なく、店は客で賑《にぎ》わっていた。

店内をざっと見渡しただけでも五人。あと、店の外にホームレスのおじさんもうろついていた。「誰かラテ一杯おごってくれねぇかな……」とか呟いていた。いや、この人は数に入れなくていいかもだけど。

ともあれ、まずはオーダーをすませようと、レジに行く。接客しているのは、マスクをした三白眼の若い男性店員だ。私はたまにしかこの店に来ないけど、この店員はいつもいる。

その後ろにあるキッチンでは、あまり見かけないポニーテールの女性店員が、忙しそうにドリンクを作っている。

……本当に忙しそうに、キッチンとバックヤードをドタバタ行ったり来たりしている。いったいバックヤードに何があるんだろう、と思っていたら、彼女は突然作りかけのドリンクを手に取って、飲み残し回収ボックスにバシャッと流し入れた。

ええと……どういうことなんだろう。マスクの店員がそれを見て舌打ちしてるし。

何だかよく分からないまま、とりあえずホットコーヒーと抹茶ケーキを注文する。一方あすかは、スマホに入っているオンラインクーポンと睨《にら》めっこしながら、まだ何にするか迷っている。私は受け取り待ちがてら、先に席を確保しておくことにした。

もう一度店内の様子を確かめる。受け取り口からそう離れていない場所には、OLと思しき二人連れが座って、お喋りに耽《ふけ》っている。あまりに賑やかなので、特に聞き耳を立てなくても会話が聞こえてくる。

「久しぶり～！　元気だった？　会うのは高校卒業以来になるよね？　最近はどう？」

「ほんと久しぶりだね！　大学離れてたもんねー。高校生の時は毎日一緒にいたのにね！」

なるほど、どうやら高校時代からの友達同士みたいだ。私とあすかと同じだな。

「実はねマリ、私最近好きな人できちゃって。同じ会社の人で仕事ができてかっこいい人！

細い子が好きって言ってた！」

「そうなんだ！　……ん？　それなのに、それ全部食べるの？」

「うん！　甘いもの食べたい気分なの」

嬉しそうに話すぽっちゃり気味な彼女の前には、ケーキにタルトにホイップサンドと、なかなか強気なラインナップが並んでいる。……いや、言いたいことはいっぱいあるけど、所詮私は赤の他人だ。とりあえずもう少し静かな場所を求めて、店の奥へと向かってみた。

もっとも、そちらにも二人先客がいた。一人は窓際の席に座る中年の男性で、なぜかコーヒーを手に悲愴《ひそう》な顔で、ぶつぶつ呟いている。

「ああ……はっさくさん……。なんでいないんだよ……。まだ俺に全部教えてないじゃないか。はっさくさんから学びたいこと、まだまだいっぱいあったのに。なんで……」

……うん、そっとしておこう。

ちなみにもう一人は、壁際のカウンター席で、静かに牛乳を飲んでいる。室内だというのに、頭からフードをすっぽり被っていて、ちょっと薄気味が悪い。

結局奥の座席も難しいと感じて、もう一度店の中ほどに戻る。……と、そこへ、入り口から近いところに座っていた年配の男性が、私に声をかけてきた。

「お嬢さん、席をお探しですか？　私、もうそろそろ出ますので、よかったらこちらにどうぞ」

欧米系の顔立ちの外国人だ。表情はにこやかで、日本語もとても上手い。

私がぎこちなく微笑《ほほえ》み返すと、彼は少し声を落として、尋ねてきた。

「つかぬことをお聞きしますが、そこにいるかたは友達ですか？」

あすかのことだろうか。私は頷く。彼は「それはよかったです」と微笑み、それからふと奇妙なことを言い出した。

「私はここのCoffeeがお気に入りなのですが、何か起こる前には味が変わるんです」

「……はあ。味ですか？」

「はい。今日もまた味が変なので、あそこにいる人が怪しいと思っています」

そう言って、彼は店の奥を見た。そこには例の、フードを被って牛乳を飲んでいる客がいる。

確かに見た目はかなり怪しいけど……正直、考えすぎじゃないかな。

そんな私の気持ちを察してか、彼は「すみません」と詫《わ》びて、立ち上がった。

「……なんだか怪しく思えてしまうのです。日本はいくら安心できる国とはいえ、全員が善人であるわけではないので、油断してはいけません。……またお姉さんとはどこかで会える気がします。それまでお元気で」

そう言い残して、男性は去っていった。

直後、受け取り口にホットコーヒーと抹茶ケーキが置かれた。あれは私のオーダーだ。

……あのポニーテールの人、コーヒー一杯を、どれだけ時間をかけて淹《い》れたんだろう。

一方あすかもオーダーをすませたと見えて、レジで会計をしている。同時にＯＬ二人組が席を立った。私は、今の妙な外国人には悪いものの、新たに空いた方の席を使うことにした。

「パラソーシャル――っていう言葉があるの。知ってる？」

あすかに聞かれ、私は首を横に振った。

私の向かいに座り、長い髪を後ろにまとめて食事モードになったあすかは、フォークでケーキをつつきながら、こう説明した。

「心理学の用語でね。簡単に言うと……面識のない有名人。例えばアイドルとか作家とか、そういった人に対して特別な感情を抱いてしまうことを指すの」

「特別な感情？　恋愛感情ってこと？」

「恋愛感情に限らずだけどね。ファンが有名人の発言の一つ一つに共感したり、趣味を真似してみたり……っていうのは、決して珍しいことじゃないでしょ？　でもこれが行きすぎると、トラブルになることも多いみたい」

「……トラブル？」

「有名人のことを自分の友達や恋人みたいに錯覚《さっかく》して、ストーカー化するとか。それで自分の思いどおりにならないと、今度はＳＮＳで誹謗中傷《ひぼうちゅうしょう》を繰り広げるとか……。有名人の方からしたら、顔も知らない相手にそんなことをされるのは恐怖以外の何物でもないんだけどね」

「ふーん。パラソーシャルか……。パラソーシャル。パラソーシャル……」

耳慣れない単語を口で繰り返し、私はそれを頭に教え込んだ。

……ようやく遅めのティータイムを始めた私達は、さっそく昨日起きた出来事について話し合っていた。動画配信中に千羅ニナのアバターが消えて、素顔を晒してしまったこと。その直前、リスナーの一人から送られてきたゲームをプレイしていたこと。配信を終えた後、トークに怪しいメッセージが届いたこと――。

「にいな、リスナーって言っても、どこの誰だか分かんない人なんだし、そんな人から送られてきたファイルなんて開いちゃだめだよ」

あすかのそんな苦言も、もっともだった。

ただ、パソコンがウイルスに感染していたわけではない。そこは確認ずみだ。だから、アバターが突然消えた理由は不明……。もちろん単なるソフトの不具合かもしれないし、もっと違う理由があったのかもしれない。

あすかは少し考えてから、私に尋ねた。

「じゃあ……ハッキングとかは?」

「やだ、怖いこと言わないでよぉ。何で私なんかがハッキングされなきゃいけないの?」

「んー、だってにいな、一応有名人じゃん。千羅ニナの中の人なんだから」

……その流れで、最初の会話に至ったわけだ。

――パラソーシャル。それが、私がハッキングを仕掛けられた原因ではないか、と。

千羅ニナに「特別な感情」を抱いたリスナーが、ストーカー化したのではないか、と。

正直、気の重い話だ。私はいったいどうすればいいんだろう。

「問題は、スマホに届くメッセージだよね。送ったゲームを配信し続けろ、か……。無視するのは危なそう」

あすかが眉根を寄せて呟く。私も同じ意見だ。

私は難しい顔をしつつ、何の気なしに、彼女の後ろにある受け取り口の方を眺めた。ちょうど置かれたばかりのコーヒーを、新たに来た男性客が受け取って、席を探してうろつき始めたところだった。

男性は私達の方をチラリと見やり、それからすぐ近くのテーブル席に着くと、スマホを取り出して眺め始めた。私は特に興味もなく、改めてあすかの方に向き直った。

「あすか、どうすればいいと思う？」

「そうだね。ゲーム自体が大丈夫そうなら、配信を続けた方がいいかもね……」

「うーん、やっぱりそうなるかぁ……」

打つ手なし、となると、途端に憂鬱《ゆううつ》になる。私がもう一度男性客の方に視線を向けると、偶然にも、彼のスマホに千羅ニナの姿が映っていた。

――アーカイブで見てくれている人だったのか。本人がすぐそばにいるって知ったら驚くかな。いや、こっちはこんな状況だし、絶対に教えないけど。

「まあでも、顔バレたからって、べつに困ってることはないんでしょ？」

ふとあすかが、表情を緩めて言った。あまり不安を煽《あお》りすぎないようにしてくれているのが、手に取るように分かる。

「なら大丈夫じゃない？　にいなの家オートロックだし……。犯人が分からないのは不安かもだけど、会ったこともない他人が相手じゃ、正体の特定なんてできないもん。あんまりそういうのは考えない方がいいよ」

「確かに……。深く考えても、何もならないよね！」

あすかのおかげで、やっと気持ちが軽くなった。私は笑顔で頷いた。

それからしばらくの間、私達は他愛のないお喋りに花を咲かせた。そんな中、あすかがふと、私の元カレのことに触れてきた。

「そういえば、あの彼氏とは別れたんだっけ？　ほら、あの――」

「リキヤ？」

「そう、リキヤ君。なんで別れたの？　ちょっと気になってて」

「んー……まぁただ単に合わなかったって感じかなぁ……」

「なるほどねー。そういうこともあるよね！」

あすかがクスリと笑う。私もつられて笑い返す。

そんな時だった。

不意に――近くに座っていた例の男性客が、すっと席から立ち上がった。

何となく目で追う。相手が、あすかの後ろに回り込む。あすかは気づいていない。

私はこの時、初めてその男性の姿を、じっくりと見た。

……色黒で頬のこけた、異様に背の高い男だった。

細身の上半身を、フード付きの真っ黒なダウンジャケットで覆い、下には暗いベージュ色のカーゴパンツを穿《は》いている。

それに、何より黒い。肌とジャケットが両方黒いのもあるが、店内だというのにフードを目深に被っているせいで、顔のところで黒が混ざり合って、無貌の影法師のように見える。

その異様な風体《ふうてい》に、私の表情が強張《こわば》る。しかも直後、男の取った行動は、明らかに不気味なものだった。

男はあすかの背後で立ち止まると、千羅ニナの映っているスマホをかざし、私に見せるように画面を向けてきた。

——え、これって何……？

——私が千羅ニナだって知ってるってこと……？

思わず男を見返す。男は微動だにしない。何か言うべきか。でも、怖くて声が出ない……。

そこで私の様子がおかしいことに、あすかが気づいた。

「どうしたの？」

「う、後ろ……」

「後ろ？」

私の声にあすかが振り返るのと、男がスマホを下ろして去っていくのは、同時だった。

「べつに何もないけど……。もー、驚かせないでよー。そろそろ帰ろ？」

あすかが明るく微笑む。私もぎこちなく微笑み返す。

すでに男は、店から立ち去っていた。

私は結局不安を拭い切れないまま、あすかに家まで送ってもらうことになった。

「今日はいっぱい話せて嬉しかったよ！　またいつでも連絡して」

あすかはそう言って、マンションの前で引き上げていった。

私は彼女の背中を見送ると、一人エレベーターに乗り込み、いつもどおり七階のボタンを押した。

続いて「閉」ボタンを押す。扉が閉まりかける。だがその寸前で、すっとカゴの中に滑り込んできた者がいた。

……真っ黒なフードを被った、さっきの男だった。

思わず「ひっ」と悲鳴が漏れた。慌てて降りようとしたが、すでに扉は閉まった後だった。

エレベーターが上昇を始める。男は隅に立ったまま、じっとこちらに背を向けている。顔は見えない。私はできるだけ男から離れた位置をキープしようと、カゴ内の隅っこで固まったまま、扉が開くのを待った。

やがて七階に着き、扉が開いた。

私はすかさずエレベーターを降り、急ぎ足で廊下を辿った。

途中で振り返ったが、男が追ってくる様子はなかった。

私が玄関の前に着く頃には、すでにエレベーターは閉まり、男の姿は見えなくなっていた。

3

部屋に戻ると、トイレのドアが開かなくなっていた。

まさか、トイレの中に侵入者が……？　そう思ってドア越しに気配を探るが、おかしな様子はない。仕方なく、クローゼットにしまってある工具箱を持ってきて、ドライバーでドアをこじ開けてみると、中はもぬけの殻《から》だった。

何のことはない、単に建てつけの問題だったようだ。我ながら、昨日の今日でずいぶんと疑り深くなったな、と呆れてしまった。

ベランダのガラス戸も少し開いていたけど、これもたぶん私の閉め忘れだろう。

やがて午後七時半になり、いつものようにアラームが鳴った。さっきケーキを食べたから、お腹は空いていない。

私はすぐに配信部屋に移ると、パソコンを操作し、VirtuaMeを立ち上げてみた。もしかしたらエラーで動かないかも……と心配したが、今日は何の不具合もなく、千羅ニナのアバターがしっかり表示された。

八時を待って、私は配信を開始した。

「やっほ～！　みんな、こんニナ～！　今日も元気に配信していくよ！」

まずはトーク。あくまで普段と同じノリをキープする。ライブチャットに目をやると、『昨日の顔バレ大丈夫だった？』『今日は顔出ししないの〜？』など、やはり昨日の一件に触れているコメントが目立つ。

いや、もっと言えば、開幕からすでに同接が三千人を超えている。これじゃ、まるで私が数字欲しさに、事故を装ってわざと顔出ししたみたいだ……と疑われても仕方がない。

内心憂鬱な気持ちになりながら、例のゲームをスタートさせた。今だから分かるけど、『千羅ニナ様だけのホラゲ！』というこのタイトルには、だいぶ悪意を感じる。

今回の舞台はゴミ屋敷ではなく、民家が並ぶ町の路地裏だった。冒頭、ゲームのルールがテキストで表示される。「警察に捕まらないように、女の人を助けよう」とある。

『がんばれ』

流れていくチャットの中に、そんなコメントが見えた。一見普通の応援だけど、ハンドルネームは「ニイナ大好き」……。このゲームを私に送りつけてきた、パラソーシャルな人だ。いったいどんな神経をしているんだろう。

ともあれゲームを進めていく。今回も、主人公の視点がそのままカメラに反映されている。よく分からないまま路地裏をさまよっていくと、角を曲がった先に、突然牢屋《ろうや》が現れた。中には幽霊みたいな真っ白な服の女の人が閉じ込められている。この人を助ければいいらしい。そこら辺を徘徊《はいかい》している警官に捕まらないように……って、どういう世界観だこれ？

途中、壁に謎のレバーを見つけた。下げてみると、どこかでガタンと音がした。牢が開いたのか。さっそくそちらへ向かう。

『俺もチラズコーヒーよく行くよ』

また「ニイナ大好き」が何か言った。……今日の私の行動を監視していたってこと？　やっぱりこの人がストーカーなんだ。正体は——あのフード男に違いない。

牢のあった場所に行くと、すでに女の人が解放されていた。彼女を連れて路地裏を進む。警官が現れたので、慌てて撒く。操作自体は簡単だけど、ちゃんと頭の中に地図を描けていないと、クリアするのは大変かもしれない。

そう思いながら、グダグダとさまよい続けること十分ほど。私は路地裏の一角に、謎の赤いドアを見つけた。さっそく触れてみると、ようやくCLEAREDの文字が表示されて、ゲームは無事終了した。

……といっても、どうせまた明日、次のゲームが始まるに違いない。

隣のモニターにしっかり千羅ニナが映っているのを横目で確かめつつ、私は適当に挨拶をすませ、今日の配信を終えた。

いろいろあったせいか、いつも以上に、だいぶ疲れを覚えていた。今日は早く寝てしまおうと思い、その前に入浴をすませることにする。

給湯器のスイッチを入れ、バスタブにお湯が溜まるのを待って、脱衣所に入った。

一人暮らしとあって、いつも脱衣所のドアは開けっぱなしだ。以前あすかがうちに泊まった時も、ついうっかりドアを開けたまま裸になって、大笑いされたことがある。

まあでも、今は誰もいないし——。私はそう思って、軽い気持ちで服を脱いでいった。

……ふと、誰かの視線を感じた気がした。

あれ、と顔を上げる。洗面台の鏡が視界に入る。鏡には、裸の私と、すぐ背後の脱衣所の入り口が映り込んでいる。

その入り口の外に――一瞬、誰かが佇《たたず》んでいたように見えた。

「えっ?」

思わず声を上げ、振り返った。

……誰もいない。

すぐに廊下に顔を出して周りを見たが、やはり人の姿はない。気のせいだろうか。ただ念のため、脱衣所のドアは閉めておくことにした。

浴室に移動し、体を洗って湯船に浸かる。だが落ち着かない。もし今家の中に、知らない誰かがいたら……。そんな嫌な想像が、どうしても浮かんでしまう。

私はお湯に顎《あご》まで浸かりながら、ちょくちょく浴室のドアを睨んだ。

このドアの磨《す》りガラスは透明度が高く作られていて、脱衣所の様子が、ぼんやりと目視できるようになっている。もっとも私の位置から見えるのは、洗面台の鏡と、そこに映り込んだ脱衣所のドアぐらいだ。

……と、その脱衣所のドアが、すぅ……と動いたように見えた。

ドキッとして目を見開く。しかし透明度が高いとは言え、磨りガラスだ。目視には限度がある。私はお湯の中で自分の体をかき抱くようにして、身を縮こませた。

何か――音が聞こえ出した気がした。

ピッ、ピッ、ジー……と、電子音か振動音のような、何かが。

心臓が高鳴る。額《ひたい》から汗が流れ続けているのは、お湯の熱さのせいだけではないはずだ。

音がやむ気配はない。私は意を決して湯船から出た。

浴室の隅に置いてある長いブラシを手に取って構える。いや、こんなものが武器になるかどうかは分からないけど、何もないよりはマシだ。私はドアの内側に立って、磨りガラス越しに脱衣所の様子を探ってみた。

……特に誰かがいる様子はない。恐る恐る、ドアを開ける。

同時にひんやりとした空気が流れ込んで、濡れた肌にまとわりつく。すぐにバスタオルを手に取って、体に巻いた。

脱衣所には、やはり誰もいない。入り口も閉まっている。

ただ――どういうことだろう。洗濯機が動いている。操作した覚えなんてないのに。

何にしても、音の原因はこれだったらしい。私は洗濯機を止め、蓋《ふた》を開けてみた。

中は、空っぽだった。

4

その夜はまんじりともせず、ようやく私が眠りに落ちたのは、明け方のことだった。

ところがいざ眠り出すと、やはり疲れが溜まっていたに違いない。再び目が覚めた時には、すでに夕方を回っていた。

日中のアラームも全然聞こえなかった。おかげで家事をだいぶすっ飛ばしてしまった。

それにしても、よく配信前に起きられたな――と思ったら、ふと玄関でチャイムが鳴るのが聞こえた。いや、起きる前から鳴っていたかもしれない。どうやらあれに起こされたらしい。

ベッドから這い出すための気力を高めているうちに、チャイムは聞こえなくなった。

「あー……。まあいいや」

呟きながらスマホを見る。トークの方には、特に動きはない。強《し》いて言えば、母から余計なメッセージが届いているだけだ。

『バーチャルユーチューバー？　だったっけ？　姿を偽《いつわ》って人様からお金を巻き上げてるんでしょ？』

『今は楽しくていいかもしれないけど、将来的にずっとやっていけるものではないから、応援したくてもできないわよ。お母さんの考え分かるでしょ？』

……またお説教だ。これだから私は、何かあっても母には相談したくないんだ。

そのまましばらくスマホをいじってから、ようやくベッドを出た。

顔を洗いに洗面台へ向かう。脱衣所に不審な点は見当たらない。昨日のあれは何だったんだろう。ストーカーか、それとも……まさか心霊現象？　でも私、霊感ないし……。あ、もしかしてこの家が事故物件？　でもストーカーと幽霊って、どっちがマシなんだろう――。

あれこれ考えながら、顔を洗い終えて廊下に戻る。ふと玄関を見ると、何かのメモが落ちている。誰かがドアの郵便受けから入れたものらしい。

さっきチャイムを鳴らしていた人だろうか。私はメモを拾い上げてみた。

『チラズレジデンス　マンション新管理人・宮本《みやもと》です。ご入居中のトラブル、いつでもご連絡ください』

そんな文字とともに、連絡先の電話番号が書かれている。新しい管理人が挨拶にきて、私が出なかったので書き置きを残していった……といったところか。

入居中のトラブル——。そうか。昨日の脱衣所の件を相談してみても、いいかもしれない。

私はさっそく、メモにある番号にかけてみた。応答はすぐにあった。

『はい、チラズレジデンス管理人の宮本です』

女性の声だ。少し掠《かす》れた感じがする。年配の人だろうか。

「あの、聞きたいことがあるのですが……」

『失礼ですが、チラズレジデンスにお住いのかたですか？　何号室のかたですか？』

「705号室です」

『705号室——。にいな様ですね？』

名前を聞かれて私は「はい」と頷いた。話が早くて助かる。続いて用件を尋ねられたので、さっき気になったことを確かめてみた。

「えっと、この部屋の過去について知りたいんですけど……。実はこの部屋、事故物件だったりしないですか？」

私がそう言った途端、宮本管理人が『え？』と戸惑った声を上げた。

『事故物件……ですか？　いやー、そういったことは特に今までないですけど……。もしあったとしたら、入居される前に告知する義務がありますので、必ず伝えますが……。何か変わったことがあったのだとしたら、気のせいではないでしょうか』

「気のせい、ですか……」

本当にそうだろうか。気のせいで洗濯機が独りでに回ったりはしないと思うけど。

『どちらにせよ、このマンションとは関係ないかと。ああ、ですが他にも――』

宮本が、そこで一度言葉を切った。そしてどこか慎重に、まるで自分から話題を切り出すのをためらうかのように声を落とし、こう続けた。

『そうですね、例えば――ストーカー事件』

「……え？」

『ストーカー事件に遭われるとか……。そういった相談にも乗れますので、また何かあれば、気軽にご連絡ください。それでは、失礼いたします』

いやにタイムリーなことに触れるだけ触れておいて、宮本はすぐに電話を切ってしまった。

……何だか奇妙な感じがした。ストーカー事件というのは、入居中のトラブルの例として真っ先に挙がるほど、一般的なのだろうか。

私は首を傾《かし》げながら、ぼぉっとスマホを眺めていたが、そこで時刻がすでに午後八時近いことに気づいた。

早く配信を始めないといけない。考えるのは後回しにして、急いで配信部屋に移った。

パソコンの前に座る。VirtuaMeを起動し、いつものように千羅ニナに扮する。ただ、またあのゲームの続きをやらされるのかと思うと、どうしても気が重い。

「やっほ〜！　みんな、こんニナ〜！　今日も元気に配信していくよ！」

……気は重いけど、これはもう口癖みたいなものなので、すんなりと出てくる。我ながら、慣れって恐ろしい。

「今日も昨日のゲームの続きをやっていくよ。うーん……昨日と同じようなゲームみたい」

モニター内に表示されたゲーム画面を見ながら、私はそう言った。

今回の舞台は屋内。すぐ手前にはレジカウンターがあって、周りには商品の陳列された棚が並んでいる。どうやらコンビニのようだ。

……で、なぜそのコンビニ内を、警官が徘徊しているのか。もうこれ、世界観とかは深く考えない方がいいかもしれない。

『がんばれ』

また「ニイナ大好き」が何か言っている。

『昨日のお風呂はゆっくりできたかな?』

うわぁ……。脱衣所も、この人の仕業だったんだ。心霊現象なんかじゃなかった。

私は表情を強張らせながら、コンビニ内を移動していく。ちらりと同接に目をやると、だいたい千五百人前後。さすがに昨日よりは減ったみたいだ。

棚の一角にレバーを見つけて下げる。あとは、あの幽霊みたいな女の人を連れて、ドアから脱出するだけだ。

棚の高さが低いので、女の人の頭が向こうに見えている。同じく警官の位置も分かりやすい。昨日の路地裏よりも楽かもしれない。

私は上手に警官を回避しながら、女の人のところに辿り着いた。

「さあレイコ、行くよ?」

幽霊みたいだからレイコ――と今勝手に名付けた。リスナーが反応している。「ニイナ大好き」のコメントもある。

『れいこって名付けたのか』

私を苦しめるための自作のゲームに想定外のネタを盛り込まれるのは、どんな気分だろう。私なりの、せめてもの抵抗だ。

レイコを連れて、ゴールと思しきドアへ向かう。ドアの位置も遠目に分かる。ただ、昨日より楽かと思いきや、案外通路が入り組んでいる。闇雲に進んでいるだけだと、すぐ行き止まりにぶち当たってしまう。

私はやや苦戦しながら、どうにか距離半ばと言えそうな辺りまで進んできた。

……その時だ。突然隣のリビングで、ジャァン! と轟音《ごうおん》が鳴り響いた。

小さく悲鳴を上げて振り向くと、消してあったはずのテレビが、なぜか勝手に点いている。

『僕の話なんて誰も聞いてくれない。僕はただ、伝えたいだけなのに――』

液晶に映ったアシカのキャラが、大音量で何かを語っている。私は慌てて消しにいこうと立ち上がりかけたが、そのタイミングでまた、テレビ画面はパッと暗くなってしまった。

――こわ！　テレビが勝手に点いた！　私の家、やっぱり呪われてる？

――それとも……誰かが操作を？

でも、いったい誰がどこから？　少なくとも私の位置から見えるのはリビング内だけで、そこには誰の姿もない。

気になる。しかし、まだゲームは終わっていない。正面モニターの方に視線を戻すと、危うく警官に捕まりかけていた。私はすんでのところで警官を躱《かわ》し、レイコと一緒に別の通路へと逃げ延びた。

ライブチャットでは、今のテレビの音に気づいたリスナー達がざわついている。

――そうだ。今はゲームに集中して、早くこれを終わらせよう。

私はそう考えて、とにかくコンビニからの脱出に専念することにした。

そのうちに、目的の赤いドアが近づいてきた。死角から警官が出てきても対応できるように、やや大袈裟に角を曲がりつつ、私は一気にドアまで突き進んだ。

――CLEARED

終わった。その瞬間、ぐぎゅるるぅ～、と不気味な音が派手に鳴り渡った。

……うん、私のお腹だ。

「え……。えへへっ、お腹空いたの誰～？」

笑って誤魔化す。そういえば、今日は配信前に何も食べていなかった。でもまあ、ちょうどゲームはクリアできたし、今日はこれで終わりにして、晩ご飯にしよう。

私は締めの挨拶をすませ、配信を終了させた。

今日も千羅ニナが消えることはなかった。その調子で明日も頼むね、と心の中でお願いしつつ、席を立ってキッチンへ向かった。

キッチンはリビングの隣。壁代わりのカウンター越しにある。

冷蔵庫を開けたが、中には何も入っていなかった。

……そうだ。本当なら、昼のうちに買い出しに行くつもりだったんだ。いや、寝過ごした自分が悪いんだけど。

こうなったら、出前を取るか、コンビニに行くか――。私は悩みながら、ふと足元の床に視線を落とした。

……テレビのリモコンが転がっていた。

ここは、キッチンだというのに。

もちろん、リモコンをこんなところに置いた覚えはない。でも、だったらいったい誰が？

周囲を見回す。……今回も同じだ。誰の姿もない。

何だかこうして家の中にいるのが、無性に怖くなってきた。

コンビニに行こう――。私はそう思い、玄関に向かおうとした。

その時だ。

ガサガサッ！　と激しい音を立てて、ドアの郵便受けに、外から何かが突っ込まれてきた。

……花束だった。

きれいにラッピングされた幾本もの花が、郵便受けの金具に引き裂かれ、玄関に紫の花弁をバラバラと撒き散らした。

私は悲鳴を上げた。

5

恐る恐るドアスコープから覗いたものの、外には誰もいないようだった。

私は意を決し、ドアを開けてみた。……近くに怪しい人影は見当たらない。

もう一度ドアを閉めると、とりあえず花束をゴミ箱に突っ込んだ。さらに、玄関に散らばった花弁もすべて片づける。だいたい十分ほどでこの掃除を終えてから、もう一度ドアの外を確かめたが、やはり変わった様子はなかった。

……たぶん、もう大丈夫だろう。今度こそコンビニに行こう。

私は玄関を出て、後ろ手にドアを閉めた。オートロックが働いたかも、しっかりと確かめる。

四月とはいえ、夜はまだ少し肌寒い。パーカーの前を合わせて、それからエレベーターに向かおうと歩きかける。

と、ちょうど廊下の中ほどまで進んだ辺りに、誰かが佇んでいる姿が見えた。

……え、まさか犯人？

思わず足が止まる。目を凝らして相手の様子を窺《うかが》う。ただ、すでに夜とあって辺りは暗く、その外見ははっきりとしない。

相手は手摺りに向かって佇み、どうやら煙草《たばこ》をふかしているように見える。だが、分かるのはそこまでだ。

引き返そうか……とも思った。でも、もし事件と全然関係ない人だったら？　姿を見ただけで私に部屋に引っ込まれたら、あの人も気を悪くするかもしれない。

少し悩んだものの、私は予定どおり、エレベーターに向かって歩き始めた。

隣の704号室の窓から明かりが差している。引っ越しは終わったみたいだ。挨拶はしていないから、どんな人が入ったかは知らないけど……。

ふと煙草の臭いが強くなった。視線を前に向け直すと、謎の人物は、もう目と鼻の先に迫っていた。

着古したシャツにズボンという、あまり特徴のない服装をしている。頭には青い野球帽を被り、髪を襟まで伸ばしている。体格から見て、昨日の黒いフードの男とは別人のようだ。

相手は手摺り際に立って、外を眺めている。廊下に背を向けた状態だから、特にどいてもらわなくても、後ろをそっと通り過ぎることはできる。

私はできるだけ音を立てないようにしながら、その場を素通りしかけた。

「あの――」

突然、向こうから声をかけられた。ドキリとして振り向くと、相手がこちらを見ていた。

……女性だ。歳《とし》は、だいたい六十前後ぐらいか。

「にいな様ですよね？　私、宮本ですよ。このマンションの管理人の！」

聞き覚えのある掠れ声が、彼女の口から出た。

よかった。管理人さんだったんだ――。

私はホッと胸を撫で下ろした。宮本は小さく微笑むと、私にいろいろ話しかけてきた。

「失礼ですが、にいな様は一人暮らしですか？　女性の一人暮らしは危ないですよ～」

「は、はあ……」

「彼氏とかは？」

「えっと、今はいない……ですけど」

「今は……ということは、前はいたんですね？」

いや、確かにそうだけど。何でいきなりそこに食いついたんだろう、この人。

「もったいない！　どうして別れちゃったんですか？　彼氏、そんな悪い人だったんですか？

別れるほどの理由が彼氏にあったんですか？」

「あ、あの……」

どうにも煩《わずら》わしい問いかけの数々に、私は顔をしかめた。正直、苦手なタイプだ。

私が引き気味だと気づいたのだろう。宮本はようやく質問をやめた。

「ああ、失礼いたしました、プライベートのことに……。それでは、これからよろしくお願いしますね」

「……あぅ」

素直に「はい」とも言《い》い難《がた》い相手に、私はつい謎の言語で返答をしてしまった。

とりあえず、これ以上話しかけてくることはなさそうだったので、会釈を残して、そそくさとエレベーターに向かった。

カゴはすぐに来た。乗り込んで「閉」ボタンを押す。ふと、閉まりかけた扉の隙間から通路に目をやると、宮本がじっとこちらを見つめているところだった。

何だか――微《かす》かに不安を覚えた。

私の行きつけのコンビニ「DAMSON」は、マンションを出て裏道を抜けた先の、大きな横断歩道を渡ったところにある。急げば十分もかからずに行けるので、とても助かっている。

ただ、この時間にひと気のない暗い裏道を歩くのは、やはり少し怖い。特にここ数日の不気味な出来事を思うと、なおさらだ。

例えば、不意に曲がり角から、あのフードの男が飛び出してくるのではないか――。ついそんな不安に駆られてしまう。

私はいつも以上に急ぎ足で裏道を歩き、横断歩道の前に出た。

こちらは表通りとあって、一気に視界が開ける。この辺はオフィス街で、周囲にはいくつものビルが並ぶ。もっとも住宅地ではないため、夜になると、どうしても人通りは少なくなる。なかなか警戒心が拭えないまま、私は横断歩道を渡って、コンビニに駆け込んだ。

同時に明々とした店内が、私を迎え入れた。ホッと息をつく。ここはあまり広い店ではないけど、このコンビニ特有の明るさは、今の私には何よりの救いだ。

客は私の他にも何人かいる。サラリーマン風の男性。体格がよすぎる若い女性。いや、体格よすぎて山みたいだな、この女の人……。

ともあれ安心しきったら、余計にお腹が空いてきた。私はカゴを手に、目についた食べ物を片っ端から入れていく。お弁当。カップスープ。お酒。ジュース——。あとアイスも食べたい。アイスを食べたら絶対にしょっぱいものが食べたくなるから、スナック菓子も欲しい。でもってそこまで買うなら、やっぱりチョコも買うべきだと思う。

……気がついたらカゴの中が食料でいっぱいになっていた。これだけあれば今夜は充分だ。栄養バランスは……まあ、今度あすかに何か作ってもらえばいいや。

重たくなったカゴを提げて、レジに向かう。気がつけば、客の顔触れが変わっている。さっきの山みたいな女の人はもういなくて、代わりにいつ入ってきたのだろう、白いパーカーを着てフードを目深に被った、背の高い……たぶん男性が一人。

昨日の男か、と一瞬ドキリとしたが、そもそも上着の色が全然違う。たぶん別人だ。

気を取り直して、レジで会計をすませる。買ったものを袋に詰めてもらい、さて帰ろうか、と自動ドアの方に歩きかける。

……その時だ。不意に店の奥から、誰かが駆け寄ってきた。

白いパーカーのフードで顔を隠した、背の高い男——。たった今店内で見かけた人だ。それが突然私の腕をつかみ、無理やり振り向かせた。

「きゃっ！」

私が悲鳴を上げる。同時に男が、サッとフードを外した。

……そこに現れたのは、よく見知った顔だった。

「リキヤ……？」

私は思わずポカンとした。相手が他ならぬ元カレのリキヤだったからだ。

寄った目。低い鼻。半開きの薄い唇から覗く前歯。お世辞にもイケメンとは言い難いけれど、まあ愛嬌《あいきょう》があると言えなくも……いや、付き合っていた時は愛嬌あるかもって思っていたけど、改めて見たら、やっぱりこの人ちょっと顔怖いかも。

「よぉ、久しぶり」

「う、うん……」

リキヤがニタッと微笑む。トークをブロックしてから連絡を取り合うことはなく、実際に顔を見るのも別れて以来だから、本当に数ヶ月ぶりになる。

私はぎこちなく笑顔を返すと、「じゃあ」と急いで店の外に出ようとした。

「待って、逃げないでくれ。大事な話があるんだ！」

「ちょ、やめてよ……」

「にいな、お前さ、俺のことブロックしてるだろ？　だから直接言いにきた」

ああ、何でこんな時に……。私は顔をしかめて、リキヤを睨んだ。どうせまた「やり直そう」とでも言うつもりに違いない。いったいどう答えれば諦めてくれるのだろう。

だが、口を開きかけた私を制して、リキヤは意外なことを言い出した。

「実は――お前の友達が怪しい動きをしているんだ！」

友達？　怪しい動き？　いったい何の話だ。

「証拠は撮ってある！　今からそれをお前に――」

「ちょっとそこの！　何してるの！」

見咎《みとが》めた店員がカウンターから出てきた。どうやらリキヤのことを不審者だと思ったようで、彼を捕まえて問《と》い質《ただ》そうとしている。私はすかさずリキヤに背を向けて、急ぎ足で自動ドアに向かった。

「メッセージを送ってくれ！」

リキヤが私に叫ぶのと、私が店を出るのと、同時だった。

信号が青に変わる。小走りで渡ってから振り返る。店内で、リキヤが店員と言い合っているのが見えた。

リキヤはいったい何を伝えにきたのだろう。私の友達がどうとか言っていた。それって、あすかのことなのだろうか。……いや、どうせ私の気を引くための出鱈目《でたらめ》に違いない。

そう思って、私が裏道に入りかけた時だ。

ふと――コンビニの角から、誰かが飛び出してくるのが分かった。

背の高い、細身の男だ。コンビニから漏れる光が、男の着る黒い上着を照らす。

それがフード付きのダウンジャケットだ、と気づいた刹那、思わず全身が粟立《あわだ》った。

すでに男は、信号がチカチカと点滅を始めた横断歩道を、大股でこちらへ渡り始めている。

私は素早く身を翻《ひるがえ》し、裏道に逃げ込んだ。

街灯もまばらな暗がりが立ちはだかる。しかし躊躇《ちゅうちょ》している暇はない。マンションまではまっすぐの一本道だ。タッタッタッと靴を鳴らして、私はアスファルトの道を駆けていく。

普段運動しないせいで、すぐに息が切れかける。電柱に身を寄せて立ち止まり、軽く振り返ってみた。

……背の高い影が、ゆっくりと近づいてきているのが見えた。

本気で追ってきている――。私は今度こそ全力で走り出した。

買い物袋を振り回し、中身がグチャグチャになるのも構わず、夜道を駆け抜けていく。足がもつれて転びそうになる。踏ん張ると、今度は咳《せ》き込《こ》む。肺が苦しい。しかしマンションの明かりは、もうすぐそこだ。

ようやく辿り着いたエントランスに、私は勢いよく飛び込んだ。焦る気持ちで正面ドアのオートロックを解錠し、エレベーターまで走り、呼び出しボタンに手を叩きつけた。

カゴが下りてくるまでに、少し時間がかかった。その間私は額を汗まみれにしながら、エントランスのガラス戸を睨み続けた。

……男が入ってくる様子はない。さすがに諦めたのか。

エレベーターの扉が開くや、私は大急ぎで飛び乗った。

七階のボタンと「閉」ボタンを同時に押す。扉が閉まり、私はようやく深い息をついた。

ぜぇぜぇと、荒い呼吸が何度も何度も、肺と気道を行き来する。すっかり酸欠だ。力の抜けた体を壁に預け、パーカーの袖で額の汗を拭っていると、エレベーターの速度が下がるのが分かった。

やっと七階だ。そう思ったところでカゴが停まり、ゆっくりと扉が開いた。

目の前にフロアの廊下が現れる。私は降りようとして、何気なく階数表示のランプを見た。

……四階だった。

あれ、と思った瞬間、一番手前の部屋のドアが、バンッ！　と激しい音を立てて開かれた。

中から何者かが飛び出してきた。いや、姿を見れば、すぐに誰だか分かる。

真っ黒なフードを被った、あの男だ。

思わず悲鳴を上げた。男は無言のまま、私をエレベーターに押し込むようにして、こちらに入ってきた。

……扉が閉まった。

狭いカゴ内で、私はまたこの男と二人きりになった。

エレベーターが七階に向けて上昇を始めた。男は相変わらず私に背を向けたままで、何もしてこようとはしない。

——いったい何が目的なの！

分からない。私に危害を加えるつもりなら、今のこの状況でじっとしているのは変だ。それとも、ただ私が怯《おび》えるのを見て喜んでいるのか。

カゴの隅で静かに震えていると、エレベーターが今度こそ七階で停まった。

扉が開く。男は入り口の前に立ち尽くしたまま、動こうとしない。

私は男の脇をすり抜けるようにして、廊下に飛び出した。もし体をつかまれたらどうしよう……と恐怖したけど、そのようなことはなかった。

それでも安心はできず、廊下を歩きながら、何度も何度も振り返った。

男は、開いた扉の前から動こうとしなかった。

扉が閉まることも、なかった。

私が部屋の前に着いても、男はこちらを眺め続けていた。

私は急いで鍵を取り出し——そこでハッと気づいた。

……このまま玄関に入れば、私がどの部屋に住んでいるか、バレてしまう。

しかし、これ以上外にいるのは限界だった。一刻も早く安全な場所に逃げ込みたいという思いが勝り、私は部屋に飛び込んだ。

ドアを閉め、鍵がかかったのを確かめ、しっかりとチェーンもした。目に涙を滲《にじ》ませながら、震える手でスマホを取り出し、トークであすかにメッセージを送る。

『追われてる』『やばいまじきもいんだけど』『怖い』『あいつに家バレた』『どうしよ』

思いつくままに言葉を並べ立てていると、すぐにあすかから返事が来た。

『今は家？　戸締りちゃんとしてる？』

顔も見えず声も聞こえない、文字だけの返事だけど、それでも不安は和らぐ。私は『うん』と文字で頷き返した。

『オートロックだから鍵はかかってる。警察呼んだ方がいいかな？』

『今警察呼ぶのはやめた方がいいかも。まだ証拠が不十分だから、警察は動いてくれないと思うし、来てくれたとしても、犯人を刺激するかもしれないから危険だよ』

そんな……。それじゃどうすればいいんだろう。

『でも警察に相談くらいはしといた方がいいかも。今日出歩くのは危ないから、明日の朝の明るい時に直接交番に行った方がいいと思う。電話よりも向き合ってくれるはず』

『分かった』

『それで？　家バレたってどういうこと？　ってか、あいつって？』

……そうか。まずそこを説明しないといけなかったんだ。

私はそれから、あすかに状況を説明した。ここ数日、黒いフードを被った怪しい男に付け回されていること。今もコンビニの帰りに尾行されて、部屋に入るところまで見られてしまったこと――。

『うわ、それは怖いね……』

あすかはそうリアクションしたものの、すぐにここに来ることはできない、と告げた。何でも仕事の都合で、今日明日は帰宅できないらしい。ということは、私一人で乗り切らないといけないわけだ。

気が重かった。しかし、こればかりはどうにもならないか――。

そう思った時だ。不意に、トークに新たにメッセージが届いた。

誰からだろう、と登録者のリストを確かめる。

……よりによってUnknownに新着の印が付いている。私は恐る恐る、やつからのメッセージを表示させてみた。

『お友達の言うことだけ信じちゃっていいのぉ？　元彼の言ったことは？　無視して大丈夫なのぉ？』

どうやら――リキヤがコンビニで言っていた、あのこと、を指しているらしい。どうしてそんな会話まで把握しているのだろう。いや、ストーカーだから当然か。

――お前の友達が怪しい動きをしているんだ！

――メッセージを送ってくれ！

リキヤは私にそう言っていた。ただ、彼にメッセージを送るには、ブロックを解除しないといけない。

私は少し悩んでから、ひとまずリキヤの言葉を聞いてみることにした。

トークを操作し、彼のブロックを解除する。

『私の友達が怪しいってどういうこと？　友達ってあすかのこと？』

そうメッセージを送ると、すぐさまリキヤから返事が来た。

『ブロック解除してくれたんだね。ありがとう。……お前の友達のあすかさんも関係してくる話なんだけど。お前、最近配信で顔バレしただろ？』

『なんで知ってんの？』

『ごめん。千羅ニナの配信見てんだ』

……それは、どう反応すればいいのか。べつに「見てくれてるんだ。嬉しい！」とは思えないし、だからって「見るなよキモい！」っていうのも、ちょっと乱暴かなと思うし。

いや、今はどうでもいいことだ。私はメッセージの続きを読む。

『まあ、配信見てなかったとしても、結構拡散されてたから、知ったとは思うけどね。ハッキングされたのか？』

『分かんないけど……。それより、それがあすかと何の関係があるの？』

『そのトラブル、あすかさんが関係してると俺は思ってる。これを見てくれ』

リキヤはそう言って——一枚の画像を送ってきた。

写真だった。撮影場所は、このマンションの前だろう。背景に、見覚えのあるエントランスが写り込んでいる。

ただ問題は、その手前にあった。

人が二人、写っていた。一人はあすかだ。

そして、彼女と話すようにして写っている、もう一人は——。

「何これ……」

私は思わず絶句した。それは、ここ数日私を散々脅《おびや》かしている、あのフードの男に違いなかったからだ。

『今日たまたま怪しいやつと話してるとこ見ちゃったんだよ』

『うそ……』

『俺もまさか、お前の仲いい友達が……なんて思いたくないけど、こんなの見せられたらさ……。それに今お前の家に出入りできるのって、あすかさんだけなんだろ？』

それは――確かにそうだ。あすかは家が近いし、それに。

……合鍵も渡してある。

いつしかスマホを持つ手が震えて、止まらなくなっていた。リキヤは私に『嫌だと思うけど、よく考えろよ』と言って、それを最後にメッセージはやんだ。

私は暗い部屋でスマホを見つめたまま、しばらくの間、動くことができずにいた。

あすかが犯人？　そんな、あり得ない……。

でも、あんな写真を見せられたんじゃ……。

――もう信じることなんて、できない。

スマホを指でなぞる。あすかのメッセージを表示させる。

……どれほどの時間、躊躇していたかは分からない。気がつけば私は、あすかをブロックしていた。

もうこれで後戻りはできない、と知りながら。

そこへ、新着メッセージが届いた。またUnknownからだ。

『ねえ、他に信用できる人は？　一人だけに頼っていいのぉ？』

……うるさい。

『僕だったら味方を増やしておくけどね』

……うるさい。うるさい。

『まあべつに君は一人でいいけどね。君が何をしようと、僕だけのモノだから？』

……うるさい、うるさい、うるさいっ！

いつしか私は泣きじゃくりながら、配信部屋に駆け込んでいた。

薄暗い部屋に、デュアルモニターの光が灯っている。私に与えられた唯一の光は、もはやこのモニターの輝きしかないのだろうか。

チェアに座り、マウスに触れた。

ひどいノイズとともに、正面のモニターに、千羅ニナの顔が現れた。

黒一色のスクリーンを背にして、彼女は私に、静かに語りかけてきた。

『親友にも見放されて、どこまでも孤独。私とそっくり――』

何を――何を、言っているの？

――ニナと私がそっくり？　確かに、ニナは私だけど……。

『私はこうやって独りで暗いとこにいる。ほら、同じでしょ？』

――違うよ、ニナ。あなたは……ううん、私達は孤独じゃないでしょ？

――だって、リスナーが大勢ついているんだから。

『みんな顔も知らない人ばかり。誰も私を助けてなんてくれない』

――やめてよニナ。あの人達のことまで否定しないで。

……思えば、現実世界ではいつも一人だった。人と関わるのが苦手で、唯一の友達はあすかだけ。私と世界の繫がりはほとんどネットばかりで、それも千羅ニナという仮初《かりそめ》の顔を通してしか、為《な》されてこなかった。

だけど、あすかはもういない。

だから、ニナがリスナーを否定した瞬間、私と世界の繫がりはすべて絶たれる。

――私はにいな。またの名を、千羅ニナ。

――私は、いつも独り。

『人と関わることなんて……私達には許されないんだよ』

ニナはそう言って、画面の中でばったりと倒れた。

そして――パソコンの電源が落ちた。

すべての光が、私の前から失われた。

……その時だ。

どこかの部屋で、コツ、コツ……と異音が鳴り出したのは。

6

音は、外廊下に面した一室から聞こえていた。

恐る恐るドアを開けて中を覗く。ここは物置代わりの部屋で、今は千羅ニナグッズの在庫が段ボール箱に詰まって、いくつも積まれている。

コツ、コツ……と、また音が鳴る。

――窓だ。カーテンの閉ざされた窓の向こう、ちょうど外廊下の側から、何かがぶつかっている。

私はそっと窓に忍び寄り、カーテンを引っ張って、小さな隙間を作ってみた。

……ガラス越しに、誰かがいるのが分かった。

わずかにできた隙間の向こうを、人影が走り去っていく。私は恐怖のあまり身を引いて、急いで物置部屋から飛び出した。

人影は、向かって左側に走っていった。あちらにはエレベーターがある。ということは、立ち去ったのか。何にしても、私も早く逃げないと――。

そう思って玄関に立ったところで、私は愕然《がくぜん》とした。

……ドアが動かない。鍵は開けたのに。

その時、不意に後ろの方で、新たな音が響いた。

ガリ、ガリ、ガリ……とガラスを削るような音だ。ハッとして振り返ると同時に、リビングのカーテンが、風でゆらりと揺れるのが見えた。

ベランダだ。誰かがガラス戸を破り、部屋に入ってこようとしている。私は瞬時にそれを悟り、急いで寝室に飛び込んだ。

ドアを閉め、隠れ場所を探す。ベッドの下……は、隠れられるスペースはない。仕方なく部屋の隅っこに張り付いて、懸命に聞き耳を立てた。

……ガラス戸の開く音がした。

ひゅうっ、と風が吹く。室内に外気が入り込んできている。

カツ、と誰かの靴音が響いた。

カツ、カツ……と、リビングを歩き回っている。

――そうだ。警察に通報……。

幸いスマホはポケットに入っている。私は震える手でそれを取り出し、画面を見た。

……なぜか、ライブチャットが表示されている。

『殺せ殺せ！』『ドライバーどっかになかったっけ？』『ドライバーで殺すんじゃない？』『死ね死ね！』『こわいこわい』『草草草草草』……。

好き勝手なコメントが次々に流れていく。どのハンドルネームにも、見覚えがある。みんな私の――千羅ニナのリスナー達だ。なのに彼らは今、はっきりと私に向かって、悪意を剝き出《むだ》しにしている。

『会いたいなぁ』

間に「ニイナ大好き」のコメントが交じる。私は恐怖と苛立《いらだ》ちから画面を閉じようとした。が、どういうわけか、スマホが操作できない。ただライブチャットの様子だけが、延々と映り続ける。

そもそもこのチャットは、誰の配信と連動しているんだろう。少なくとも今、私は配信していない。まさか、ストーカーだろうか。あいつが私を殺すところを実況している？

「やだ……やだ……」

私は涙を拭い、スマホをポケットに捻《ね》じ込《こ》んだ。

どうすればいいか分からない。ただ、ここでじっとしていても、いずれ見つかってしまう。

外には逃げられない。じゃあ、他に手段は……？

とっさに寝室を見回した。が、役に立ちそうなものは何もない。せいぜい犯人に向かって、枕か、その近くに置いてあるチンチラのぬいぐるみを投げつけるぐらいしかできない。

――そうだ、ドライバーがあるんだ。

私は、さっきの誰かのコメントを思い出した。配信部屋のクローゼットに工具箱が入っている。きっとドライバーなら武器になるはずだ。

……ただ、配信部屋に行くには、リビングを経由しなければならない。犯人の位置次第では、見つかってしまう。

私はドア越しに耳を澄ませた。

カツ、カツ……と靴音が室内をさまよっている。おそらく私を捜して移動しているに違いない。上手くすれば撒けるかもしれない。ただし、逆に鉢合わせしてしまったら……。

汗の滲む手を、そっとドアノブにかけた。

いつでも飛び出していけるように身構えつつ、靴音の位置に意識を集中する。

――まずい。リビングからこちらへ近づいてくる。

ドアノブをつかむ手に、自然と力が籠った。もし相手がここを開けようとしたら、全力でドアを押さえよう……と、そう思って。

もっとも、この心配は杞憂に終わった。

靴音が、寝室の前を通り過ぎた。

相手が向かったのは、ここから廊下を挟んで筋向いにある、さっきの物置部屋だった。

ドアが開き、靴音が物置部屋の中に消えていく。

――今だ！

私は急いでドアの隙間から廊下に出た。そのまま音を立てないよう注意しながら、リビングへ。さらにその先の配信部屋へと向かう。

配信部屋に入る前に、軽く廊下の方を振り返ると、物置部屋を覗き込む何者かの体が、少しだけ目に映った。

……黒のフード付きのジャケット。やっぱりあの男だ。

私はクローゼットの扉を開け、中に滑り込んだ。

服はかかっていない。隠れるスペースは充分にある。扉を閉め、暗闇と化した周囲をスマホの明かりで照らす。

工具箱はすぐに見つかった。クローゼットの隅に置かれている。先日トイレのドアを開けた時に使ったままで、おかげでドライバーもすぐに取り出せた。

先端が鋭く尖《とが》った、大ぶりのドライバーだ。私はそれを握り締め、改めて扉の外の気配を探ってみた。

カツ、カツ……と、靴音が再びリビングに戻ってくるのが分かった。

息を殺し、相手の動きを耳で追う。男が配信部屋に入ってくる。

カツ、カツ、カツ……と、この扉のすぐ外を移動している。

――まだだ。まだ出ちゃダメだ。

私は呼吸することさえ忘れたように、クローゼットの中でじっと息を潜め続けた。

そのまま、何分が経《た》っただろうか。

男の靴音が、再びリビングに向かうのが聞こえた。

今ならあいつは、確実にこちらに背を向けているはずだ。

そう考えた途端――体が本能的に動いた。

扉を開け、私は音もなくクローゼットから滑り出た。

黒のジャケットの背中が、すぐ目の前にあった。

ドライバーを固く握り、私はその背中に向かって、勢いよく突進した。自分を制止するはずの理性など、この時の私には、すでに失われていた。

ブツッ……という確かな手応えが、手の中に響いた。

男が呻《うめ》き、床に崩れ落ちる。背中には深々と、私のドライバーが突き刺さっている。

床に広がり始めた血を見下ろしながら、私は低く笑った。

……これでもう大丈夫だ。私を脅かすものは、いなくなった。

安堵して、私は玄関に向かった。外の空気が吸いたかった。

さっきまで動かなかったはずのドアは、すんなりと開いた。

ひんやりとした空気と、七階の手摺り越しに見える夜景が、私を迎える。だがその時、不意に私の正面に、誰かが立った。

全身を黒ずくめの服で包んだ、長い髪の女――。

「……あすか?」

私が目を見開くと同時に、あすかは無言で微笑んだ。

直後――何か冷たいものが、私のお腹を貫いた。

見下ろすと、包丁がぐっさりと突き立っていた。

柄《え》は、あすかの手にある。

私は信じ難い気持ちで、あすかの微笑みを見返しながら、その場に倒れた。


……そこで跳ね起きた。

気がつけば、ソファの上に仰向けで横になっていた。

「ゆ、夢か……」

呻きながら自分のお腹を見る。もちろん包丁など刺さっていない。ただ、心臓がバクバクと暴れている音が、笑えるほどに耳に響いていた。

そういえば——昨日はあすかをブロックした後、疲れてソファに横になり、眠ってしまったんだ。本当は朝まで起きているつもりだったのに。それにしても、最悪な夢だった……。

私はのろのろとソファから降りると、壁の時計を見た。

午後四時を回っている。夕方だ。いったいどれだけ長い時間眠っていたのか。もっとも、寝た気は全然しないけど。

「あ、そうだ……。警察に行かなきゃ……」

ふと、あすかから言われていたことを思い出した。明るいうちに交番に行くのだ。

それにしても、彼女の顔を思い出すたびに、どこか後ろめたい気持ちを覚えてしまう。

……私は、やっぱり後悔しているのだ。あすかを疑い、ブロックしたことを。

7

交番は、マンションを出てすぐの、公園の前にあった。場所は知っていたものの、用があって訪れるのは今日が初めてだ。

まさか自分が交番に相談する日が来るなんて、と思いながら、そっと中を覗いてみる。

……中は無人だ。「巡回中」と書かれた札が、デスクの上に置いてある。

どうしよう。どれぐらい待っていれば、戻ってくるだろうか。

私が困って立ち尽くしていると、そこへ足音が近づいてきたのが分かった。

振り向くと、警官が一人立っていた。いつだったか路上でゴミ拾いをしていた、あのちょっと押しが強い人だ。

「こんにちは！　どうかされましたか？」

あの時と同じく、大きな声で尋ねてくる。私が相談事がある旨を口にすると、彼はにっこりと頷いた。

「では、どこか喋れるところにでも行きましょうか」

「え……？」

交番に入るわけではないのか。私が戸惑っていると、警官は笑顔のまま、「交番では緊張して話せないでしょう」と言って、私をすぐそこの公園に誘ってきた。

……確かに一理あるか。それに、ほんのちょっと場所が移るだけだ。

私は頷いて、警官と二人で公園に入った。周囲には遊んでいる子どもの姿もなく、地面には散り終えて茶色くなった桜の花びらが、これでもかと積もったままになっている。

二人で並んでベンチに座り、私はそこで事情を話した。警官は「なるほど」と頷いてくれたものの、戻ってきた返事は、あまり芳しいものではなかった。

「ハッキングをした人とそのストーカーは、同一人物でしょうね。しかし悲しいことに、証拠がないと我々もなかなか動けないんですよ」

「そうですか……」

証拠、か。あすかの言っていたとおりだ。私は小さく溜め息をついた。

警官はにこやかな顔を崩さずに、言葉を続けた。

「もしまたストーカーの被害がありましたら、私に直接連絡ください。110番だと時間がかかりすぎます。私はいつもこの交番の近くにいるので、すぐに行けると思いますよ」

そして、自分の電話番号を書いたメモを手渡してきた。私は礼を言ってメモを受け取り、立ち上がった。

どこか――違和感を覚える。本当にこれで大丈夫なのだろうか。

「お仕事頑張ってください！　応援してますよ！」

警官の元気のいい声に、ただぎこちない会釈を返し、私は公園を後にした。


家に戻り、じっと縮こまって時間を潰すうちに、やがて夜が訪れた。

さっきからずっと、不安ばかりが胸に渦巻いている。私は――誰を信じればいいんだろう。

あすか。リキヤ。さっきの警官。管理人の宮本……。もはや誰もが疑わしく思えてしまう。

私には正解なんて分からない。だとしたら、全員を遠ざけるしかないのか。

でも、それもすでに限界なのだ。

ずっと孤独でいることなんて、私にはできない。誰かに縋《すが》りたい。願わくば、顔の見える誰かに――。

私はスマホからトークを起動させた。いくつかの名前が並んでいる。

だけど、今私が手を伸ばすべき相手は、一人しか思い浮かばなかった。

「あすか……ブロックしてごめんなさい」

私はそう独《ひと》り言《ご》ち、あすかのブロックを解除した。

それからメッセージを書く。とにかく自分の気持ちを素直に伝えようと、それだけを考えて。

『ごめん。ブロックしてた。最近誰を信じていいのか分からなくなってて……。都合がいいのは自分でも分かってる。でも、来てくれない？　今すごく怖くて、そばにいてほしい――』

祈るような気持ちで、私はあすかにメッセージを送信した。

返事が来るのに、一分もかからなかった。

『ブロックしてたから返信がなかったんだ！　全然平気だよ。実は予定してた仕事が早めに終わって、近くにいるから、すぐ行くね！』

――よかった。あすか、怒ってない。

私達はまだやり直せる。それが分かったのが嬉しくて、私はそっと涙を拭った。

あすかが部屋を訪ねてきたのは、それから二十分ほど経ってのことだ。

当たり前だけど、包丁は持っていなかった。いつもどおり優しい笑顔を見せるあすかに、私は改めて、ブロックしていたことを謝った。

「それは本当に気にしてないよ！　今にいな不安定だと思うし、それでもこうやって頼ってくれて嬉しい！」

「よかった……。実は私、あすかとあの男の写真を見て――」

「あの男の写真？」

私の口にした言葉に、あすかが怪訝《けげん》そうな顔をする。そこで私は思い切って、彼女に例の写真を見せてみた。マンションの前でストーカー男と話していた、あの写真だ。

あすかはその写真を見てポカンとしていたが、すぐに思い当たったのか、「あー！」と小さく叫んだ。

「もしかして、このマンションの前で変な人に話しかけられた時の？」

彼女の説明によれば――。

ついこの前、私をチラズコーヒーに誘った、あの日のことだ。ちょうど私の部屋を訪ねにマンションの前まで来たところ、妙な男に「あのー」と声をかけられたという。

男は黒いフードを目深に被って、顔を見えづらくしていた。怪しいことこの上ない。

しかも自分から話しかけておきながら、それっきり一言も喋ろうとしない。なのにこちらが立ち去ろうとすると、肩をつかんで引き止められる。だからあすかは眉根を寄せて、尋ねた。

「あの……何ですか？」

それでも男は、何も喋ろうとはしなかった。

ただ、結局それ以上のことは起こらず、あすかは男から離れて、急いでマンションに逃げ込んだ——ということだ。

おそらく写真は、このタイミングで撮影されたのだろう。

——何だ。結局リキヤの勘違いだったんだ。

私はホッと安堵した。そして、もう二度とあすかを疑ったりしないと胸に誓う。

とその時、突然スマホのアラームが鳴った。午後七時半——。

「……あ、配信の時間だ。あすか、どうしよう。始めちゃって大丈夫？」

「うーん……。休んだら？　って言いたいところだけど、それで何かあったら怖いもんね」

何しろ、ストーカーが送ってきたゲームは、まだ続いている。中断するのは危険だ。

私はあすかに「ごめんね」と謝ると、彼女をリビングに待たせて、配信部屋に移った。

パソコンの前に座り、例によってVirtuaMeを起動する。そこへあすかが、小声で囁《ささや》きかけてきた。

「配信中に話しかけて悪いけど、ちょっといい？　冷蔵庫に食べるもの何も入ってなかったから、コンビニで何か買ってくるよ」

「え、いてほしい……」

「大丈夫だよ。コンビニ近いしすぐだよ、すぐ」

渋る私を笑顔で説き伏せ、あすかは足早に玄関から出ていった。

……また、独りになった。

一気に心細さが迫ってくる。ゲームをすれば気が紛れるだろうか。といっても、ストーカーが作ったゲームだけど……。

時刻は八時になろうとしている。私は覚悟を決めてゲームを起動し、配信を開始した。

「やっほ〜！　みんな、こんニナ〜！　今日も元気に配信していくよ！」

元気にと言いながら、いつもより声の張りが弱いのが、自分でも分かる。同接は千三百人程度。さすがに顔バレ直後の爆発力は落ち着いた。

——まあいい。今はゲームに集中しよう。

私はそう思いながら、改めてゲーム画面を確かめた。

3Dで作られた精巧な街並みが表示されている。夜の大通り。周囲のビルの具合からして、オフィス街だろうか。その横断歩道の手前に、主人公の視点が佇んでいる。

……何だろう。妙に既視感がある。

『なんかリアル』『顔バレしたVの配信ってこれで合ってる？』『この場所知ってる』

ライブチャットにリスナーのコメントが流れてくる。

『コンビニご飯ばかりじゃ太るぞ〜』

これは「ニイナ大好き」のコメントだ。鬱陶《うっとう》しいけど、今は無視するしか——。

……え、コンビニ？

既視感の正体が分かった。この大通りの横断歩道——。うちの近所のコンビニから見た景色にそっくりなのだ。

ただし、車は走っていない。人通りもない。

振り返ると、見慣れたコンビニがあるが、こちらも店内に人の姿はない。

試しに自動ドアの前に立ったが、中に入ることはできないようだ。さらに、道のそこかしこも工事中で、通行止めになっている。これだと、進める場所は限られている。

私はカメラを操作し、横断歩道に向き直った。

ここは――渡れる。

信号は赤のままだったが、なかなか変わる様子がないので、気にせず進むことにした。

横断歩道を渡り、向かいの歩道まで来る。通行止めの看板はこの周囲にもある。唯一行けるのは、すぐ左手を曲がった先にある、暗い裏道のみだ。

……でも、本当にここを進んでいいのか。

……もしこの街並みが、本当に現実を模しているのなら、この裏道の先にあるのは――。

しかし進める道は、他のどこにもなかった。

裏道に入る。立ち並ぶ民家。自販機。電信柱。すべてが現実に合わせて再現されている。

私が日頃歩いている道を、私は今、自ら世界中に配信し、晒している。

――嫌だ。

やがて、マンションの明かりが見えてくる。私の住むマンションだ。

――やめて。

エントランスに入り、エレベーターの前に立つ。扉が独りでに開き、中に乗り込む。

——それ以上進まないで。

まだ操作してないのに、七階のボタンが勝手に押された。

ゲーム画面に映り込んだ指は、私のものではなかった。真っ黒な手袋をはめた、大きな男の手だ。

私は——誰を操作しているんだ。

この視点は、いったい誰のものなんだ。

『ニナ大丈夫?』

押し黙った私を心配してか、リスナーのコメントが流れてくる。しかし、もはや私に、それを拾うだけの余裕は残されていない。

エレベーターが七階で停まる。視点が勝手に廊下を進み出す。

向かう先は、705号室。この部屋に。

来る。来る。来る。来る。来る。来る。来る。来る。

……玄関のドアは、なぜか開いている。

……視点がゆっくりと、部屋に入ってくる。

玄関から廊下へ。廊下からキッチンへ。キッチンからリビングへ。そして、リビングから——。

「いや! もうやめてっ!」

私は思わずリビングを振り返り、悲鳴を上げた。

……誰もいない。

恐る恐る、正面のモニターに視線を戻す。

3Dで再現された配信部屋が映り、パソコンの前に実写の私が座っている。合成された画像か。おそらく、リビングから配信部屋にカメラを向けると、このアングルになるはずだ。

ただそのシーンも一瞬のことだった。すぐにCLEAREDの文字が画面を覆い、ゲームは自動的に終了した。

自分の息が荒くなっているのが、はっきりと分かる。コメントがざわついている。

『どうしたの～?』

どこか煽るようなコメントもある。ハンドルネームを見ると、案の定「ニイナ大好き」だ。

「……今日は気分が悪いので、もうやめます。みんなごめんね」

私はそう言って、強制的に配信を終わらせた。マイクをオフにし、モニター内のすべての窓を閉じ、ようやく息をつこうとした。

同時に——マウスカーソルが動いた。

……私は何も触っていないのに。

え、と思った瞬間、モニターの中に新たな窓が開いた。

動画だ。ファイル名は、nina.mp4——。もちろんこんなファイル、私は知らない。

……流れ始めた映像は、この配信部屋を映したものだった。

アングルが、今ゲーム内で見たのとまったく同じだ。パソコンに向かう私の背中も、はっきりと映っている。とっさにもう一度リビングを見たが、やはり誰の姿もない。

「何これ……。いつ誰が……」

呻き声が漏れる。だがそんな私に追い打ちをかけるかのように、映像が切り替わり、別のシーンが流れ始めた。

……浴室だ。湯船に浸かる私の裸体を、何者かが脱衣所から撮影したものだ。

おぞましさのあまり、吐き気を覚える。映像はさらに切り替わり、今度は寝室のベッドで眠る私を映し出した。

どれも今日撮られたものではない。つまり——ここ数日、私はずっと盗撮され続けていたのだ。このパソコンをハッキングしている、あのストーカーによって。

「やだぁ。やだよぉ……」

泣きながら、パソコンから離れようとする。だが椅子から立った瞬間、がっくりと腰の力が抜け、私は床の上にへたり込んだ。

「誰か……助けて……」

スマホを取り出す。アドレス帳を開くと、すぐに四つの連絡先が表示された。

——リキヤ。警官。管理人。あすか。

迷う理由はない。私が信じているのは一人だけだ。

すぐにあすかの名前をタップした。

同時に、彼女のスマホの着信音が聞こえた。

……なぜか、この部屋のすぐ近くから。

「え、なんで？　あすか、コンビニに行ったはずじゃ……」

慌てて周囲を見回す。スマホを忘れていったのか、と思ったが、耳を澄ませてみると、そうでないことはすぐに分かった。

……音は、ベランダから聞こえている。

……でもあすかは、今日うちへ来た後、ベランダには出ていない。

明らかにおかしい。あすかは今、どこにいるんだろう。

私はリビングのガラス戸を開け、恐る恐るベランダを覗いてみた。

着信音がより一層大きくなる。しかしベランダのどこにも、あすかのスマホはない。

――違う。うちのベランダじゃない。

私はそれに気づいて、隣室との間にある仕切り板に近寄ってみた。

音は、まさにその隣室のベランダで鳴っているようだ。

７０４号室――。つい先日、誰かが引っ越してきたばかりの部屋だ。私は手摺りから身を乗り出して首を伸ばし、仕切り板の向こうを覗いてみた。

……あすかのスマホがあった。やはり隣室のベランダに落ちている。

どうしてだろう。私は電話を切ってから、考えた。

まさか、引っ越してきたのはあすかだったのか。でも、なぜ隣に？　もしかして……やはり真犯人はあすかで、私をストーキングするために、すぐ隣の部屋に――。

「……違う。きっと、そうじゃない」

私は慌てて首を横に振った。もう二度とあすかを疑ったりしないと誓ったのだ。他に何か理由があるのかもしれない。

――想像だけで疑っちゃダメ。ちゃんとこの目で確かめるんだ。

私は意を決し、隣のベランダに行ってみることにした。

両手でしっかりと仕切り板の支柱を握り、全身を大きく引き上げる。ベランダの手摺りに腰が載る。そのまま両足を浮かせ、仕切り板を股の間に挟み込むようにして、体を固定する。汗ばんだ肌に、冷たい夜風が吹きつけてくる。私は慎重に、ゆっくりと体をずらして、隣室側の手摺りに腰を移動させた。

無事704号室のベランダに降り立った時には、すっかり足が震えていた。しかし、まだ終わったわけじゃない。

あすかのスマホを拾って回収すると、私はすぐそばのガラス戸から、隣室を覗いてみた。カーテンが閉まっていて、中の様子は分からない。しかし、照明は点いていないようだ。誰もいないのか。

試しにガラス戸に手をかけてみた。……鍵は、開いている。

覚悟を決め、私は室内に上がり込んだ。

……無人の、雑然とした部屋が、そこにあった。

真っ先に目に飛び込んだのは、無数の段ボール箱だった。

おそらく引っ越しの荷物を、開封もしていないのだろう。うちと変わらない間取りの床を埋め尽くすように、そこかしこで無造作に山を築き上げている。

生活臭の類《たぐい》は一切ない。おおよそ人が住んでいるとは思えない。

しかし実際のところ、まったく人の痕跡がないわけではない。それは、本来なら闇に満ちたはずのこの空間を、青白い光が照らしていることから分かった。

――パソコンが、置かれているのだ。

リビングの隅にデスクが据えられ、その上で点灯した三台のモニターが、室内を薄い光で染め上げている。この部屋にある唯一の調度品だ。

三台のモニター……。最近これと同じものを見た気がする。そう、確か「ニイナ大好き」から送られてきたゲーム『千羅ニナ様だけのホラゲ！』の第一ステージ――ゴミ屋敷の中に、場違いな豪華さを誇るパソコンが置かれていた。あれとそっくりだ。

近くには、口の開いたスナック菓子の袋と缶ジュースもある。つい今まで、誰かがここで操作をしていたに違いない。私はパソコンに近づいて、モニターの一つを検《あらた》めた。

……私が映っていた。

配信する私。入浴する私。眠る私――。さっき私のパソコンに現れた盗撮動画だ。つまり、ハッキングを仕掛けていたのはこのパソコンだった、ということになるのか。

――間違いない。犯人はこの部屋の住人だ。いったいどんなやつなんだろう。

他のモニターも確かめる。一台はプログラミング用と見えて、画面がアルファベットと数式で埋め尽くされている。ゲームの製作に使ったのか。どのみち私には読み解けない。

しかし、残る最後の一台に映っているのは、私が最も見慣れたものだった。

動画配信サイトだ。犯人はここから配信を見ていたのだろう。ライブチャットの入力フォームにも、「ニイナ大好き」のハンドルネームが残っている。

――あれ？　……ニイナ大好き？

この瞬間、私は奇妙なことに気づいた。

私のアバターの名前は「千羅ニナ」だ。ニイナではない。にいなは、本名の方だ。

……今まで私はこう思っていた。問題のストーカーは千羅ニナに対して特別な感情を抱き、自作のゲームを用いてハッキングを仕掛け、私の周囲に付きまとうようになった、と。つまり「パラソーシャル」だ。

だけど、本当はそうじゃない。相手は最初から、私の本名を知っていたのだ。

ということは――犯人は、私の知っている誰か。

……その時だ。ふと室内のどこかで、ドン、と何かがぶつかるような物音が聞こえた。

私はびくりと身を震わせ、慌てて段ボール箱の陰に隠れた。てっきり、この部屋の住人が戻ってきたのだと思った。

しかし、どうもその気配はない。

代わりにもう一度、ドン、と鳴った。

リビングではない。隣室のクローゼットやキッチンでもない。もっと玄関に近い――トイレか、それとも浴室か。

私は、行ってみることにした。

足音を忍ばせ、慎重に廊下へ向かう。途中にある据え付けの壁掛けのコルクボードに、私の盗撮写真が何枚も貼られているのが見えて、思わず鳥肌が立つ。

ドン、とまた音が鳴った。

……浴室からだ。

脱衣所に入り、ドアの磨りガラス越しに中を覗いてみる。しかし明かりが消えているせいで、何も見えない。

私は、ドアの横にあるスイッチに手を伸ばし、浴室を照らしてみた。

……バスタブの中に、誰かの姿があった。

項垂《うなだ》れたまま、わずかに身じろぎだけを繰り返している様子が、ここからでも見える。身じろぎのたびに体がバスタブに当たり、ドン、と鈍い音を立てる。

私はさらに目を凝らし——相手が誰なのかを悟って、急いでドアを開けた。

そして、小さく叫んだ。

「——あすか！」

そこにいたのは、あすかだった。

湯の張られていないバスタブに、服を着たままの姿で押し込まれている。よく見れば両手両足が、ロープで固く縛られている。

私の声に反応して、あすかはハッと目を見開き、こちらに顔を向けてきた。

「……にいな？　ここはどこなの？」

「隣の部屋。ベランダが開いてて——。あすかはどうしてここに？」

「分からない。エレベーターに向かっていたら、突然後ろから口を塞《ふさ》がれて……。でもよかった。にいなが無事で……」

「待って、今これ解《ほど》くから！」

私は急いでロープに手をかけた。しかしよほどきつく縛ってあるのか、私の手ではびくともしない。焦っていると、あすかが「にいな！」と私を止めた。

「とりあえず私のことはいいから、今すぐ警察に行って！」

「で、でも！」

「こんなところにいたら危ない！　あいつに捕まる前に早く！」

同時に、玄関の方で何かが聞こえた。

小さな金属同士がぶつかるような、乾いた音——。鍵だ。誰かが玄関から入ってこようとしている。

私は今一度あすかを見つめ頷くと、後ろ髪を引かれる思いで浴室を出た。

ガチャリ、と鍵が挿し込まれる音が響く。もはや忍んでいる余裕などなく、私は駆け足でベランダに向かう。

再び手摺り伝いに、自分でも驚くような身のこなしで、自室のベランダに戻った。だがリビングに上がろうとした瞬間、室内で誰かの声がしていると分かり、とっさに足を止める。

そのままじっと、耳を澄ませる。

「……いや、こっちにはいないな。逃げたんじゃないか？」

男の声だ。しかし、聞き覚えはない。

カーテンの陰からそっと室内の様子を窺う。どうやら男はリビングではなく、隣の配信部屋にいるようだ。壁際まで行って覗いてみると、こちらに背を向けて佇むフード男の姿が見えた。

男は誰かと電話で話しているらしい。つまり――仲間がいるのだ。

迂闊《うかつ》に移動すれば、仲間と鉢合わせしてしまうかもしれない。しかし逃げ出すなら、あいつが背中を見せている今しかない。

私は足音を殺し、猫のように小走りで玄関へ向かった。だがさすがに、ドアを開ける音までは誤魔化せない。ここからはスピードに頼るしかない。

外廊下に飛び出すと、私はエレベーターに向かって全速力で走った。

「おい待て！」

男が気づいて追ってくるのが分かった。一足早くエレベーターの前に辿り着いた私は、「開」ボタンを連打し、開いた扉からカゴ内に滑り込んだ。

すかさず扉を閉める。振り返ると、あと少しで扉に指が触れようとしていた男が、悔しそうにこちらを睨んでいた。

目が合った。初めて顔が見えた。……まったく覚えのない、知らない男だった。

私は荒い息をつきながら、下降するエレベーターに身を任せる。しかし、まだ終わったわけじゃない。

警察――。そうだ、交番だ。息を整え、もう一度走る態勢を取る。

エレベーターが一階に着いた。扉が開くと同時に、私はエントランスに向けて飛び出した。

「あら！　どうされたんですか？　そんなに急いで」

突然、後ろから呼び止められた。振り返ると、管理人の宮本が立っている。

……まるで、私が逃げてくるのを見計らったかのようなタイミングで。

「こんな夜中に女の子の一人歩きはよくないですよ！　部屋に帰りましょう。ね？」

そう言いながら、こちらに向かって微笑みかけてくる宮本を、私は無言で睨み返した。

――怪しい。思えば彼女には、おかしな点がいくつもある。

管理人だというのに共用の廊下で煙草を吸う。会話をすれば、意図的に話題をストーカーの方に持っていきたがる。まるで私を不安がらせるのが目的みたいじゃないか。

――そうだ、ここで彼女に従ってはいけない。

私は瞬時にそう判断し、宮本に背を向けてエントランスへ走った。後ろから「にいな様？」と呼び止める声がしたが、無視して往来に飛び出す。

交番は向かって左だ。急いでそちらに行こうとすると、道の反対側から「あの！」とまた呼び止められた。

振り返ると、例の警官が立っていた。……またも、見計らったかのように。

「何かあったんですか？　一人で出歩くのは危ないですよ！　何があったのか聞きますよ！」

――いや、この人も怪しい。

思えばこの警官が交番内にいたところを、一度も見たことがない。それに夕方話した時も、おかしなことを言っていた。「私はいつもこの交番の近くにいるので」と。

そう、彼は交番には入れないのだ。おそらく――本物の警官ではないから。

私は無言で警官に背を向け、夜道を脱兎《だっと》の如《ごと》く駆け出した。

「ちょっと？　待ちなさい！」

警官が叫ぶ。もちろん待つつもりはない。今私が頼るべきは、交番のみだ。

気がつけば後ろから、足音が追ってきていた。いくつも、いくつも。

振り返る余裕などなかった。

公園の敷地に沿って走り、角を曲がる。すぐ目の前に交番の明かりが現れた。

中に警官は――いる！　もちろん本物の警官だ。

私は込み上げそうになる涙を懸命に堪《こら》え、迷わず交番に飛び込んだ。

8

『――今月16日、ＳＮＳなどで活躍する女性配信者の自宅に見知らぬ男が入り込んだ事件で、今日、主犯格の男など男女四人が逮捕されたことが、警察への取材で明らかになりました。

逮捕されたのは、主犯格で指示役の会社員、宮本李奇夜《りきや》容疑者。李奇夜容疑者の母親で不動産業を営む、宮本湯来子《ゆきこ》容疑者。湯来子容疑者の弟でパートの、代田鷺男《しろたさぎお》容疑者。実行役の無職、悪醜 狂亜《あくしゅうきょうあ》容疑者の四名と見られています。

警察の調べでは、主犯格の宮本李奇夜容疑者は事件の五日前ほどから、元交際相手である被害者に復縁を迫っていたと言い、李奇夜容疑者は被害者に対して付きまといや盗撮、ストーカー行為の他、悪醜容疑者に対し、被害者宅への侵入を指示した疑いが。他三名には李奇夜容疑者の犯行に手を貸した疑いがそれぞれかけられており、加えて代田容疑者には、自身を警察官と偽って被害者に接触していた疑いもかけられています。

これに対し、四人はおおむね容疑を認めている模様です――』

「まさか、みんなグルだったなんてね……」

リビングのテーブルに着いてテレビのニュースを眺めながら、あすかが呆れた声で呟いた。

私はキッチンに立って手を動かしながら、「ひどいよねー」と返す。ふとカウンター越しにテレビに目をやると、リキヤ達四人が間抜けな顔で警察の車に乗せられる姿が、繰り返し流れていた。

……事件から数日が経った休日の朝。私はあすかを家に招き、久しぶりの安らぎの時間を過ごしている。

「でもまあ全員捕まったし、これで安心だよ、ほんと」

そう言いながら、ＩＨにかけた鍋の蓋を開けて中を覗く。途端に湯気が顔を襲い、私は盛大に咽た。

「にいな、大丈夫？　手伝おうか？」

「だ、大丈夫！　もう少しで完成だから！」

「ていうか、何作ってるのかな？」

「秘密！」

……まあ、匂いでバレバレな気もするけど。

スマホに表示させたレシピと鍋を交互に見比べながら、調味料を慎重に足していく。レシピには「お好みの味に調節してください」って書いてあるけど、そういうアバウトな書き方で料理初心者が納得すると思わないでほしい。

とはいえ、何となくそれっぽい味になってきた。あともう少し煮込もうと、私はキッチンタイマーをセットして、リビングに戻った。

すでにニュースは終わり、天気予報に切り替わっていた。今日は一日快晴らしい。お花見の時期は過ぎたけど、後であすかと二人で出かけるのもいいな、と思いながら、私はテレビを消した。

何だか――すっかり落ち着いていた。

私を脅かし続けていたストーカー事件がようやく決着した、というのもある。だけどそれに加えて、実はこの事件が、私の思い描いていたような残虐なものとは、まったく方向性が違っていた――というのも、大きいかもしれない。

そう、私が警察から聞いた話によれば――。

……すべての犯行を計画したのは、もちろんリキヤだった。彼は隣室を拠点に、私のパソコンにハッキングを仕掛け、配信中にVirtuaMeを解除。私の顔をネット上に晒した。さらにそれをきっかけに、例のフードの男――悪醜狂亜だったか――がストーカーに扮して私に付きまといを開始。ここでリキヤ本人ではなく、わざわざ別の人間が動いたのは、あくまで「見知らぬ誰かに狙われる」というシチュエーションを作るためだ。

ちなみに悪醜狂亜は、リキヤがネット上で知り合って雇っただけの、本当に赤の他人だったらしい。誘うリキヤもリキヤだが、金のためとはいえ、乗る方も乗る方だと思う。

ともあれ、このストーカー男に加えて、リキヤの親族が管理人と警官に扮し、私を不安に陥れる。そうやって私を精神的に追い詰め、限界が来たところを見計らって、ついにストーカー男が私を襲撃し――。

だがその時！　私のピンチを察知したリキヤが颯爽《さっそう》と駆けつけて、すんでのところでストーカー男を撃退！　私は彼のカッコよさに惚《ほ》れ直《なお》し、よりを戻すのでした！

……という結末になる予定だったんだとか。

うん、アホか、キモいわ。逮捕で全国に恥晒しおめでとう。顔バレ乙《おつ》！

……と罵倒したところで、どうしたって心にモヤモヤは残る。私は追い詰められた挙句《あげく》、夢の中の出来事とはいえ、殺人まで犯したのに。

そう、思えばリキヤは、ずっとこんな独りよがりなやつだった。私の気持ちなんか考えず、こちらが「無口」なのをいいことに、ただ束縛あるのみ。だから別れたのだ。

「結局初めから、誰も死なない予定の事件だった……か」

私は憮然《ぶぜん》と呟いた。だがそれを聞いて、あすかがそっと首を横に振った。

「違うよ、にいな。にいなはいっぱい傷ついたんだもの。いくら体に被害がなくても、あいつらのやったことは絶対に許されないよ。……ごめんね。私がすぐに気づいてあげられてたら、こんなことにならなかっただろうに……」

彼女の顔が悲痛に歪む。いや、それを言うなら、あすかだってとても傷ついたはずだ。

「そんなことないよ」

私は微笑み、言い返した。

「あすかのおかげで、今私がこうしていられるんだよ」

本当に――心からそう思う。私はあすかと見つめ合い、互いに仲よく照れ笑いを浮かべた。

同時にキッチンタイマーが、けたたましく鳴り響いた。無粋《ぶすい》なやつだ。

「にいな、できたんじゃない？　肉じゃ……あ、いや、何だろう。楽しみだなー」

「はいはい、バレバレだよねー」

私は笑いながらキッチンに戻り、ＩＨを止めた。鍋の中では、肉じゃがが美味しそうに煮えている。レシピどおりに作ったから大丈夫……だと思う。たぶん。

お鉢に盛りつけ、あすかの待つテーブルに運んだ。

「ありがとう！　美味しそう！　なんか……私がにいなに肉じゃが作ったのが、遠い過去のように思えるね……」

「ちょっとあすか、肉じゃが見てしんみりしないでよ。ほら、一緒に食べよ？」

せっかくなので缶チューハイも開け、ここからは事件のことを忘れて、取り留めのない話で盛り上がることにした。

親友と過ごせる穏やかな時間を、これからもずっと大切にしていきたい――。それが今の、私の何よりの願いだ。

……そんな時だ。あすかがふと思い出したように、こんなことを言ってきた。

「そういえば――あの、なんだっけ？　赤マントっていうゲームだっけ？　あのゲーム難しすぎてクリアできなかったって言ってたじゃん？　あの製作者が新しいゲーム出したらしいよ」

「え、そうなの？　何てやつ？」

「これこれ。夜勤事件？　っていうらしい」

そう言ってあすかがスマホを私に見せる。画面には、真っ黒な背景に「夜勤事件」の真っ赤なタイトルロゴと、コンビニと思しき建物のグラフィックが映っている。

「おー、なんか怖そう」

「うん。でも赤マントみたいな難しいゲームじゃなくて、あんまり死んだりしないみたい。比較的早く終わるし、和風ホラーでやりやすいんだって！　やってみて！」

「ありがとう！　次の配信から遊ばせてもらうね！　ああ、でも――」

その前に引っ越しが先だね、と私は苦笑してみせた。

そう、私は今、引っ越しの準備を進めている。このマンションを離れて、もっとセキュリティ性能の高い家に移るつもりだ。

なぜって？　実は、あれから警察の調べで、もう一つ分かったことがあったからだ。

うちの玄関の郵便受けに、変な手紙や花束が突っ込まれた件――。

……あれは、リキヤ達の仕業ではないらしい。

夜勤事件

……いったい何から書き始めればいいだろう。

正直、文章を書くのはあまり得意ではない。小さい頃から作文の授業は苦手だったし、どうしても長文を書かなければならない時は、誰かの文体を見様見真似でなぞっていただけだった。

それでも今回、私がどうしても自分の体験を手記にまとめたいと考えたのは、あの数日間にわたって起きた例の出来事が、あまりに不気味で強烈で、しかも謎めいたものだったからだ。

果たして、あのコンビニで私が見たものは、何だったのか……。事件の背景と思《おぼ》しきものに触れてなお、いまだに分からないことは多い。

しかし、今後この事件を振り返った時――あるいは万が一、同じような出来事に遭遇した時のためにも、記憶が鮮明な今のうちに詳細をしたためておくのがベストだと思うのだ。

……ただし、書く上での注意点として、この方針だけははっきりさせておきたい。

今回の手記については、私自身の身に起きた出来事をそのまま書き記すこととし、憶測《おくそく》や仮説の類《たぐい》は一切盛り込まないようにする。

もちろん、「あの時私がどう感じたか」は別だ。それらは状況を思い出す足掛かりにもなるため、可能な限り文章内に盛り込む。しかし、あの時解明できなかった様々な謎――例えば、あのビデオテープやテレビ、お札、それにあそこの裏手に建つ奇妙な小屋など――については、私的な解釈を極力排除することとした。そういった解釈は所詮《しょせん》私個人の想像にすぎず、誤ったものである可能性が高いからだ。

もし謎の解明が必要であれば、これを読んだ皆様が、ご自身で考えていただければと思う。

それでは――前置きはこれぐらいにして、そろそろ始めよう。

なお、文中に登場する人名・地名・その他具体的な固有名詞については、すべて仮名で表記させていただいた。ご了承願いたい。

第零夜

私、田鶴結貴乃《たづるゆきの》がそのコンビニのバイトに応募した理由は、ひとえに時給のよさにあった。深夜帯とはいえ一三〇〇円――。今の不況や県の最低賃金を思えば、この数字は破格とも言えた。場所も家から徒歩十分程度と条件がよく、大学の講義が終わって帰宅してから仮眠と食事をとって出勤――というサイクルが無理なく回せるのが魅力に思えた。

それに、コンビニでのバイトは高校時代にも経験がある。応募するのに、特に不安のようなものは感じなかった。

さっそく面接に呼ばれ、特に問題もなく採用された。

面接してくれたのは鶴川《つるかわ》さんという男性で、ここの店長だと自己紹介された。ただし、店にいるのは主に日中だけ。逆に私は夜勤なので、普段はなかなか顔を合わせる機会もなさそうだ。

鶴川さんは、私の住所を履歴書で確かめて、「すごいところに住んでるね」と笑った。私の住むアパートは、この地域の川沿いにある。いや、川沿いというよりも、「堤防に張りついている」と表現した方が正しいかもしれない。

この辺りは、いわゆるゼロメートル地帯と呼ばれる場所で、川の水位よりも低い位置に地盤が広がっている。そういう地域では、もちろん巨大な堤防が欠かせないわけだが、私が一人暮らしをしているアパートというのが、こともあろうか、この堤防の斜面に建てられている。

そのせいか、常に室温が低く、湿度は高く、ドウドウと川の音が絶えない。外の道路から家までの上り下りも大変だし、何なら玄関からも長い階段を上がらないと、リビングに辿り着けなかったりする。

ただし家賃はめっぽう安い。これが唯一にして最大の救いだった。

ともあれ出勤初日――。午後十一時半に仕掛けたアラームで仮眠から覚めた私は、窓の外の暗さに辟易《へきえき》しつつ、急いで着替えと夕食をすませ、懐中電灯を持って家を出た。

いくら夜とはいえ懐中電灯が必要なものか……と疑問に思ったのは、引っ越してきた直後だけだった。アパートの大家さんから明かりの必要性を説かれ、その時は半信半疑だったのだが、実際に夜になって往来へ出てみると、周辺の足場の悪さがかなり深刻だった。

何しろ、アパートと下の道路を繋ぐものが、急な階段しかない。しかもこの周辺には似たような高所住まいが多く、コンクリートの細道のそこかしこに、その急階段が口を開けて待ち構えている。

さらに言えば、この細道もだいぶ曲者《くせもの》だ。どうかすると手摺《てす》りすらなく、一歩踏み出したらどこかの家の屋根の上だった――などという危険極まりない場所が、やたらとある。

そんなわけで、懐中電灯で足元を照らしながら慎重に進んでいくこと、十分強。まだ夏の盛りには早いのに、ようやく目的のコンビニが見えた時には、私はすっかり汗ばんでいた。

コンビニは、大きな川を越えた先にある広大なコンクリートスペースの、ど真ん中に建っていた。

もともと何かの跡地に建ったものだ、という話は、以前から耳にしていた。

周囲は堤防の壁に囲われ、景観もへったくれもない。歩いてきた道と敷地の区切りは特になく、無駄に広々とした自動ドア前のスペースが、そのまま駐車場のように扱われている。

とはいえ、ここまで難所同然の夜道を歩いてきた私の目に映るコンビニの光は、まさに地獄に仏と言えるものだった。青と白で塗り分けられた、ありふれたデザインの屋根も、ここがどこにでもある日常の一つなのだ、という安心感をくれる。

ただ、コンビニが明るすぎるせいだろうか。周囲のスペース内には、街灯が一本も見当たらない。昼間面接に訪れた時は気にならなかったものの、どうにも不自然な印象を覚える。

――そもそもこの広場は、道の一角として作られたものではないのかもしれない。

そんなことを考えながら、私はコンビニの自動ドアを目指して進もうとした。

……おかしな人影が目についたのは、その時だ。

向かって右側、建物の角を折れた先の自販機の陰で、誰かが地べたに座り込んでいる。

一瞬、急病人かと思った。しかし近寄ってみると酒臭い。よく見ると、どうやらただのホームレスのようだと分かった。

男で、歳《とし》は六十代ぐらいか。ボロボロの黒いポロシャツにジーパン姿で、ヒゲぼうぼうの顔をニヤつかせて、何をするでもなく座っている。

近づきかけていた足を思わず止めると、男が地べたから私を見上げてきた。

「……わしゃ、ここで何があったか知っている」

涎《よだれ》で濡れた唇を開き、男は突然、そんな言葉を口にした。

私はキョトンと見返した。男はニヤニヤ笑ったまま酒臭い息を吐き、さらにこう続けた。

「夢でお前ら全員に忠告しろと言われたんじゃ。誰からかは言えねぇけどな！」

……いまいち呂律《ろれつ》が回っていないが、おそらくそういう意味の言葉を発した。

「俺はその裁きの日を待ってる！　ひゃあー！」

最後に素《す》っ頓狂《とんきょう》な声を上げ、男はそれっきり黙ってしまった。

単なる酔っ払いの戯言《たわごと》だろう。私はそそくさと男のもとを離れ、今度こそ自動ドアに向かった。

センサーが私の足に反応し、ピンポーン、ピンポーン、と明るい開閉音を鳴らす。コンビニ独特のチャイムに迎えられて、店内に足を踏み入れると、すぐ右手のレジカウンター内に、若い男性店員が立っているのが見えた。

以前面接の時に、軽く挨拶を交わした記憶がある。名前は——船橋《ふなはし》さんといったか。

面長《おもなが》に縁の細い眼鏡をかけ、短く髪を切り揃えた、パッと見は好青年の先輩だ。私が「お疲れ様です！」と挨拶すると、船橋先輩はニコニコ笑いながら、妙なことを言ってきた。

「お！　ここまで辿り着けたか！」

「あ、はい。特に迷子にはなりませんでしたけど？」

「いや、そうじゃなくってさ。……え、君知らないの？　最近ここら辺に住んでる男が、さっき君が渡ってきた橋で自殺したらしいよ」

「橋……ですか？」

どうやら、そこの大きな川に架かっていた橋のことらしい。

私は何となく、自動ドアの方を振り返った。もちろん外は真っ暗で、何も見えない。

「さっき会ったババアが言ってたぞ。両足が逆曲がりに折れてて、見るに堪《た》えなかったそうだ。あぁ、怖い怖い……。君も気をつけた方がいいよ。全部嘘だけどね。はは！」

「は……？」

何か言い返そうとした私の声は、船橋先輩の強引な笑顔に押し切られてしまった。

腑《ふ》に落《お》ちないままレジカウンターに入る。すぐそばにバックヤードへのドアがある。先日面接を受けた、要は事務室だ。

「とりあえずタイムカード押してきて」

船橋先輩に言われて、私はバックヤードに入った。片隅の棚の上に、カードと機械が置かれている。私はカードを手に取ろうとして、すぐ隣にメモが一枚あることに気づいた。

『夜にはいくつかの売れ残りの賞味期限が近くなってると思う。誰か確認してくれないか？』

メモにはそう書かれていた。店長の名前が入っている。業務内容の指示、といったところか。

私がタイムカードを押してレジに戻ると、ちょうど船橋先輩が自動ドアから出ていこうとしているところだった。

「あれ先輩、上がりですか？」

「おお。もう時間だから」

「あの、でも私、何をすれば……」

「コンビニ経験あるんでしょ？　だいたい同じ。在庫見て、必要があったら倉庫から補充して。あとは清掃ね。夜勤だから接客はたまにぐらい。三時過ぎに配送のトラックが着くから対応して。他は、特に何かあったら店長がメモ残してるから。ああ、あと——防犯カメラ確かめたい時は、バックヤードのパソコンがそれね。じゃ、お疲れ様ー」

「先輩、タイムカードは？」

「君が来る前にもう押しちゃったよ。お疲れ様ー」

「あ、はい。お疲れ様です……って」

……まさかのワンオペか。そんな話、まったく聞かされていなかった。

私は溜め息をつき、レジから無人の店を見渡した。

商品の陳列棚が三つ、手前から奥に向かってまっすぐに延び、長方形の店内を四等分している。通路の向こうには、冷凍用の背の低いショーケースが横たわる。物寂しい場所に建っている。

る割には、そこそこ広い店だと思う。

向かって左手は外の駐車場に面していて、壁一面がガラス窓になっている。手前から順番に、小さなイートインスペース、さっき私が入ってきた自動ドア、ＡＴＭ、雑誌コーナーが並び、奥の壁面に突き当たる。ちょうどその突き当たりに小さなドアがあって、「ＷＣ」と書かれたプレートが貼ってある。要するにトイレだ。

トイレのドアから右に目を移すと、奥の壁一面がドリンク用の冷蔵ケースになっているのが見える。さらに右端にもう一つドアがあるが、あちらは奥の倉庫に通じていたはずだ。

右手の壁は弁当や生鮮類の陳列棚で、弁当やおにぎり、牛乳や紙パックジュースが並ぶ。

……店内の様子は、ざっとこんなところか。ちなみに店内放送も流れているようだが、音が小さくてよく聞き取れない。

さて——何から始めればいいか。

とりあえず今のところ客は来ていない。店長から指示のあった、売れ残りのチェックをしてしまおう。私はそう思って、レジカウンターを出た。

真っ先に向かったのは、やはり右手の壁の棚だ。上段のおにぎりから順番に見ていくと、案の定、いくつかの商品が期限切れを起こしている。もったいないが、廃棄処分するしかない。

バックヤードからゴミ袋を持ってきて詰める。袋が小さいせいか、すぐにいっぱいになってしまう。ひとまずこれを捨ててしまおう——と思ったところで、捨て場所がどこにあるのか把握していないことに気づいた。

ゴミ箱は、バックヤードで見かけた気がする。あとは一応トイレにもあるだろう。ただ、どちらも期限切れの弁当をどさどさ捨てられるようなサイズではないはずだ。

……だとしたら、やはり店の外か。

私はゴミ袋を提げたまま、自動ドアから表に出てみた。

かつてはよくコンビニの店先に、ゴミ箱とペットボトルの回収ボックスが並んで置かれていたことが多かった。もっとも、無関係なゴミや不審物が捨てられたり、それを漁《あさ》る者がいたりと問題も多く、今やすっかり見かけなくなって久しい。

外に出て見回してみたものの、やはりここにもゴミ箱はない。私は途方に暮れながら、店の横手に回り込んでみた。

……自販機の陰に、まださっきのホームレスの男が座り込んでいた。

何となく目を合わせないように通り過ぎかけたら、大声で呼び止められた。

「おい姉ちゃん、食いもんよこせ！　そしたら助かる！」

……いや、いったい何が助かるのか。

まあ、この男の言うことをまともに考えても仕方がない。ただ一応、食べ物ならある。

「あの、期限切れでよければ、いります……？」

私がそう言って袋を差し出すと、男はまるで生き返ったかのようにシャンと立ち上がり、私の手からゴミ袋をもぎ取った。そして礼も言わず、無言ですたすたと道の方へ歩いていく。

私はその背中に向かって、駄目元で聞いてみた。

「すみません。さっき言ってた『忠告』って、何のことですか？」

……男はその問いを無視して、夜の闇に消えていった。少し期待した私が馬鹿だった。

ともあれ、廃棄の手間は省《はぶ》けたわけだ。後で引き継ぎの人が来たら、ちゃんと捨て場所を確かめておこう――。そう考えながら店に戻る。ただ念のため他の棚も検《あらた》めてみると、今度はパンがいくつか、やはり期限切れを起こしているのが見つかった。

私は溜め息をつきつつ、もう一度ゴミ袋を膨らませる羽目になった。

さて、これをどこに捨てるか。悩んでいるとそこへ、ピンポーン、ピンポーン、と自動ドアの開閉音が鳴り響いた。

客だ。急いでそちらに目をやると、開襟シャツにネクタイを締めた、いかにも仕事帰りのサラリーマンといった出で立ちの男性が入ってきた。

まさか客の見ている前で、ゴミ袋をぶら下げてうろうろもできない。ちょうど近くに、倉庫へと続くドアがある。とりあえず袋はそっちに置いておこう――と、私はドアを開けて、中を覗き込んだ。

薄暗く狭い部屋に、段ボールの箱が所狭しと積まれている。まあ、倉庫なんてどの店もこんなものか……と思いながら、何気なく右手の壁を見ると、片隅に何やら別のドアが付いているのが見えた。

気になって近寄り、そちらも開けてみた。

……小さな庭があった。

どうやらこのドアは、店の裏口か何からしい。もしかしたらここにゴミ置き場があるかも、と思った矢先、店の方から「すみませーん」と声が飛んできた。

そうだ、客が来ているのだ。ひとまずゴミ袋をその場に残し、急いで店に戻る。

さっきのサラリーマンが、弁当と缶ビールを手に、レジの前で待ち構えている。私は手早く会計をすませ、彼が店から出ていくのを待って、もう一度裏口に向かった。

改めて、さっきの庭に出た。

店の屋根がそのまま照明になっているため、思ったほど暗くはない。

……そこは周囲をブロック塀とトタン板で囲まれた、狭い空間だった。

店の外壁に沿ってコンクリートの土台が道のように延び、その土台から逸《そ》れた土の上を、深い草がぼうぼうに覆い尽くしている。

土台の一角にはエアコンの室外機があって、すぐそばの草の中に小さなぬかるみを作っている。一方草むらの方を見ると、塀代わりのトタン板沿いに巨大なゴミ箱――というか回収ボックスが二つ、半ば草に埋もれる形で、でんと据《す》えられているのが分かった。

なるほど、ここに捨てればいいのか。私はホッとして、ゴミ箱に近づきかけ――。

……そこでふと、奇妙なものが目に留まった。

ゴミ箱の置かれた少し先に、トタン板の途切れた個所があるのだ。

おおよそ車一台分が通れそうなほどの幅で、その先は土道になっている。これだけなら道路に通じた出入り口かとも思うが……どうもそうではないらしい。

なぜなら、この道が封鎖されているのが、一目で分かるからだ。

——立入禁止　入らないでください
そう書かれた黄色い規制テープが、トタン板の切れ間に何本も張り巡らされ、出入り口を完全に塞《ふさ》いでしまっている。さらに道の左右には、「この先工事中」と書かれた看板もある。もっとも一つは横倒しになっているが。

私は何となく気になって、テープの向こうに目を凝らしてみた。

……さすがに真っ暗で何も見えない。工事現場とはいえ、この時間は人がいないのかもしれない。

ただ、仮に人がいないからと言って、照明を完全に消しておくことなどあるのだろうか。まあ、その辺の法律については詳しくないが……。

何にしても、見えないものを眺めていたところで仕方がない。私は本来の用をすませようと、袋をゴミ箱の中に突っ込んだ。

近くで、カサカサ、と草が鳴った。虫かネズミがいるのかもしれない。顔をしかめながら裏口のドアまで戻る。初めは気づかなかったが、ドアのすぐ近くに、外の駐車場に抜ける道が設けられている。

なるほど、いちいち店の倉庫を通らなくても、ここには来られるのか。

だとしたら——やはりあの土道は、何のためにあるのだろう。

私は改めて、規制テープの方を振り返った。

……何だか、妙な寒気を覚えた。

あれは本当に、工事用に張られたものなのか。

……まるで誰かが、何か忌まわしいものを遠ざけておきたいがために張り巡らせた、結界のようにも見える。

いや、あるいはこの深夜という時間帯がもたらした、他愛のない錯覚《さっかく》かもしれないが。

……裏口から再び倉庫に戻った。

同時に、ピンポーン、ピンポーン、と自動ドアの開閉音が鳴っていることに気づいた。

ちょうど客が来たのかもしれない。私は急ぎ足で倉庫を抜け、店に戻った。

ピンポーン、ピンポーン、と音が繰り返し鳴る。

店内に視線を走らせ、客の姿を捜しながら、とりあえずレジに向かう。

ピンポーン、ピンポーン、と開閉音は鳴り続けている。

――おかしい。

私はようやく不可解なことに気づき、足を止めて、自動ドアを見た。

……ドアが、開閉を延々と繰り返している。

周りに人の姿はない。センサーには何も引っかかっていないはずだ。

なのに、開閉がやむ様子はない。

ピンポーン、ピンポーン、と、ただチャイムの音が、空々しいほど軽やかに鳴り続けているばかりだ。

——まさか、幽霊?

とっさに頭に浮かんだのは、そんな子どもじみた妄想だった。

とはいえ、冷静に考えればあり得ないはずだ。もしかしたらもっと合理的な——そう、例えば店の外で、誰かがいたずらをしているのかもしれない。

いや、店内から表を見る限り、本当に誰もいないようだが……。それとも外の防犯カメラに、何か映っているだろうか。

私は恐る恐る自動ドアに背を向け、バックヤードに入った。奥にパソコンがある。防犯カメラの映像は、ここから見られるはずだ。

さっそくマウスを操作し、モニターを確かめてみた。

画面にでかでかと、防犯カメラの映像が映し出される。この店のカメラは全部で四台。そのうちの二台は店内を映すもので、一方は奥の冷蔵ケースの上からレジ側を、もう一方は逆にレジ側から奥の冷蔵ケースを捉《とら》えるように設置されている。さらに三台目は、さっきの裏庭を建物の壁面から捉えたもの。四台目は自動ドアの外側を、斜め上から捉えたものだ。

ただ、いずれも同時に映し出すことはできず、クリックで映像を切り替える必要がある。私は一番最後の、自動ドアの外側の映像を呼び出してみた。

……やはり、誰もいない。というか——すでに開閉がやんでいる。

気がつけば、あの軽やかなチャイムも聞こえなくなっていた。私はレジに戻り、しばし自動ドアを睨《にら》みつけた。

独りでに動く様子は、もうなかった。

時計を見ると、もう二時近い。さっさと他の業務を進めておいた方がいい。

そう考えていたらまた、ピンポーン、ピンポーン、と自動ドアが鳴った。

思わずギョッとして振り返ったが、普通に人が来ただけだった。

厳《いか》つい顔にちょびヒゲを生やした、大柄な男だ。着ているシャツの胸の部分に、黒い猫のマークをあしらったワッペンがついている。よく見知った宅配業社の制服だ。

男は両手で小さな段ボール箱を抱えている。コンビニ受け取り用の荷物でも届けにきたのかもしれない。

「どうも、お疲れ様です」

男に挨拶されて、私は慌てて頭を下げた。

「お疲れ様です。あれ、配達にしては、かなり夜遅いですよね？」

「ああ、最近夜遅くまで開いてるコンビニには、特別に配達をおこなうシステムができたんですよ。この配達物も、このコンビニ直接の受け取りになってますね」

男が荷物をカウンターの上に置いた。

私は何気なくその宛先を見やり、「あれ？」と首を傾《かし》げた。

……田鶴結貴乃様、とある。

私の名前だ。ということは、この荷物は私宛なのだ。

なぜそんなものが、家ではなくて、初出勤のコンビニに届いたのだろう。

気になって差出人の名前を見たが、何も書いていない。ただ代わりに、覚えのない住所が記されているだけだ。

よく分からないまま、私は礼を言って荷物を受け取った。男は引き上げていった。

その後は明け方まで、特に変わったことは起きず、私は引き継ぎの店員が来るのを待って帰宅した。

深夜に届いた、謎の荷物とともに……。


日中は学校があったため、家で荷物を開封したのは、再び夜が巡ってきてからだった。

カッターナイフでガムテープを裂き、箱の中を探ってみると、何やら黒くて四角いものが、厳重にエアキャップで梱包されて出てきた。

どうやら——ビデオテープのようだ。

危険はないと判断して、梱包を解く。テープはケースもラベルもなく、ただ剝《む》き出《だ》しの状態になっている。もちろん、こんなものを貰う心当たりはない。

とりあえず、再生してみることにした。

すでに時刻は午後十一時半。出勤が近い。もし内容が長そうなら、中断すればいいだろう。

私はそう考えて、テープをビデオデッキにセットし、そばの椅子に着いた。

テーブルに飾ってあるチンチラのぬいぐるみを撫でつつ、もう片手でリモコンを操作する。

映像は、すぐに始まった。

第一夜

ヴヴヴヴ……と不快なノイズとともに、何かが映し出される。だが暗くてよく見えない。画面に顔を近づけて凝視すると、それがどこかの民家の前で夜に撮られた光景だと分かった。郵便ポストの付いたブロック塀と門。道路から敷地に上がる短い階段。その先に広がる小さな庭……。また影になってはっきりしないが、玄関ドアと思しきものも、うっすらと見える。

ただ不可解なのは、その家の門のところに……。

──立入禁止　入らないでください

あの場所にあったものと同じ規制テープが、何本も張られていることだ。

……いったいこの映像は何なのか。

……なぜ、私宛に届いたのか。

分からないまま見つめていたが、映像はものの数秒も待たず、すぐ終わってしまった。

何だか──薄気味が悪い。

私はデッキからテープを取り出すと、元の段ボール箱にしまって、部屋の隅に放置しておくことにした。

……気がつけば、出勤時間が迫っていた。

懐中電灯を手に、急いで家を出た。

昨日よりも暗い夜だった。

月が雲に隠れているのか、街全体の陰影が濃くなっている気がする。天気予報では、明日は雨らしい。

慎重に夜道を進み、橋を渡り切ると、ようやくコンビニの明かりが私を迎えてくれた。

船橋先輩は、私が出勤するや、ニヤニヤ笑いながら話しかけてきた。

「ねえねえ、自動ドアが勝手に開いたんだってね」

その件は、今朝の引き継ぎ時に、別の店員に伝えてある。先輩もすでに耳にしたらしい。

「そうなんですよ。本当にびっくりして——」

「それね、修理屋に来てもらったんだけど、センサーの問題だったらしい。あれか？　ポルターガイストかと思ったんか？」

先輩のニヤニヤ笑いが、より一段と強みを増した気がした。

私はつい真顔になり、「あ、べつに」と素っ気ない答えを返すに留《とど》めた。

ともあれタイムカードを押しに、バックヤードに向かう。そんな私の背中に向かって、先輩が含み笑いとともに喋り続ける。

「よくテレビで見るけど、ああいうのは全部やらせだよ。幽霊なんて存在しないって」

「べつに私だって信じてなんかないですよ。ただちょっと驚いたっていうか、深夜で心細くなってたんですかね。先輩、少しぐらいは残業がてら……ってあれ、いない？」

振り向いた時には、すでに先輩は自動ドアから出ていった後だった。もはや「お疲れ様」の言葉も聞いていない。私はイラッとしながらタイムカードを押し、それから今日の店長のメモを確かめた。

『昨日ネズミを店裏で見たぞ。ゴミ箱を荒らされたみたいだ。これを読んでる人、大至急お願いします』

メモの横には、スプレー式の忌避剤《きひざい》が置かれている。説明書きを読んだところ、ネズミの嫌がる臭いを出して追い払う効果があるらしい。

それにしても、まさかのネズミ退治だ。夜勤だと、こんなことまでやらされるのか。いや、他のコンビニが同じかどうかは知らないが。

店裏のゴミ箱――というと、やはり昨日の裏庭が現場だろう。私は店内に客がいないのを確かめてから、さっそく裏庭に行ってみた。

ゴミ箱が一つ、草の上で盛大に横倒しになっているのが見えた。

ネズミの仕業……のはずはないので、人がやったのだろう。店長が、下に潜り込んだネズミを引きずり出すためにやったか。それとも――あまり考えたくはないが、昨日のホームレスが忍び込んだか。

何にしても、中のゴミがすっかり地面に散乱してしまっている。私は顔をしかめながら、ネズミを捜して裏庭を歩いてみた。

……気のせいだろうか。何か、耳鳴りのようなものが聞こえる。

ヴヴヴヴ……と、まるでさっき見たビデオテープのノイズのような音だ。

嫌だな、と思いながら、例の規制テープを横目に、ゴミ箱の周囲にスプレーを噴霧《ふんむ》してみる。説明書きによれば、これだけで一週間ぐらいはネズミを寄せつけないらしい。

とはいえ、まさか庭一面に撒けるほどの量はないし、とりあえずゴミ箱の周りだけでいいだろう——。そう思って引き上げようとドアの方を見たら、まさかの生のネズミが一匹、草むらに紛れて、ちょこんとしゃがみ込んでいるのが見えた。

私は反射的に、ネズミに向かってスプレーを噴霧した。

その途端、ネズミは凄《すさ》まじい勢いで草を蹴り、駐車場の方へと逃げていった。スプレーが効いた……というよりは、単に私の立てた音に驚いただけのようにも見えたが。

まあ、ひとまずこれでいいだろう。私はスプレーを手に、店に戻った。

……いつの間にか、客が来ていた。

白髪頭《しらがあたま》の、かなり高齢のお婆《ばあ》さんだ。歩行器につかまり、窓際の通路をよちよちと、おぼつかない足取りで進んでいる。時間が時間だけに、徘徊《はいかい》しているのではないかと心配になる。

「すみません、何かお探しですか？」

私はお婆さんに向かってそう声をかけてみたが、相手は聞こえていないのか、無言でよちよちと進み続ける。ＡＴＭの前を素通りし、雑誌には目もくれず——。そのまま突き進んだ先にあるものと言えば、一つしかない。

お婆さんはトイレのドアの前で立ち止まると、さも当然のように、中に入っていった。

バタンとドアが閉まり、ロックの音がした。……さて、どうしたものか。以前勤めていたコンビニだと、買い物しない客にトイレを貸すのは禁止されていたのだが。

あのお婆さんは、何か買ってくれるのか。それともこのコンビニでは特に問題ないのか。いや、仮に問題があったとしても、ここは大目に見た方がいいのか。

……分かりようなどない。所詮私は新人だ。

溜め息をつきながら、忌避剤をバックヤードに戻しにいく。そこへ、ピンポーン、ピンポーン、と開閉音が鳴って、また新たな客が一人入ってきた。

サングラスに顎《あご》ヒゲ、黒いシャツという、いかにも深夜に現れそうな感じの男だ。おっかなびっくり「いらっしゃいませー」と声をかけると、男はレジ前に仁王立ちになって、横柄に私に命じてきた。

「なあオリャ急いでんだ。だから早くビール五個とタバコを持ってきてくれねえか？　いい子だからさぁ」

いや、タバコは店員が管理しているからともかく、ビールは自分で取りにいけるだろうに。たまにこういう、店員が何でもしてくれると思っている客がいるのだ。

私は——きっぱりと言ってやった。

「はーい、少々お待ちくださいー」

……いや、逆らってトラブルになっても嫌だし。所詮私は女子大生だ。

奥へ行き、冷蔵ケースから缶ビール五本を取り出して、備え付けの買い物カゴに入れる。敢《あ》えて少し高めのを選んだのは、私なりのせめてもの反撃だ。

それからレジに戻ってタバコを出し、会計をすませると、男は私に礼を言うこともなく、無言で立ち去っていった。

やれやれと思っていると、そこへトイレのドアが開いて、さっきのお婆さんがよちよちと出てきた。

念のため、もう一度声をかけておいた方がいいかもしれない。

「すみません、大丈夫ですか？　何かお探しですか？」

私はお婆さんのもとへ近づき、そう話しかけた。

途端に——睨まれた。

しわだらけの目蓋《まぶた》に埋もれた両目が、私を何か汚《けが》らしいもののように見据える。思わずこちらが後退《あとずさ》りかけると、お婆さんは唇を震わせて、呻《うめ》くように声を絞り出した。

「はあぁ……なに？　あれ？　ケンくんは？」

「え、誰ですか？　ケンく——」

「私の可愛いケンくんはどこへ行ったの？　さっき声が聞こえたような……」

声と言われても、そんなもの私は聞いていない。聞こえるのは店内放送ばかりで……いや、まさか、さっきのビールの男がそうなのか？　まあたぶん違うだろう。あのおっさん、全然可愛くなかったし。

私が戸惑っていると、突然お婆さんが声を荒らげ、叫んだ。

「この場所は私の娘の家じゃ！」

「え？　え？」

「どうしてくれたんじゃ！　娘の家を返せ！」

唾を飛ばしながらそう叫び、お婆さんはそれからプイッとそっぽを向くと、またよちよちと自動ドアに向かって歩き始めた。

そうして、私に見送られながらドアから出ていくまで、終始無言だった。

認知症――なのだろう。やはり。

今のお婆さんは、このコンビニへはよく来るのか。明日にでも船橋先輩に聞いてみるか。

すっかりひと気の絶えた店内で、私はぼんやりと、そんなことを思った。

壁の時計を見ると、すでに二時になろうとしていた。

そういえば――昨日はこれぐらいの時間に、自動ドアがおかしな動きをしたのだ。

もっとも、すでに修理屋に見てもらっているというから、今日はもう勝手に開くことはないだろう。私はそう判断し、それからふと思い立って、トイレの中を覗いてみた。

トイレは奥に便器が一つあるだけで、特に男女別には分かれていない。私がその便器に近寄りかけると、突然便器の蓋が、キィ、と持ち上がった。一瞬ギョッとしたが、どうやら人が近づくとセンサーが反応して自動的に開くタイプのものらしい。

とりあえず、便器の汚れ具合とトイレットペーパーの残量に問題がないことを確かめる。続いて洗面台の方を見ると、こちらは盛大に床までビショビショに濡れてしまっていた。

今のお婆さんの仕業だろう。私は溜め息をついて、雑巾を取りにバックヤードに向かおうとした。

その時だ。

ピンポーン、ピンポーン……。

自動ドアが、開いた。

……辺りには、誰もいないのに。

修理したのではなかったのか。私は奇妙に思い、自動ドアに近寄ってみた。ちょうど体がセンサーにかかるように立つと、ドアは普通に開いたまま固定される。しかし離れると、またピンポーン、ピンポーン、と開閉を繰り返し出す。もちろん、外で誰かがいたずらしている様子もない。

この分だと、もう一度修理を呼ぶ羽目になりそうだ。ただいずれにしても、今ドアに構っている暇はない。

私は改めて雑巾を取りに、バックヤードに入った。

ピンポーン、ピンポーン……。

開閉音は、なおも鳴り続けている。

このまま明け方まで続くのだろうか。それはそれで、だいぶ気が滅入《めい》る話だ。

——また防犯カメラを見たら直ったりしないかな。

ふと、そう思った。

もちろん合理的な理由なんてない。単に昨日と同じことをすればいいのではないか、という、ただの験担《げんかつ》ぎだ。

さっそくパソコンに向かってマウスを操作し、モニターに防犯カメラの映像を映した。

まず店内の様子が映った。奥の冷蔵ケースからレジ側を捉えたもので、向かって右側で自動ドアが開閉を繰り返しているのが見える。

私は何度かマウスをクリックし、一番最後の、店の前のカメラを呼び出した。

自動ドアを斜め上から捉えた映像が、画面に映った。

……男の子がいた。

……小さな、青白い男の子だった。

それが自動ドアの正面に立っていて、ドアがチャイムを鳴らして開くと同時に、タッと画面の外に走り去っていった。

男の子は、それっきり戻ってこなかった。だから姿が映ったのも、ほんの一瞬だけだ。

ただ――開閉音は、やんだ。

ドアが開く様子は、もうない。

私はバックヤードを出ると、静けさを取り戻した自動ドア越しに、外の駐車場を眺めた。

暗闇の中、やはり人の気配はない。

そもそもこんな時間に、あんな小さな子がうろついているのがおかしい。

それでも――あの子がセンサーに引っかかっていた、としか思えないのだ。

念のため、外を確かめてみた方がいいだろうか……。

そう思っていたら、ちょうどトラックが一台、駐車場に滑り込んでくるのが見えた。降りてきたのは、昨日の宅配業者の男だった。

「お疲れ様です。また会いましたね」

にこやかに、男は私に挨拶してきた。私は少しだけ安堵し、「お疲れ様です」と返した。

「あの、ちょっと変なことを聞くんですけど……。今、外で小さな子を見ませんでした？　男の子なんですけど……」

「男の子？　こんな時間にですか？　いや、見てませんね」

男が首を横に振る。むしろ頷いてくれれば、どんなによかったか。

「まあでも、こんな時間に働いてるのはお互い様ですよ。最近、オンラインショッピングを利用する人が急激に増えてますからね。おかげでこっちは暇なしです。……ということで、ここに配達箱を受け取りにきたんですけど」

配達箱――。そんなものがあったのか。気がつかなかった。

私は急いでカウンター内に入り、台の下を確かめてみた。前に勤めていたコンビニでは、預かった荷物はよくここに置いていた。しかし今は、それらしきものはない。

だとしたら、バックヤードか。そう思ってドアの向こうを覗くと、確かに一抱えほどもある段ボール箱が一つ、無造作に床に置かれている。どうして今まで見落としていたのだろう。

私が箱を抱えてふらつきながら戻ってくると、男は手早く伝票の処理をすませ、軽々と箱を持ち上げて出ていった。

この夜、他に変わったことは、特に起きなかった。

第二夜

仮眠から目覚めると、天気予報のとおり、外は雨に変わっていた。

川の水音に混じって、雨が屋根を激しく打つ音が鳴り響いている。雨脚は強そうだ。

着替えをすませ、懐中電灯と傘を準備していると、ふとどこからか、視線が向けられているのを感じた気がした。

まるで誰かに見られているような……いや、気のせいだろうか。

どことなく不安を覚える。と、不意に玄関に続く階段の下で、コンコン、とドアをノックする音が聞こえた。

こんな時間に何だろう、と下りてみる。ドアを開けると、途端に雨交じりの生暖かい風が、サァァァ……と全身に吹きつけてきた。

ノックの正体は、どうやら配達物の合図だったようだ。軒下に張りつくようにして、小さな荷物の箱が一つ置かれている。周囲に配達人の姿はないが、伝票に描かれている例の黒猫マークを見るに、あの男が運んできたのかもしれない。

私は荷物を手に、一度リビングに戻った。

テーブルのチンチラの隣に箱を置き、まず差出人を確かめる。

……名前はなく、ただ知らない住所だけが書かれている。

薄々察しながら開封してみると、昨日と同じように、一本のビデオテープが出てきた。

ということは――また、あんな感じの映像かもしれない。

私はそう思い、さっそくテープを再生してみた。

ヴヴヴヴ……と、耳を掻きむしるような不快なノイズが始まる。

映ったのは、案の定、どこかの民家の光景だった。

夜の暗がりに、うっすらと庭のようなものが見える。奥にある白いものは、窓のカーテンだろうか。

画面の右手には、「立入禁止　入らないでください」と書かれた規制テープが張られている。

つまり――昨日と同じ家を映したものかもしれない。

私がそう思ったところで、すぐに映像は途切れた。

それにしても、これはいったいどこの家なのだろう。私は少し興味を抱いた。

規制テープの見た目から考えれば、真っ先に思い浮かぶのは、コンビニの裏庭にあるあそこだ。ただし、ここに映っている庭は、コンビニのそれとはまったく様子が違う。昨日の一本目のビデオに映っていた家も、その点はまったく同じで、コンビニとは別の場所と考えた方がいいだろう。

……そんなことを考えているうちに、出勤時間が迫っていることに気づいた。私は急いで傘と懐中電灯を手に、外へ出た。

雨夜とあって、往来はだいぶ見通しが悪くなっていた。さらに傘が視界を遮る。靴が雨水を吸い、階段を下りてなお、足が重い。

橋を渡り、ようやくコンビニの光が見えてきても、少しも安堵感は湧かなかった。

自動ドアのチャイムを聞きながら店内に入ると、中は静まり返っていた。

客はもちろん、船橋先輩の姿もない。放送も聞こえない。ただ無人の店内を、蛍光灯の眩《まばゆ》い光が、わざとらしく染め上げているばかりだ。

——何で誰もいないんだろう。

ここで働き出してから体験している奇妙な出来事が、次々と脳裏に蘇る。開閉する自動ドア。不審なお婆さん。規制テープ。謎のビデオ。そして、男の子——。

心なしか、いつもより蒸し暑い気がする。私は胸騒ぎを覚えながら、バックヤードに足を踏み入れた。

その途端——バァン！　と激しい音を立てて、すぐそばのロッカーの扉が開いた。

「バア！」

……船橋先輩が飛び出してきた。

私はその場に固まって立ち尽くしたまま、無言で先輩の顔を見返した。……今、バアとか言ったか、この人？

「どうだ！　驚いただろ！」

船橋先輩はそう言って、ゲラゲラと笑っている。子どもか。

とりあえず、真顔で睨み続けてみた。船橋先輩はようやく笑うのをやめ、「分かった分かった、もう二度としません……」と、しょんぼりした声で謝った。やっぱり子どもだ。

それから私がタイムカードを押している間に、例によって先輩はさっさと帰っていった。私は肩を竦《すく》め、まず店長のメモから確認した。

『いくつかの商品が品切れになっている。棚を常にいっぱいにするのがうちのモットーだ。明日の朝私が来る前にお願いします』

……なるほど、要するに品出しか。それほど特別な作業ではない。むしろ雨が降っているから、頻繁《ひんぱん》に床掃除が必要になる方が面倒だ。

私はレジを出ると、さっそく店内の棚を検めていった。足りないのは――おにぎり。スナック菓子の梅味。冷凍食品のカツ丼。ざっとこんなところか。どれも倉庫にあるはずだ。

倉庫は奥の冷蔵ケースの、向かって右手のドアから入る。これまで裏庭に行くために何度か通ったが、倉庫そのものに用事があって行くのは初めてだ。

中に入って、整然と積まれた段ボール箱を確かめる。目的の一つ目、スナック菓子の梅味の箱は、倉庫の中ほどに置かれていた。

箱ごと抱えて店に戻り、棚の空きを埋める。軽いスナック菓子とはいえ、やや重労働だ。肌が汗ばむ。……そういえば、さっきも思ったが、店内がいつもより蒸し暑い気がする。エアコンは利いていないのだろうか。

額《ひたい》に浮いた汗を手で拭い、もう一度倉庫に入った。

続いてはカツ丼だ。冷凍食品なので、庫内の片隅にある小さな冷凍庫が、在庫の保管場所になっている。

私は冷凍庫の扉を開け、カツ丼の詰まった段ボール箱を探してみた。

……あるにはあった。ただ、他の冷凍食品の箱の下敷きになっている。カツ丼の箱だけピンポイントで引っこ抜く、という芸当はさすがにできないので、上の箱をどかすところから始めないといけない。

滴《したた》る汗を拭いながら、私はどうにかカツ丼の箱を取り出した。

気がつけば、倉庫内の温度も上がっているように思う。早いうちに空調を点検しないと、在庫が駄目になるかもしれない。後で引き継ぎの人に報告しないと……と思いながら、私はキンキンに冷えたカツ丼の箱を抱えて、店に戻ろうとした。

ところが――なぜか、店に戻るドアが開かない。

どうやら何かの弾みで、外から鍵がかかってしまったらしい。どんなにドアノブを回しても、ガチャガチャと硬い音を立てるばかりだ。

「ウソ、勘弁してよ……」

私が顔をしかめるのと同時に、ピンポーン、ピンポーン、と自動ドアの開閉音が聞こえた。

よりによって、こんなタイミングで客が来たのか。

……いや、もしかしたら大声で叫べば、鍵を開けてくれるかも。

妙案だ、と思い、「すみませーん！」と声を張り上げた。

「いらっしゃいませ！　あの、今ちょっと倉庫に閉じ込められてるんですけど――」

……ガチャリ、とドアの方で小さな音がした。もしや、上手く行ったか。

私はすぐさまドアノブに飛びついて、回してみた。

ドアは、あっさりと開いた。

「アハハ、すみません。ありがとうございます！」

私は照れ笑いをしながらドアを開け、店内を覗き込んだ。

……誰もいない。

あれ、と思って周囲を見回したが、人の気配すらない。

しかし、確かに自動ドアは鳴った。それに今、誰かが店側からドアの鍵を開けたのも、間違いない……。

私はしばし立ち尽くした。それからふと、カツ丼の凍った箱を抱えたままだったことを思い出す。冷たさで腕がヒリヒリしている。

急いで冷凍ケースの前に行って、カツ丼を補充し始めた。

ただ、視界の端に何か違和感を覚える。まるで間違い探しを突き付けられているような気分になって、顔を上げてみると、いつの間にか、トイレのドアが開けっ放しになっている。

――あれ、出勤した時からこうだったかな。

数十分前の記憶を探るが、思い出せない。ともあれ、冷凍食品の補充だけは急いで終わらせようと手を動かしていると、またピンポーン、ピンポーン、と自動ドアが鳴った。

ハッとして、そちらを見た。

……今回も、普通に人が入ってきただけだった。

大柄な男だが、いつもの宅配業社ではない。着ているシャツとズボンを油で黒く汚し、頭にはタオルを巻いて、手に軍手をはめている。一見して、何かの作業員だと分かる姿だ。

男は私の姿を見ると、ノシノシと近づいて声をかけてきた。

「おっす。ハマダですけど。エアコンの調子が悪いんだって？」

ハマダと名乗った男は、その厳つい赤ら顔とは対照的に、気さくな喋り方だった。どうやらエアコンの業者のようだ。やはり故障していたのか。

「最近暑いからな。商品が心配なんだろう。こんな夜中に呼び出してさぁ」

「そうなんですか？　すみません。私何も聞いてなくて──」

「まあ俺のことは気にすんな。すぐ見てすぐ帰る。どうせ大した問題じゃないと思うから」

ハマダさんはそう言うと、自動ドアからノシノシと出ていった。エアコンの室外機は裏庭だが、店の外から回り込むのかもしれない。

私はカツ丼を補充し終え、気になっていたトイレのドアを閉めた。空になった段ボール箱は、さっきのスナック菓子の箱と併せて潰し、ひとまず倉庫の隅に置いておく。それからおにぎりの入った番重──プラスチック製の薄いコンテナボックス──を抱えて店に戻ると、どういうわけか、またトイレのドアが開いている。

……どうなっているんだろう。

金具の故障か、それとも建て付けでも悪いのか――。奇妙に思いながらおにぎりを棚に移していると、ピンポーン、ピンポーン、とまた自動ドアが鳴った。

目をやると、ＯＬ風の若い女性客が入ってきたところだった。

彼女はガラス窓沿いの通路をすたすたと奥に進んでいく。雑誌でも買うのか、と思ったが、どうやら対面の棚に並んでいるペットフードの方に用があったらしい。猫缶をいくつか手に取り、それからそばのトイレに目をやっている。

やはり気になるか。私は補充の手を一度止め、またトイレに向かった。

ドアノブに異常がないことを確かめ、改めてドアを閉め直す。女性客はその間も店内を物色し、冷凍食品とパンを手に追加して、レジの方へ進んでいく。私は急いで後を追った。

「お待たせしましたー」

そう言いながらカウンターに入り、すぐに会計を始める。女性客はそんな私を眺めながら、何かを気にするように話しかけてきた。

「ねえ、今一人なの？　ワンオペってやつ？」

「あはは、そうみたいですね」

「えー、信じられない。こんな夜中に女の子一人で働かせるなんてあり得ないでしょ」

「いやまあ、大丈夫です。時給もいいですし」

「それにしたって、ここ――」

……そこで不意に、彼女が口を閉ざした。

おや、と相手の顔を見る。表情がどこか硬く思えるのは、気のせいだろうか。

「……そっか。これしかなかったのね」

彼女はそう奇妙な言葉を口にすると、バッグから何かを取り出して、そっとカウンターの上に置いた。

……お守りだ。よく神社で売られている、ありふれたタイプのものに見える。

「せめて私のお守りだけは持ってなさい。気をつけてね」

そう言い残し、彼女は商品の入った袋を提げて、店から出ていった。

「ありがとうございましたー」

すでに見えなくなった背中に声をかけ、私はお守りを拾い上げた。

……ワンオペを心配するにしては、少し大袈裟じゃないか。

どこか違和感を覚える。とはいえ、せっかくいただいたものだ。私はお守りを胸ポケットにしまい、それからおにぎりの補充をすませた。

空になった番重を、店の外にある定位置に片づけにいく。雨に閉口しながら小走りで店内に戻り、ふとトイレの方を見ると、またもドアが開いていた。

もう朝までほっといてもいいかもしれないな、とうんざりしながら、私はまた倉庫へ向かった。さっき潰した段ボール箱を捨てなければならない。

倉庫に入り、床に放置しておいた段ボールを拾い上げる。カツ丼の箱の方は、表面の霜が融《と》けて、すっかりふやけている。さっさとゴミ置き場に持っていこうと、裏庭に続くドアを開けると、ちょうど作業を終えたハマダさんが、こちらに向かってくるところだった。

「直ったろ？　帰るよ」

雨で全身ずぶ濡れになりながら、ハマダさんはそう言って、また駐車場に抜ける道をノシノシと歩いて戻っていった。

せめて店内を通っていけば濡れないのに……と思ったが、それだと私の床掃除がハードになってしまうことに気づいた。つまり申し訳ないけど、これでいいのだ。

私は雨の中、草むらを走ってゴミ箱の前に行き、畳んだ段ボールを立てかけた。一応分別のつもりだ。戻る前に、ふと規制テープに目をやったが、この悪天候でも雨水をぼたぼたと滴らせるだけで、特に剝がれたりしている様子はなかった。

ドアの前にあるマットで靴底を拭き、倉庫から店内に戻る。途端に、すぅっと冷気が体中を走り抜けた。エアコンが直ったのだ。

ハマダさんに感謝しつつ、トイレのドアをまた閉め直す。今度また開いたらもう放置でいいや、と思いながら、何気なく通路に目を落とす。

濡れた靴跡がいくつかある。私の靴跡と、さっきのＯＬの靴跡。それにおそらく、ハマダさんが最初に店に入ってきた時に付いたものもある。

ただ――それらに交じって、妙に小さな靴跡が残っているのは、なぜなのか。

これではまるで、店内に子どもがいたような……。

「……いや、まさかね」

一瞬、昨日の防犯カメラの映像を思い出し、私は独り言《ひとご》ちた。

何だか肌寒さを覚える。エアコンが直ったから……だけではないかもしれない。

ともあれ床掃除が必要だ。私はモップを取りに、バックヤードに移動した。

そこで——奥のパソコンが目に留まった。

これを見れば、防犯カメラの映像が確認できる。もし店内に誰かがいれば、分かるかもしれない。

ただもちろん、躊躇《ちゅうちょ》はあった。

……もし本当に、誰かが映っていたら。

……それが昨日の男の子だったら。

しかし一方で、案外何も映らないのではないか、という予感もある。いや、予感というよりは、ただの願望かもしれない。

……何も映っていてほしくない。そうであれば、安心できるのだから。

私は少しその場で迷い、それから意を決して、マウスに手を伸ばした。

クリックし、カメラの映像を呼び出す。

真っ先に、店内の光景が映し出された。

……誰もいない。

二台ともカメラを確かめたが、ただ無人の明るい店内が映るばかりで、そこに怪しい者など一人として存在しない。私はホッと胸を撫で下ろした。

ついでに他のカメラも確かめようと、再度クリックしてみた。

続いては、外の自動ドアの前――。昨日男の子が映り込んだ場所だ。しかしここにも誰もいない。安心して、もう一度クリックする。

裏庭を捉えた、残る一台のカメラが呼び出された。

だがその瞬間、私は思わず目を疑った。

……規制テープが、すべて剝がれ落ちている。

ついさっきまで、トタン板の切れ間を塞いでいたはずなのに。それが今はバラバラに引き千切れ、ずぶ濡れの草の上に、無残に散らばっている。

いったいなぜ――と不可解に思った刹那、そのテープにまみれた草の上を、暗闇に紛《まぎ》れるようにして、何かがササッと這うのが分かった。

……それは、ほんの一瞬の出来事だった。

私が慌てて視線を向けた時には、その何かはすでに、封鎖の解かれた土道の向こうに消え去った後だった。

それでも一瞬――そう、本当にごく一瞬だけ、私の視界が捉えたもの。それは、もし私の見誤りでなければ――。

……半袖のシャツを着て後ろ向きに這いずる、小さな男の子。

……だったような気がする。

私は、しばし呆然と立ち尽くした。

ようやく動けるようになるまで、優に一分以上はかかった。

すでにカメラの映像に、怪しいものは映っていない。ただ草の上でバラバラになったテープが見えるばかりだ。

……今のは、何だったのだろう。

ふらふらとレジに戻る。自ずと、奥の倉庫に続くドアに、目が吸い寄せられる。

――裏庭に行ってみようか。

ふと、そんなあり得ない選択肢が、脳裏をよぎった。

慌てて首を横に振る。しかし一方で、このまま放ってはおけない自分がいるのも確かだった。

もちろん見にいくのは怖い。しかし、様子が分からないままここでじっとしているのは、もっと恐ろしい……。そう思えてしまう。

私は腹を決め、傘立てに挿しておいた自分の傘を取って、倉庫に向かった。

中を経由し、裏庭に出る。雨はひどいが、屋根の照明のおかげで、視界は晴れている。

散乱したテープのそばに近づいてみた。

トタン板の切れ間から、奥を覗く。……やはり暗い。そういえば懐中電灯を持っていたのだ、と思い出し、ズボンのポケットから取り出して、照らしてみる。

すぐ先に、さらに別のトタン板が立ちはだかっているのが見えた。

まるで衝立《ついたて》のようにこちらの視界を遮り、向こう側の様子を隠している。土道はそのトタン板を迂回《うかい》し、さらに奥へと延びているようだ。

私は――進んでみることにした。

足を草むらから一歩踏み出すと、ぐちゃり、とぬかるみが嫌な音を立てた。

靴の底に泥が吸い付く感触を覚えながら、さらにもう一歩、ぐちゃり、と踏み出す。

懐中電灯で先を照らす。もしかしたら誰かの通った跡があるかも、と思ったが、すでにこの雨のおかげで分からなくなっている。

私は慎重に足を動かし、ぐちゃり、ぐちゃり、と先へ進んだ。

トタン板を迂回し、その奥に光を向ける。

……開けた空間が、そこにあった。

いや、開けたと言っても、その面積は裏庭ほどもない。ただ周囲を石垣とトタン板で囲まれた小さな敷地が、ポツンとあるばかりだ。

ただその敷地を照らした途端、私の目に、異様なものが映った。

……建物があった。

コンクリート製の四角い、小さな家――。いや、小屋と呼んだ方が正しいかもしれない。とにかくサイズは、一般的な物置ほどしかない。

正面にはドアが一つ。横から見ると、磨《す》りガラスのはまった暗い窓も付いている。

外壁はボロボロに欠けている。相当古い建物のようだ。

しかし何よりも気になるのは、小屋の横だ。

……なぜか、自転車が一台、停められている。

……中に誰かいるのだろうか。

私は試しに、ドアノブに手をかけてみた。しかし鍵がかかっているのか、びくともしない。

窓の方も見てみたが、こちらも開かないようだ。

諦めて、周囲を照らしてみる。

私が辿ってきた土道は、この場所で早くも途切れている。つまり実際は道でも何でもなく、この建物をトタン板で囲った際にできた、ただの隙間——というのが正解なのだろう。

しかし、なぜここを囲ったのか。

……まるでこの建物を、人目に触れさせたくないみたいだ。

私はゆっくりと、元来た道を振り返ってみた。トタン板で区切られた向こう側に、コンビニの照明が明々と灯《とも》っている。

ほんのわずか先に、当たり前の日常がある。なのにここは、まるで——。

……ふと嫌な表現が頭をよぎり、思わず寒気を覚えた。

私は急いで店に戻ることにした。

ぬかるみを鳴らしながら歩き、テープのもとまで引き返してくる。エアコンの室外機が目に留まる。何気なく視線を送ると、すぐそばに何かが落ちているのが見えた。

スパナだ。ハマダさんの忘れ物だろう。そのうち気がついて取りにくるだろうが、それまで雨ざらしにしておくわけにも行かない。

私はスパナを懐中電灯と一緒にポケットにしまい、倉庫のドアをくぐった。

店に戻る。幸い客の姿はない。

ただ――トイレのドアは、また開いている。

「また？　いい加減にしてよ……」

一人で愚痴《ぐち》りながら、私はトイレを覗いてみた。

同時に、キィ、と便器の蓋が持ち上がった。

え、と思ったらすぐに、パタン、と閉じた。

しかしまた、キィ、と持ち上がる。

すぐに、パタン、と閉じる。

キィ、パタン、キィ、パタン、キィ、パタン……と、開閉が繰り返される。

そういえば、あの便器の蓋は、センサーで自動的に開くのだ。

しかしセンサーが反応しそうなものは、近くにはない。そもそも――今トイレには、誰もいない。

ぞくり、と背筋を冷たいものが走った。

……同じだ。自動ドアの時と、まったく。

私はそのまま、トイレを外から睨み続けた。

キィ、パタン、キィ、パタン……と、開閉がやむ様子はない。

――中に入っても大丈夫だろうか。

とにかく今のままでは埒《らち》が明かない。入ってみて、もし危険そうなら、すぐに出ればいいだろう。私はそう思って、おっかなびっくり、トイレに足を踏み入れてみた。

キィ、と蓋が持ち上がった。

そして、バタン！ と――。

……私のすぐ背後で、トイレのドアが閉まった。

慌てて振り返ると同時に、店の方で、ピンポーン、ピンポーン、と自動ドアの音が響いた。

これは――さっき倉庫に閉じ込められた時と同じパターンだ。

私は急いでドアノブに触れてみた。案の定、ピクリとも動かない。

ギィィィィ……と、便器の蓋が重い音を立てて閉じた。私が驚いて小さく悲鳴を上げるのと、ドアが独りでに開くのと、同時だった。

もはや半泣きの状態で、私はトイレの外に飛び出した。

店内には、やはり誰の姿もない。つい今、自動ドアが鳴ったばかりなのに。

ただその代わりに――と言ってしまっていいものか。すぐ目の前の通路に、商品が散乱している。まるで、直前までここに誰かがいて、いたずらしたかのようだ。

私は散らばった商品を棚に戻そうと、床に手を伸ばしかけた。

その時だ。新たな異音が、店内に響き始めた。

カタ、カタカタ、カタ……と、それはキーボードを打つ音によく似ている。

パソコンか。ということは、バックヤードで鳴っているのだろうか。

……時計を見る。すでに二時を回っている。もう一時間ほど待てば配送のトラックが来て忙しくなるが、それまではずっと心細いままでいなければならない。

カタカタ、カタ……と、キーボードの音が響く。

私は諦めて、バックヤードに行ってみることにした。毒を食らわば皿まで、というやつだ。

ところが、私がカウンターに入った途端、ずっと鳴っていた音が、ピタリとやんだ。

恐る恐るバックヤードを覗く。もちろん誰もいない。ただ、パソコンがいたずらされているかもしれない。

私はパソコンに近寄って、マウスに触れてみた。

特に問題もなく、防犯カメラの映像が映った。店内だ。レジ側から奥を捉えたもので、倉庫に続くドアが大きく開け放たれている。

……変だ。開けっ放しにしていただろうか。

私は奇妙に思いながら、マウスをクリックした。

画面が切り替わり、店内のもう一台のカメラの映像が映し出された。

奥の冷蔵ケースの上からレジ側を捉えたものだ。カメラの正面から、棚に挟まれた通路が延びて、レジの前まで達しているのが分かる。

だがこの瞬間、私は息を吞《の》んで、目を見張った。

……通路の先に、誰かがいた。

……レジではなくこちらを――カメラの方を向いて、じっと佇《たたず》んでいる。

もっとも、カメラから距離があるため、はっきりとした姿は見えない。ただ、髪を胸元までだらりと垂らし、黒の長いワンピースを着ているのは分かる。

女……だろうか。

顔は見えない。ちょうど顔だけが、天井から下がる吊り広告の陰に隠れてしまっているからだ。

……いや、この吊り広告は、相当天井すれすれの位置にある。カメラのアングルを踏まえても、人の顔が隠れてしまうことなどあり得ない。

つまり、この女は異様に背が高い。少なくとも、人間のサイズではない——。

私がそれに気づいた瞬間だった。

バンッ！　と女の顔が突然、カメラにドアップで映った。

一瞬で通路を移動してきたのか。ぐちゃぐちゃと真っ黒な髪に覆われた、まったく判然としない顔が、モニター一面に広がった。

私は思わず悲鳴を上げて仰《の》け反《ぞ》った。それからすぐにモニターに視線を戻すと、女の姿はすでに消え失せていた。

ただ、カメラの映像が滲《にじ》んだようにぼやけて、すっかり使い物にならなくなっている。私は呆然としたまま、その滲んだ映像を眺め続けた。

……通路の中ほどに、何かが散らばっているのが見えた。ちょうど女が立っていたそばだ。

私はパソコンの前を離れると、バックヤードを出て、実際にその通路を覗いてみた。

落ちていたのは、お札だった。

何やら読めない文字が筆で書かれていて、それが何枚も、床の上に散乱している。辺りを見回したが、やはり女の姿はない。

もはや、これをどうすればいいのかも分からない。お札ということは、私の身を守ってくれるのか。それとも、あの不気味な女が置いていった以上、忌《い》まわしいものと見るべきか。

しかし、いずれにしても——床に落ちているものを放置しておくわけにはいかない。

とりあえず、拾い集めた。ついでに、さっきいたずらされた商品も棚に戻しておかないと……と思っていると、またもどこかから、新たな異音が聞こえ始めた。

……ガリ、ガリガリ、ガ、ガ、ガ、ガ……。

いったい今度は何だ、と耳をそばだてて音の出所を探る。……店内ではない。どうやら倉庫の方からだ。

さっそく行ってみると、音はさらに外、裏庭から響いていることが分かった。

私は傘を差して、裏庭に出た。

雨の音に混じって、ガリ、ガリガリ……という異音が、はっきりと聞こえる。

——そうか、室外機からだ。

外壁の一角に目を向ける。さっきハマダさんが直してくれたはずの室外機が、ガリガリと異様な音を立てている。

そばに寄って、蓋の隙間に懐中電灯の光を当ててみた。

回転するファンの下に、何かがある。それがファンに当たって、ガリガリと鳴っているのだ。

何とかしてこの蓋を外して、異物を取り出せないものか——。私は考えるうちに、そういえばハマダさんの忘れていったスパナを持っていたことを思い出した。

素人の自分が上手く扱えるのか……と心配したが、蓋は案外簡単に外れてくれた。

ファンの下から出てきたのは、小さな古い鍵だった。

いったいなぜ、こんなものが室外機に紛れ込んでいたのか。いやそもそも、これはどこの鍵なのか。

ともあれ鍵をポケットに回収し、店に戻りかけたところで——。

……私は、ハッと気づいた。

振り返り、トタン板の方に駆け寄った。

散らばった規制テープの手前に立って、その先の暗闇に懐中電灯を向ける。確か——鍵が閉まっていて入れないドアが、この先にあったはずだ。

根拠こそないものの、きっとあのドアの鍵だ、という確信があった。

私は再び、暗いぬかるみに足を踏み入れた。

懐中電灯の光を頼りに、トタン板を迂回し、例の小屋の前に立つ。

正面のドアは相変わらず、閉ざされたままになっている。しかしさっきの鍵を挿し込んで回してみると、ガチャリ、と難なく開いた。

——これで、中に入れる。

ドアノブに手をかけようとする。だが同時に、とてつもない胸騒ぎを覚える。本当にこのまま開けてしまっても大丈夫なのか。

私は寸前で踏み止まり、軽く息を整えて考えた。

何か——準備をしておいた方がいい。

しかし、具体的にどう準備すればいいのか。試しに持ち物を探ってみる。懐中電灯、傘、スパナ、お守り、お札……。この場合使えるのは、やはりお札だろうか。

私は持っていたお札を、小屋のドアにベタベタと貼ってみた。

いったいこれでどんな効果が得られるのかは分からない。所詮気休めかもしれない。それでも満足した私は、改めてドアノブに手をかけ、ゆっくりとドアを開いてみた。

中から異臭が漏れ出してくる。暗い。急いで懐中電灯を向ける。

……そこは、畳二畳分ほどの部屋があるだけの、狭い空間だった。

真っ先に目に映ったのは、暗闇の奥に赤く灯る「4」という数字だ。懐中電灯を当て、それがテレビに映ったものだと知る。なぜこんなところにテレビが、と訝《いぶか》しく思いながら、さらに光の輪を走らせる。

部屋の奥の壁に接して、小さな長テーブルが据えられているのが分かる。テレビはその上にある。すぐ隣にはビデオデッキと、用途の分からないバケツ。さらに、なぜかガムテープでぐるぐる巻きにされたビデオテープが置かれている。

しかし、さらに懐中電灯で周囲を照らしたところで、私は思わず悲鳴を上げた。

……人がいた。

部屋の片隅に置かれた椅子に、男が一人、ぐったりと項垂《うなだ》れて座っている。

意識がないのか。あるいは——すでに命すらないのか。

私は恐る恐る、その男の体に向かって、懐中電灯の光を当ててみた。

……うちのコンビニの制服を着ている。まさか、知っている人なのか。

項垂れた顔を慌てて照らす。そして私は、もう一度小さく叫んだ。

男の両目が、ぐちゃぐちゃに潰れていた。

眼窩《がんか》と思しき箇所から血が溢《あふ》れ、頬を赤く濡らしている。一方で肌は、すでに死人のように白く、生気がまったくない。

一瞬逃げ出しかけたものの、思い止まった。

男の顔に、はっきりと見覚えがあったからだ。

「……店長？」

私は低く呟いた。そこに座っているのは、間違いなく店長の鶴川さんだった。

恐る恐るドアをくぐり、小屋に足を踏み入れる。鶴川さんのそばに寄って、もう一度声をかけてみたが、反応はない。もっとも、触れたり顔を近づけたりして息を確かめるほどの勇気もなく、私はその場に立ち尽くした。

改めて、小屋の中を見回す。テーブルと椅子こそあるが、他に設備の類は何もない。天井には照明すらなく、足元を照らしても、土が剝き出しになっているばかりだ。

……その土の上に、何かが散らばっている。よく見れば、ネズミの死骸だ。ぞわっと全身が粟立《あわだ》つ。ただ気になるのは、その死骸に交じって、なぜかビデオテープが転がっていることだ。目で追って本数を数えると、三本ある。これにテーブルの上の一本を足して、四本。テレビに映っている数字は、「4」……。

何か繋がりがあるのか。それとも、ただの考え過ぎか。

──それにしても、この建物は何なのだろう。

少なくとも、人が住むようには造られていない。やはり物置なのかもしれない。

とりあえず外に出よう──。そう思って、私がドアの方を振り返った時だ。

バタン！　とドアが独りでに閉まった。

途端に小屋の中が暗闇に包まれる。私は懐中電灯の光だけを頼りに、ドアに駆け寄った。だが、開かない。押しても引いてもびくともしない。

どうしよう、と思っていたら突然、ドンドンドン！　とドアが外から激しく打ち鳴らされた。

誰かがノックをしている。助けてもらえるかもしれない。

そう思ったのも一瞬のことだった。

続いて壁が、ドンドンドン！　と激しく鳴り出した。

窓が、ドンドンドン！　と鳴った。

屋根が、ドンドンドン！　と鳴り響いた。

もはや小屋中の外壁という外壁が唸《うな》りを上げている。その轟音《ごうおん》に混じって、何か──。

……何か、声が聞こえる。

まるで地の底から響いてくるように、おぞましく。

ひぃぃぃぃぃぃ……と、それは女の悲鳴か、あるいは泣き叫ぶ声にも似ている。

「やめて！」

私はパニックになって叫んだ。

同時にすぐ近くで、「うぅぅぅ……」と男の呻き声がした。

とっさに光を向けると、店長がゆっくりと首をもたげ、潰れた目でこちらを見返してきた。

私は絶叫した。

第三夜

ハッと飛び起きた時には、すでに仮眠から覚める時刻になっていた。

「……夢？」

思わず呟き、周りを見た。いつものアパートの一室だ。普段どおり、私はベッドで仮眠をとっていたらしい。

心臓の鼓動が激しい。背中も汗でひどく濡れている。とんでもない悪夢だったと思いながら、私はベッドを出た。

……いや、本当に夢だったのだろうか。

昨夜の勤務時間の記憶を辿ってみる。確か――出勤したら船橋先輩がロッカーから飛び出し

てきて、私を驚かせた。品出しの最中に、倉庫に閉じ込められた。ハマダさんという作業員が
エアコンを直しにきた。ＯＬ風の女性客からお守りを貰った。トイレのドアが何度も開いた。

裏庭の規制テープが剝がれ落ちた。防犯カメラに不気味な女が映った。裏の小屋へ行き、そこ
で――。

……ああ、そうだ。確かに小屋には、入った記憶がある。

しかし、そこで何を見たのかが思い出せない。いや、それ以上に、小屋に入って以降の記憶
がない。その後の業務は？　引き継ぎは？　何時に帰宅した？　大学では何があった？

……何も覚えていない。

眩暈《めまい》にも似た感覚に苛《さいな》まれながら、私はふと足元に視線を落とした。

床に、空の段ボール箱が転がっている。伝票が貼り付けてあるから、荷物だと分かる。しか
し、ここ数日私宛に来ていたものとは、少し箱のサイズが違っている。

つまり――また届いたのだ。新しい荷物が。

しかし、やはりその記憶がない。いや、ここに箱が転がっていて、開封してあるということ
は、間違いなく私がこの手で受け取っているはずなのだけど。

私は混乱する頭で箱を拾い上げた。……中身が入っていない。

辺りを探すと、すぐ近くにビデオテープが一本、剝き出しで落ちているのが見えた。

私はそれを手に取り、ビデオデッキに突っ込んで、再生させてみた。

ヴヴヴ……と不快なノイズが流れる。

画面の中に、また暗い光景が映った。

いつもの民家——ではない。もっと見覚えのある、私のよく知っている建物だ。

……裏手の小屋。

映像は、昨夜のあの小屋を、正面から捉えたものだった。

だが、私がその意味を考える間もなく、映像は終了してしまった。

私は何も映さなくなったテレビを、呆然と眺め続けた。

——もうこれ以上、出勤してはいけない。

頭の中の理性がそう告げている。もし出勤すれば今度こそ大変な目に遭うと、はっきり予感できる。

……なのに気がつけば、私はいつもどおり懐中電灯を握り締めて、玄関へ向かっていた。

理由は、自分でも分からない。絶対に危険だと理解できているのに、どうすることもできない。もはや、抗《あらが》い難《がた》い何かに突き動かされているとしか思えなかった。

外は、昨日から一夜経《た》って、すっかり雨が上がっていた。

なのにどうしてか、昨日よりも遥かに暗かった。

懐中電灯の光すら数歩先までしか照らせない闇の中を、私はのろのろと歩いた。

階段を下り、民家の間を抜け、大きな橋を渡る。

広々とした敷地に、コンビニの煌々《こうこう》とした明かりが灯っているのが見えた。

他に光は、一切なかった。

ただ闇の中の一点の光源を目指して、私は街灯に引き寄せられる蛾《が》のように、ふらふらと店内に入った。

ピンポーン、ピンポーン、と軽やかに自動ドアが鳴った。店内放送が流れていないのか、他に聞こえる音はない。

店内には、誰もいない。先輩の姿もない。

とりあえずタイムカードを押そうと、バックヤードに入った。

……カードが消えている。

あれ、と思いながら、バックヤードからレジに戻る。

その途端――店の照明が、いっせいに落ちた。

気がつけば、店内の様子が一変していた。

すべての明かりが消えた中、ただガラス窓から差し込む脆弱《ぜいじやく》な夜明かりだけが、周囲をうっすらと照らしている。

その夜明かりを浴びて、店中の床という床に、何かが散乱しているのが分かる。

靴で踏むと、硬い感触が走る。私はその正体が気になって、懐中電灯で床を照らしてみた。

……釘《くぎ》だ。錆《さ》びて折れ曲がった大量の釘が、床を埋め尽くさんばかりに落ちている。

床には無数の引っかき傷や、何かを引きずったかのような黒い線も走っている。

だが、異変はこれだけではない。私は続いて、陳列棚の方に光の輪を向けてみた。

棚中の商品が消え、代わりにおかしなものが並んでいるのが見えた。

テレビだ。

どうしてかは分からない。とにかく真四角なブラウン管のテレビが、棚のそこかしこに、まばらに据えられている。

どれも電源は入っていない。いや、この際そこはどうでもいい。

私は自動ドアに近づいてみた。……開く気配はない。続いて倉庫へ行き、裏庭に出るドアも試してみたが、こちらもびくともしない。

――どうやら完全に、店内に閉じ込められてしまったらしい。

私は途方に暮れ、この事態を打開する術《すべ》はないかと、バックヤードに戻った。

店長からのメモはない。せめて何か指示があれば、それに従ってみるのだが……。

そんな時、ふと目に留まったものがあった。

パソコンだ。防犯カメラの映像を見れば、また何かが見えるかもしれない。

さっそくマウスに触れてみる。電源が落ちているかも、と一瞬心配したが、そのようなこともなく、ちゃんとモニターに店内のカメラの映像が現れた。

そこに――いた。

あの小さな男の子だ。それが釘だらけの通路を、裸足《はだし》でペタペタと歩き回っている。

私は固唾《かたず》を呑《の》んで、その映像を見守り続けた。

……男の子は何をするでもなく、黙々と歩いているだけだった。

ドアにいたずらすることも、途中で引き返すこともない。ただ、時々立ち止まっては、棚のテレビを覗き込むような素振りを見せる。あそこには何も映っていないはずだが……。

男の子が通路を折れて見えなくなる。私は映像を、もう一方の店内カメラに切り替え、懸命に後を追う。

しかし、どこまで追いかけても同じだった。男の子は時折テレビの画面を覗きながら店内を一周し、始めの位置に戻ってくると、またそっくり同じ動きで通路を歩き始めた。

このままぐるぐると回り続けるのだろうか。

私は男の子の動きに注意しながら、さらに二周するのを見守った。

……一つ、気づいたことがあった。

男の子が足を止める場所だ。あの子はテレビを覗き込む際に足を止めるのだが、それが毎回、必ず同じ位置になっている。

――いや、そうじゃない。

考えて、私は再度気づいた。

――いつも同じテレビを覗いているんだ。

私はパソコンの前を離れ、レジに戻った。

店内を眺める。今通路を歩き回っているはずの男の子の姿は、肉眼では捉えられない。やはり防犯カメラを介さないと見えないのかもしれない。

しかし、それはある意味で好都合だった。もし私が通路に出たところで、あの子と鉢合わせしたら……と考えると、恐ろしくてテレビを調べることなどできないからだ。

——そう、テレビを調べる。今私が試せるのは、これしかない。

私はカウンターを出て、通路に踏み出した。

靴の下で、ガリ、と釘が鳴る。一応裸足でないとはいえ、誤って踏み抜かないようにしないといけない。

爪先で釘を蹴り払いながら、私は慎重にすり足で通路を進んだ。

さっき男の子が立ち止まっていた、その一ヶ所目に着いた。紙パックのジュースがあった棚だ。その上から二段目にあるテレビを、あの子は覗いていたように思う。

私は恐る恐る、該当するテレビの電源に触れてみた。

ブッ……、と電気の通る音がして、画面に白い光が灯った。

映ったのは、砂嵐だけだった。一分ほど眺めたが、特に変化が起こる様子はない。

だが、男の子が見ていたテレビは、これだけではなかった。私はさっきの記憶を頼りに、二ヵ所目のテレビがあった場所へと向かう。

窓側から数えて三番目の通路。そこに面した陳列棚の最下段にあるテレビの一台を、私は点っけた。

砂嵐が映るのを確認し、次の場所へ移動する。

三ヶ所目は、もう一つ窓側寄りの通路になる。レジに近い棚の一角の、中段のテレビだ。

砂嵐を映し、さらに四ヶ所目へと足を向けた。

……これで最後だ。店の入り口に近い棚の、最上段のテレビ――。私はその電源ボタンを、グッと指で押し込んだ。

真っ白な砂嵐が映った。私は額の汗を拭い、改めて店内をぐるりと見渡した。

カメラの映像の中で男の子が覗いていた四台のテレビ。そのすべてが点《とも》っていた。どれも映っているのは砂嵐ばかりだが、これで何かが起こるかもしれない。

もう一度パソコンを確かめてみよう――。そう思って、私がバックヤードに行きかけた時だ。

……不意に店の奥から、声が聞こえてきた。

……小さな、か細い、まるで子どもがすすり泣くような声だ。

足を向けながら、懐中電灯で照らしてみる。トイレの前から冷蔵ケースへと光を走らせ、しかしそこに誰もいないことを確かめると、私はもう一度立ち止まって耳を澄ませた。

――声は近い。

――ということは、さらにこの奥かもしれない。

私はその足を、倉庫のドアへと向けた。

中に入ると同時に、泣き声がより鮮明になった気がした。

周囲を見回す。しかし段ボール箱がいくつも積まれていて、見通しはよくない。

私は息を殺し、ゆっくりと箱の間を移動していった。

そして――見つけた。

……倉庫の奥、ちょうど角の壁際に、あの子がいる。

床にべったりと腰をつけ、半ば仰向《あおむ》けに押し倒されるような形で、上体をもたげている。

手足が蠢《うごめ》き、まるでもがくような素振りを見せる。持ち上げた顔は壁の方を向いているため、こちらからは窺《うかが》えない。

――あぁぁぁぁ……。

――あぁぁぁぁ……。

泣き声が耳に響く。理由は分からないが――この子が苦しんでいるのは間違いない。

私はそんな気がして、そっと男の子のそばに近寄ってみた。

声をかけようとした。何か相手の心が落ち着くような、優しい言葉を。

だが――その時だ。

突然すぐ背後で、バタバタバタ！　と激しい足音がした。

誰かが走り寄ってきたのだ、と気づき、慌てて振り向いた。そこに――。

……あの女が、いた。

……天井に届きそうなほどの高さから、真っ黒な髪に覆われた顔が、こちらをじっと見下ろしていた。

私は悲鳴を上げ――。

そして、視界が闇に包まれた。

気がつくと、私は倉庫の中で立ち尽くしていた。

……泣き声は聞こえない。壁際を見ると、すでに男の子はいなくなっている。

振り返ってみたが、あの女の姿も、どこにもなかった。

ピンポーン、ピンポーン、と自動ドアの鳴る音が聞こえた。

ふらつく足取りでドアに向かい、店内を覗いてみる。

途端に蛍光灯の眩い光が、私を迎え入れた。

明るい店内に、自動ドアの軽やかなチャイムが響いている。見れば床にも陳列棚にも異変はなく、店の中はすっかり元どおりになっている。

解決した――のだろうか。

私はひとまず安堵した。

そこへまたも、ピンポーン、ピンポーン、とチャイムが繰り返された。

ハッとして、入り口側に視線を向ける。

……しかし、人が入ってきている様子はない。

ピンポーン、ピンポーン……と、チャイムが鳴り続ける。

――ああ、まだ終わっていないんだ。

私は軽い眩暈を覚えながら、自動ドアの方に行ってみた。

そこに人の姿は、もちろんなかった。

だが同時に、開閉の理由もすぐに分かった。

ドアの前に、物が置かれていたのだ。

……ビデオテープだった。

箱にすら入っていない一本のビデオテープが、剝き出しの状態で放置されている。それがセンサーに引っかかり、延々とドアを開閉させていた。

私は迷わず、ビデオテープを拾い上げた。なぜならこのテープは、どう考えても、私宛のものだからで――。

第四夜

明け方になっても、引き継ぎの店員は現れなかった。

私は諦めて、定時から一時間ほど過ぎたところで帰宅した。

それから泥のように眠り、目が覚めたのは夕方のことだった。

出勤するにはまだ早いが、大学に行くには遅すぎる。そんな時間だ。とりあえず簡単に食事をすませ、さて今から何をしようかと考える。

そこで――ようやく、今朝持ち帰ったビデオテープのことを思い出した。

見れば無造作に、ベッドのそばの床に放り出してある。私はそれを拾い上げ、テーブルの上に置き直した。

……見てみようか。

そう思った。昨日まで毎日、送られてきたビデオテープは必ず再生させてきた。だから今回も、同じようにするだけだ。

だが一方で、それを躊躇する気持ちもある。

……本当に、見ても大丈夫なのだろうか。

何だか嫌な予感がする。このビデオテープは、今日で通算四本目だ。

――4。この数字が、なぜか心に引っかかる。

ならば、やはり見ずに終わらせるのが賢明かもしれない。……でも、このテープはどうする？　捨ててしまう？　もしそんなことをして、何か取り返しのつかないことになったら？

嫌な想像が、いくらでも脳裏をよぎった。

私はどうすることもできないまま、テーブルの上のビデオテープを、しばし睨み続けた。

そもそも――これ一本を処分するだけではすまない。テープはまだ、家に三本あるのだ。

部屋の隅を見る。これまでに届いたテープが、元の段ボール箱に入って放置されている。すでに中身を見てしまったとはいえ、この三本を家に残しておくだけでも、何かの障《さわ》りがありそうな気がしてならない。

いったいどうすれば――と、段ボール箱を見つめて考える。

……そんな時だ。ふと妙案を思いついたのは。

私は今一度、これまでに送られてきた段ボール箱をすべて検めてみた。

宅配の伝票が貼られている。どれも、差出人の名前はない。

だが――住所だけは、はっきりと書かれている。

見比べて、どれも同じ住所であることを確かめる。具体的に誰の家なのかは分からないが、少なくとも住所が判明している以上、このテープを逆に送り返してやることはできるはずだ。そう、すべて本来の持ち主に押しつけてしまえばいい。私はただ、巻き込まれただけなのだから。

さっそく四本のビデオテープを二重のビニール袋に入れ、口をきつく縛って、段ボール箱に押し込めた。さらにその箱をガムテープでぐるぐる巻きにし、厳重に封印した上で、新しい伝票を貼りつける。

宛先はもちろん例の住所だ。ちなみに差出人の欄は、何も書かずにおいた。

宅配業社に集荷を頼むと、程なくして配達員が家を訪ねてきた。

「おや、あなたでしたか。お疲れ様です」

……よくコンビニに現れる、あの配達員だった。

私は彼に荷物を託し、ようやく人心地がついた。

すでに外は夜になっていた。

窓の外に広がった闇を眺めながら、今夜のバイトのことを考える。正直、気が重い。できることなら休んでしまいたい。

しかし、欠勤の理由をどう説明しよう。

もし昨夜の出来事を正直に話したとしても、一笑に付されるだけの気がする。だが、ここでぐずぐずしたところで、出勤時間は刻一刻と迫ってくる。

私は少し躊躇した後、思い切って店長に連絡を入れてみることにした。

携帯電話のアドレス帳から店長の番号を選び、コールする。

……応答がない。

仕方なく電話を切り、五分ほど待って、もう一度コールしてみる。

……やはり、店長が出る様子はない。

何かあったのだろうか、と訝しく思っていると、そこで突然、私の携帯電話がブルブルと震え出した。

電話だ。店長が折り返しでかけてきた……というわけでないのは、ディスプレイに表示された名前ですぐに分かった。

――細江《ほそえ》さん。勤務先のバイトリーダーだ。勤務時間が違うので、実際に会ったことは一度もないが、念のため連絡先を登録してある。しかしそのバイトリーダーが、突然何の用だろう。

不思議に思いながら出てみると、初めて聞く中年女性の声が、スピーカーから流れてきた。

『もしもし、田鶴さんの携帯電話ですか？　あの私、細江と申しますが――うん、そうそう。同じコンビニの。それで、ちょっと急なお報せなんだけどね、実は……』

――店長が亡くなってね。

細江さんは緊張に満ちた声で、そう告げた。

私は呼吸が止まりそうなほどに絶句した。頭の中が真っ白になって、細江さんの『今日は臨時休業で……』という言葉すら、すぐには理解できなかった。

ひととおりの事務連絡を聞き終え、それからようやく、私は震える声で尋ね返した。

「あの……店長が亡くなっていた場所って、どこなんですか？」

その質問に、今度は細江さんが黙る。唐突に妙なことを聞いたからか。しかし一拍置いてすぐに、彼女は声を潜めてこう答えた。

『あのね、コンビニの裏に倉庫があるんだけど――ああ、私が勝手に倉庫って呼んでいるだけで、何だかよく分からない小屋なんだけど……そこでね。死後一日だって――』

……それ以上詳しく聞き出す勇気はなかった。

私は、このバイトを辞めることにした。

＊＊＊

……以上が、私があのコンビニで体験した、すべてだ。

なお、この一連の不可解な出来事に関連して、かなり気になる事件のニュースを見つけたので、その概要をここに書き添えておきたい。

――２００９年９月14日。××県××市に住む男性会社員（38歳）が、家族と無理心中を図《はか》る事件が起きた。

男性は日頃から上司によるパワハラに悩んでおり、男性の同僚によれば、彼はその日、特にひどく落ち込んで帰宅していったという。

男性が帰宅した時、妻（34歳）は息子のためにお菓子を買いに出ていて不在だった。男性はその間に、家に一人でいた息子（6歳）を包丁で殺害。さらに帰ってきた妻を拘束し、体に釘を何本も打ち込んで同様に殺害し、その後自身も首を吊って死亡した。なお、妻は妊娠中だったという。


事件の概要は以上だ。あくまで簡単にすませたが、実際は詳細に書くのが憚《はばか》られるほど凄惨《せいさん》な内容で、家族それぞれの気持ちを想うと、やり切れないものがある。

ただ一番の問題は――この事件の舞台になった家というのが、コンビニができる以前、あの土地に建っていたものらしい、ということだ。

私が遭遇した一連の出来事は、やはりこの事件と関係しているのだろうか。

例えばあの時、倉庫の奥で泣き苦しんでいた男の子の姿勢が奇妙だったのは、もしかしたら――。

……いや、これ以上はすべて私個人の憶測に過ぎない。だから、言及は控えたい。冒頭の繰り返しになるが、この手記を読んだ皆様が、ご自身で考えていただければと思う。


――手記はここまでとなります。

最後まで読んでくださった皆様、ありがとうございました。

第?夜

私があの手記を書き終えてから、数ヶ月が経った。

もともとは、「せいぜい自分用の覚え書き」ぐらいにしか考えておらず、誰かに読ませるとしても、身内や友人のみに留めるつもりでいた。

ところが……いったいどこをどう経由したのだろう。半月もするとあの手記は大学中に広まり、私はすっかり有名人になってしまっていた。

テレビや週刊誌の取材申し込みも頻繁《ひんぱん》に来た。私はすべてお断りしたが、それでもこちらの与《あずか》り知《し》らないところで、手記の一部が勝手に使われてしまうことがあった。さらにはネット上にも「出る」という噂だけが拡散されたようで、問題のコンビニを見にいく野次馬が、しばらくは絶えなかった。

もっとも店そのものは、私が辞めてからすぐに、潰れてしまっていた。

理由は分からない。経営不振だった――という話も誰かから聞いた気がするが、実際のところ、それを調べる手立ても勇気も、すでに私には残っていなかった。

コンビニは一ヶ月ほど無人の廃墟として残り、その後取り壊された。

私が、とあるゲーム製作チームからメールを貰ったのは、その時期だ。何でも私の手記をベースにしたホラーゲームを作りたいので、許可が欲しいという。聞けば、私の体験をできるだけ正確に再現するつもりらしい。

少し悩んだものの、私はＯＫすることにした。

あの体験は、すべてが忌まわしさで塗り潰されたものではない。その背景に悲しい事件があったのかも、という可能性は、できるだけ多くの人に知ってもらいたい。願わくば、興味本位でコンビニを見にいっていたような野次馬達にも……。

使用を許可する旨をメールで返し、以降、私はこの一連の騒動から身を引いた。

一方、取り壊されたコンビニの跡地は、何に利用されるでもなく、ずっとそのままになっていた。

夜、帰りが遅くなり近道しようとして、図らずも跡地の前を通ってしまうことが、何度かあった。

かつてコンビニの明かりに照らされていたその場所は、今や光のまったく存在しない、不気味な土地になり果てていた。

闇の中、川の流れと虫の声だけが響く。辺りを懐中電灯で照らせば、すでに土ばかりと化した跡地が雑草を風に揺らし、まるでこちらを手招きしているように見える。

そんな時私はいつも、安易に近道を選んだことを後悔し、足早に通り過ぎるのだった。

それでも慣れてくると、恐怖を抱くことはなくなっていった。

あの奇怪な体験の記憶も、次第に薄れつつあった。私は敢えて手記を読み返すことはせず、このまま忘却の彼方《かなた》に置き捨ててしまおう……と、そう思えるようになっていた。

そんな――ある夜のことだ。

残暑の厳しい九月半ば。サークルの飲み会で帰りが遅くなった私は、久しぶりに近道を通ることにした。

懐中電灯を手に、川沿いの道を進む。やがて街灯のない、広々とした一角に出た。

コンビニの跡地だ。何気なく懐中電灯を向けてみると、相変わらず雑草にまみれた荒れ地が、そこに広がっている。

特に何も考えず、通り過ぎようとした。

その時だ。

ふと――子どもの声が聞こえた気がした。

え、と思い、立ち止まって振り返る。

声は、跡地の奥から聞こえたように思う。

しかし光を走らせても、そこには雑草が生《お》い茂《しげ》るばかりで、誰の姿もない。

耳を澄ませたが、ただ川の音と虫の声が、騒がしいだけだ。

……気のせい、だったのだろうか。

私は少し迷い、それからゆっくりと、跡地に足を踏み入れた。

草が脚にチクチクと触れる。爪先で蹴りながら、先へ進む。

土と草ばかりの地面は少しでこぼことして、私は何度かつまずきそうになった。

跡地の中ほどを過ぎても、子どもの姿などなかった。

……やはり空耳だったのか。

もう引き返してもよかったが、私は好奇心から、さらに奥へと向かってみた。せっかく久しぶりに足を踏み入れた土地を、きちんと踏破《とうは》したい——という、そんな子どもじみた考えからの行動だった。

やがて、跡地の果てが見えてきた。

生い茂っていた雑草が途切れ、その先に、黒い何かが立ちはだかっているのが見える。

私はそれを、懐中電灯で照らしてみた。

……古びたトタン板だった。それが地面に突き立って、塀のように行く手を遮っている。

そういえば、コンビニの裏庭で同じものを見た気がする。

私はそう思い、周囲を見回してみた。

そして——思わず唖然《あぜん》とした。

……見覚えのある規制テープが、土の上に散らばっていた。

近くには、「この先工事中」と書かれた看板も転がっている。

強烈な既視感を覚えながら、懐中電灯を地面から上に向けると、その一角だけ、トタン板に幅の広い切れ間が存在しているのが分かった。

——同じだ。

——あの裏庭で見た光景と、まったく同じだ。

——ということは、この奥には……。

私は恐る恐る、切れ間の先を照らしてみた。

トタン板がもう一枚、衝立のように立って、光を遮っている。

……もはや、進まずにはいられなかった。

規制テープの残骸を跨《また》ぎ、トタン板の切れ間から、慎重に土道に足を踏み入れた。

衝立を迂回し、さらにその先を懐中電灯で照らす。

そして、私は息を呑んだ。

……あの小屋が、あった。

本来なら黒一色になるべき視界の中に、光の輪に包まれて、ぼぉっ……と浮かんでいる。

――どうして？　取り壊されたはずなのに。

そんな疑問が、焦りとともに浮かぶ。しかし……よく考えてみると、それは違うのだ。

そもそもこの小屋は、コンビニの一部ではない可能性が高い。古さから見て、コンビニができるもっと以前からここにあった、と考えた方が自然な気がする。

そして、もしこの考えが正しいなら――。

……コンビニが取り壊された今も、小屋はここに残り続けていて当然なのだ。

私は小屋の前に佇み、じっとドアを眺め続けた。

引き返せ、という言葉が、幾度となく脳裏をよぎる。

だがその一方で、知りたい、という欲求が私を苛む。

そう、私は知りたいのだ。あの不可解な出来事の真相を。

それがたとえ、ほんの一端であっても。

……そっと、ドアノブに手をかけた。

鍵は、かかっていない。

ギィ、とドアを開け、中を照らす。あの日夢で見た景色とよく似た光景が、そこにあった。

畳二畳分ほどの狭い部屋に、奥の壁に接するようにして、長いテーブルが置かれている。その上には、電源の入っていないテレビと、ビデオデッキ。用途の分からないバケツ。

天井に、照明は付いていない。床は土が剝き出しで、ネズミの死骸が転がっている。

テーブルの近くには椅子がある。今は、誰も座っていない。

そしてもう一つ――大きな違いがあった。

椅子の上に、段ボール箱が置かれているのだ。

私はそっと、小屋の中に足を踏み入れた。

ドアが背後で、バタン、と独りでに閉まった。

暗闇に光を走らせ、箱を照らす。ガムテープで封じられた蓋に、見覚えのある配達伝票が貼られている。

……私の字だ。

……見知らぬ住所に宛てて私が送った、あの荷物だ。

震える手で封を剝がした。

箱の中には、あの時のビデオテープが、そのまま入っている。

これを見れば——何かが分かるのかもしれない。

テレビの電源を入れる。真っ白な砂嵐が流れる。

私は、あの時見なかった四本目のテープを手に取り、デッキに入れて再生させてみた。

ヴヴヴ……と、不快なノイズが耳を掻きむしり始めた。

画面に、何かが映った。

……誰かの後ろ姿だ。狭く真っ暗な部屋に、懐中電灯を手に佇み、テレビの画面を見つめている。

……ここは、この小屋？　後ろ姿は……私？

ふと背後に気配を感じて、私は振り返った。

そこには、天井まで届くほどの背丈の、あの女が——。

あとがき

著 Chilla's Art

初めましての方もお世話になっている方も、この本をお読みくださりありがとうございます。チラズアートです。

今回、KADOKAWAさんから「書籍化」のご相談をいただき、ゲームが小説になるとどんな感じになるんだろう？　とわくわくした気持ちでいっぱいでした。

東《あずま》先生が執筆するにあたり、まずプロットを送っていただいたのですが、そのプロットがもはや短編小説のようでびっくりしました。

その上で執筆された小説が一作品ごとに送られてきました。

読むと、ゲームの風景、ストーリーが目に浮かぶほどの文章でゲームをよく見て文に落とし込んでくださっているのがわかり、とても嬉しかったです。

加えて、ゲームではわからない登場人物の考えや心情も東先生が考え入れてくださり、とても読み応えのあるものになっていました。

文章が素晴らしかったので、こちらの考えと逸《そ》れているところは直していただきましたが、ほとんど直していただくところはありませんでした。やはりプロは違うなと感じました。

チラズアートは、登場人物一人ひとりの感情や人柄、行動の理由などを考えて作っています。一つひとつが短いゲームではありますが、それぞれのキャラクターに思い入れがあったりします。

そのキャラクターを丁寧に文字で表現してもらうことで、読んでいる方も登場人物を掘り下げることができたのではないでしょうか。

また、過去に作ったゲームを久しぶりに触れることができ、その時のゲームを作っていた環境や思いなども思い出され懐かしかったです。

特に『夜勤事件《やきんじけん》』は二〇二〇年二月に発売した作品で、チラズアートにとっては結構前の作品になります。そこからチラズアートを知ってくださった方も多く、いろいろな思いが呼び起こされました。こうやって書籍化していただくことで過去の作品を振り返るいい機会になりました。

ゲームを遊んだことがない方もこの機会にぜひ遊んでいただければ、この本の面白さもより伝わると思いますし、ゲームを遊んだことがある方ももう一度遊ぶことでまた違った角度から楽しめると思いますのでぜひみなさん、ゲームも買って遊んでみてください。Ｓｔｅａｍで販売しています。

ゲームを作り始めたころは、ゲームが書籍化したり、漫画になったりというのは露程《つゆほど》も思いませんでした。

こうしてチラズアートがゲーム以外の媒体でも楽しんでいただけるようになったのは、チラズアートを応援してくださる方々、チラズアートのゲームを遊んでくださる方々のおかげです。

今のチラズアートがあるのは、ファンのみなさんや、ご支援してくださる方々が増えているからです。そのことに一層感謝し、今後もみなさんに楽しんでいただけるようなゲームを作っていきたいと思います。

この本を通してご支援に興味を持たれた方はこちら→https://www.patreon.com/chillasart

最後になりましたが、今回書籍化にあたって小説を書いてくださった東先生、この書籍化の担当をしてくださったファミ通文庫編集部の儀部《ぎぶ》さん、この書籍にかかわってくださったたくさんの方々、そしてこの本を読んでくださった読書の皆さん。本当にありがとうございました。書籍化という新しい体験ができて新鮮でした。

今回、この本に収録されている五作品は、チラズアートのゲームの中の一部でしかありません。本に収録されている五作品を含め、他のゲームや今後作っていくゲームをみなさんに楽しんでいただけたら幸いです。

チラズアートがより一層大きくなれるよう、ご協力よろしくお願いいたします（笑）。

祝・ノベライズ！

人気ゲーム実況者様より応援＆お祝いコメント♪（順不同・敬称略）

ガッチマン

ノベライズおめでとうございます！

チラズアートさんが作り出す世界の人間って、本当に何を考えているのか分からないから怖い。人の狂気や異常性を上手に表現されていてゾックゾクします

サンキュームービー

ゲームで体験したあの独特の世界観が、より深く味わえる日がくるとは。

船橋先輩、あなたは許さない

オダケン

最後の3行で一変する
"奴ら"の執拗な眼差しに背筋が凍りました。
それぞれの心情、舞台裏での事件にも…ゾワゾワゾワッ。
ノベライズおめでとうございます!!

ポッキー

「夜勤事件 ～Chilla's Art ノベライズ集～」の発売おめでとうございます！

現代の日本における人間の怖さ、歪さを独特のチラズアートワールドで表現されたホラーゲームをいつも楽しませてもらってます！

ノベライズ集でさらに深くまでチラズアート作品を堪能したいと思います！

柏木べるくら

祝ノベライズ化！　まさか『夜勤事件』を書籍で楽しむことができる日が来るとは、思いもしませんでした。

『夜勤事件』は、数多いチラズアートさんの作品の中でも特に好きなゲームで、不思議さコミカルさやホラー的な怖さが詰まった珠玉のインディーホラー作品となってます。

それを更に肉付けしたノベライズには、期待せずにはいられません。

この度は本当に書籍化おめでとうございます。

今後も書籍、ゲーム共々楽しませていただきます。

フルコン

祝・ノベライズ化！　チラズアート作品のコミカルな部分、ゾッとする部分それぞれにマッチしたテンションの文章表現が読みやすく、ゲームをプレイした時のことを思い出しながらウキウキで読み切りました！　ファン必読の一冊、発刊おめでとうございます！

マキトch

考察だけでは知り得なかった深い物語。
本作の結末を見て、考察し直したいです(笑)
僕は夜勤事件がお気に入りです。

塩たん

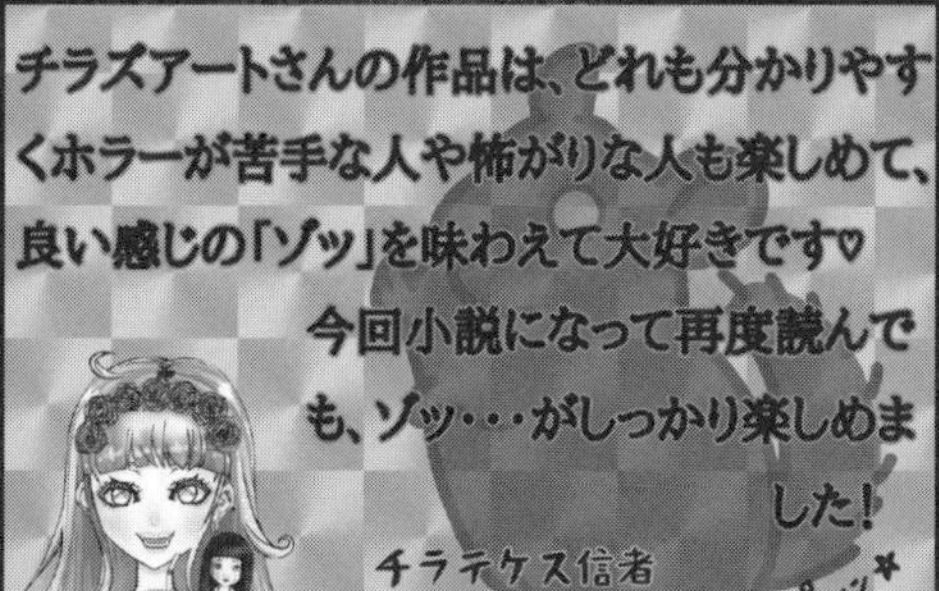
チラズアートさんの作品は、どれも分かりやすくホラーが苦手な人や怖がりな人も楽しめて、良い感じの「ゾッ」を味わえて大好きです♡
今回小説になって再度読んでも、ゾッ・・・がしっかり楽しめました！
チラテケス信者
塩たん

夜勤事件《やきんじけん》　～Chilla's Art ノベライズ集《しゅう》～

2024年6月30日　初版発行
2024年11月10日　3版発行

著　　者　東亮太《あずまりょうた》
原作・監修　Chilla's Art
発 行 者　山下直久
発　　行　株式会社KADOKAWA
〒102-8177 東京都千代田区富士見2-13-3
電話 0570-002-301（ナビダイヤル）
編集企画　ファミ通文庫編集部
デザイン　横山券露央（Beeworks）
撮影協力　株式会社CURBON
写植・製版　株式会社スタジオ205プラス
印　　刷　TOPPANクロレ株式会社
製　　本　TOPPANクロレ株式会社

●お問い合わせ
https://www.kadokawa.co.jp/（「お問い合わせ」へお進みください）
※内容によっては、お答えできない場合があります。
※サポートは日本国内のみとさせていただきます。
※Japanese text only

●本書におけるサービスのご利用、プレゼントのご応募等に関連してお客様からご提供いただいた個人情報につきましては、弊社のプライバシーポリシー（URL:https://www.kadokawa.co.jp/）の定めるところにより、取り扱わせていただきます。

●定価はカバーに表示してあります。

ISBN978-4-04-737989-3 C0093

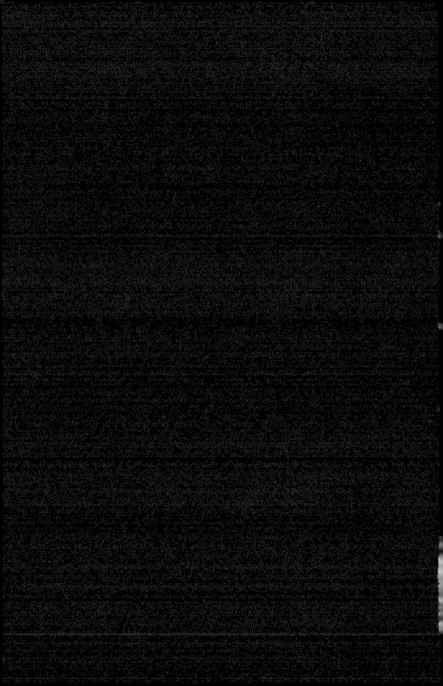